新潮文庫

白い牙

ジャック・ロンドン
白石佑光訳

目次

白い牙《きば》

1

肉のにおい

どす黒いエゾマツの森が、凍った水路の両側で、にがい顔をしていた。木々はさきほどの風で、白い霜のおおいをはぎ取られ、薄れていく光の中で、不気味に黒々と、互いにもたれかかっているように見えた。茫漠《ぼうばく》とした沈黙が、地上を支配していた。土地そのものが荒涼としていて、生命もなければ動きもなく、とてもさびしく、さむざむとしているので、そこに宿る精神は、悲哀さえも超えていた。それとなく笑いがにおってもいたが、それは、どんな悲哀よりも恐ろしい笑いだった——スフィンクスの微笑のように喜びのない笑いで、霜のように冷たく、絶対確実なきびしさを帯びた笑いであった。それは、生命のむなしさと生命の努力を嘲笑《ちょうしょう》する、永遠の、専横で人に伝えられない知恵であった。それは、荒野——未開で、冷酷な北国の荒野であった。

だが、大胆にも、この土地に踏みこんできている生命があった。オオカミのようなイヌの一隊が、凍りついた水路を骨折りながら下っていた。イヌのあら毛の先は、霜でむすぼれていた。吐く息が、しぶきのように飛び散って、口から出るとすぐ空中で凍り、からだの毛にまつわり、霜の結晶に変わるからだ。イヌには皮のひき具がつけられ、ひき皮で、ひいている橇《そり》に結びつけられていた。橇にはすべりがついていなかった。カバの木の丈夫な皮でこしらえた橇で、底が全部雪づらにつくようになっていた。はな先は巻き物のようにめくれあがっていて、波のように押し寄せてくる柔らかい雪の津波を下に押し敷くようになっていた。橇の上には、細長い長方形の箱が、しっかりと結びつけられていた。そのほかにも——毛布や斧《おの》や、コーヒーポットやフライパンなどがのせてあった。しかし、主だったものは、その細長い長方形の箱で、大部分の場所をしめていた。

イヌの先を、幅の広い雪靴《ゆきぐつ》をはいた男が、骨折りながら歩いていた。橇の後ろにも、もうひとり男が歩いていた。橇に積んだ箱の中には、骨を折らなくてもよくなった第三の男が横たわっていた——それは、北国の荒野に征服され、打ちのめされ、もう二度と動きもあがきもしなくなった男だった。荒野のならわしは、動きをこのまない。生命は動きであるから、荒野にとって違法である。だから、荒野は、いつも動きを破壊しようとねらっている。水を凍らせて、水が海に流れていくのをはばんでいる。木々の樹液を追いだし、ついに、その強いしんまで凍らせてしまう。荒野がやることで、一番残忍で恐ろしいのは、人間を踏みにじり、おしつぶし、屈従させることである——生あるもののうちで、人間ほど落ち着きのないものはなく、「すべての動きは、結局は動きの停止にいたらなければならない」という断定に、いつも反抗しているからだ。

しかしまだ死んでいない男がふたり、なんの恐れ気もなく不屈に、橇の前と後ろをせっせと歩いている。ふたりのからだは、毛皮と柔らかくなめした皮に包まれていた。息が凍りかたまって、まつ毛と頬《ほお》と唇《くちびる》に一面についているので顔の見分けがつかなかった。そのためふたりは幽霊の仮面劇に出て、幽霊の葬儀をしている妖怪《ようかい》世界の葬儀屋のように見えた。だが、そういう目にあいながらも、ふたりは、荒涼と嘲笑と沈黙の国を、無理矢理突き抜けようとしている人間だった。巨大な冒険に夢中になって、虚空《こくう》の奈落《ならく》のような、故郷《くに》からはるかに遠い外国の生気のない一つの世界の力に立ちむかっている、ちっぽけな冒険者であった。

ふたりはからだの働きのために息をしているほかは、口一つきかず旅をつづけた。あたりは静寂そのもので、その静寂は、実体のあるもののように、ひしひしとふたりに迫っていた。深海の強い水圧が潜水夫のからだにこたえるように、ふたりの心にこたえた。そしてまた、果てしのない広大さと自分の力ではどうにもならない運命のような重さで、ふたりを押しつぶした。そのうえかれら自身を心の一番奥底に追いこみ、押しつぶし、まるでブドウ汁でもしぼるように、人間の魂のいつわりの熱情と有頂天と不当なうぬぼれをしぼり出してしまった。だから、しまいにふたりは、愚かな巧知とあるかなしの知恵をもって、偉大な盲目の四大（地水火風）と自然力の作用との相互作用のまっただ中を動き回ったところで、自分たちが限りのあるごく小さなしみにすぎないことを悟った。

一時間たち、また一時間すぎた。太陽が姿を見せない短い昼の、青白い光は、薄れ始めていた。その時、遠くから、かすかな叫び声が静かな空気にのって聞こえてきた。その声は急激に高まり、その最高潮に達すると、張りのある震え声で叫びつづけ、それから徐々に消えていった。悲しげな兇暴《きょうぼう》さと切なそうな渇望《かつぼう》の響きをおびていなかったら、その声は救われない魂の泣き声と思われたかも知れなかった。先に立っている男がぐっと頭を回したので、目が、後ろの男の目とぶつかった。ふたりは、細長い長方形の箱ごしにうなずき合った。

また叫び声が起こった。その声は針のように鋭く、静寂をつらぬいた。ふたりはその起こった場所を見さだめた。後方の、いま通ってきたばかりの雪原のどこかで起こったのだった。それに応《こた》えて、三番目の叫び声が、やはり後方の、二番目の叫び声より左に寄った所で起こった。

「やつらは、おれたちをつけてるんだぜ、ビル」と、先の男が言った。

その声は、しわがれていて、うつろに響いた。明らかに、努力して言っているようだった。

「肉がないんだよ」と、仲間が答えた。「ここなん日も、ウサギの足跡一つ見なかったもんな」

そのあとふたりは、何もしゃべらなかった。背後で絶えず起こりつづけている追跡の叫び声に、耳だけ鋭くすましていた。

暗くなると、水路ぎわのエゾマツの茂みの中にイヌを追いこんで、キャンプを張った。そして、たき火のそばに棺箱をおいて、いすと食卓がわりにした。エスキモー犬たちは、たき火の向こう側にかたまって、唸《うな》り合ったりいがみ合ったりしていたが、暗やみの中にさまよい出て行こうとする様子は少しも見せなかった。

「やつらが、すぐ近くに来てるような気がするんだがな、ヘンリ」と、ビルが言った。

ヘンリは、たき火の上にかがみこんで、沸き返っているコーヒーポットに雪の塊を投げ入れて、それをしずめながら、うなずいた。けれども、棺箱に腰かけて、食事を始めるまで何も言わなかった。

「こいつらは、どこにいりゃ安全かってことを知ってるんだ」と、かれは言った。「餌食《えじき》にされるより、さっさと餌食にしたほうがいいと思ってるんだ。全く利口だよ、このイヌどもは」

ビルは頭を振った。「いや、わかるもんか」

相棒はけげんそうにビルを見つめた。「イヌが利口じゃねえなんて、おまえが言うのを聞くのは、こいつは初耳だな」

「ヘンリ」口に入れていた豆をものものしく嚙《か》みながら、相手はそう呼びかけた。「おれがめしをやってた時の、こいつらの騒ぎに気がついたかい」

「いつもよりひどくあばれてたさ」ヘンリは、はっきりと言った。

「イヌは、何匹いるんだっけ、ヘンリ」

「六匹さ」

「ところがだよ、ヘンリ……」ビルは自分の言葉に一層大きな意味を持たせるために、ちょっと口をつぐんだ。「いかにも、その通りだよ、ヘンリ。イヌは六匹なんだ。だから、おれは袋から魚を六匹取り出したんだ。そして、一匹ずつやった。ところがだよ、ヘンリ、魚が一匹足りなくなったんだ」

「勘定をまちがえたんだよ、きっと」

「イヌは六匹なんだ」と、相手は、冷静にくり返した。「だからおれは、魚を六匹取り出したんだ。ところが、ワン・イヤ（イヌの名）は、魚にありつけなかったんだ。それでまた、袋から魚を出して行って、ワン・イヤに食わしてやったんだ」

「イヌは、六匹しかいないんだよ」と、ヘンリは言い返した。

ビルは話しつづけた。「な、ヘンリ、おれは、みんなイヌだったと言ってるんじゃないんだよ。しかし、魚を食ったやつは七匹だったたって言ってるんだ」

ヘンリは食事をやめて、たき火をすかしてイヌの数をかぞえた。

「六匹しかいないじゃないか」

「もう一匹のやつは、雪の中を逃げて行ったよ」ビルは、冷静にはっきりと言った。

「とにかくおれは、七匹見たんだ」

ヘンリはあわれむようにビルを眺《なが》めて言った。「この旅が終わったら、どんなにうれしいだろうなあ」

「きみは、何を言ってるんだい」と、ビルはきき返した。「この荷物がさ、おまえの神経にさわり始めたんだ。だからおまえには、さまざまなものが見え始めたんだって、そう言ってるのさ」

「おれも、そうじゃないかとも考えたんだ」と、ビルは真剣になって言った。「だから、あいつが雪の中を逃げて行くのを見るとすぐ、雪の上を調べたんだ。そうしたら、足跡がついてるんだ。それで今度はイヌをかぞえてみたんだが、やはり六匹いるんだ。足跡なら、まだ雪に残ってるよ。見たくないか。お目にかけるぜ」

ヘンリは答えなかった。黙って食べつづけ、食べ終わると、最後の一杯のコーヒーを飲みほして、食事を切りあげた。そして、手の甲で口をぬぐってから言った。

「そいじゃ、おまえは、そいつは――」

暗やみのどこからか、長い、ひどく悲しげな叫び声が一声聞こえてきて、言葉をさえぎった。かれは口をつぐんでそれに聞きいっていたが、じきにその叫び声のほうに手を振って、「やつらのうちの一匹だと思ってるのか」と言って、言葉を結んだ。

ビルはうなずいた。「おれはひと目見た途端に、すぐそうじゃないかと考えたんだ。イヌどものあの騒ぎようったら、きみも気がついたほどだったんだものな」

つぎつぎに起こる叫びと、それに応える叫びのために、静寂は精神病院にかわった。

叫びは四方八方から起こり、イヌたちは恐怖のために一か所に寄りかたまった。そして、あまり近く火のそばに寄りすぎたので、毛は熱のためにこげた。ビルは、薪《まき》を投げたしてから、パイプに火をつけた。

「おまえは、少し弱ってるようだな」と、ヘンリが言った。

「ヘンリ……」と、ビルはパイプを吸いながら、しばらく考えてから言った。「おれは、この人の方がきみやおれより、なんぼ仕合せだかと考えてるんだよ、ヘンリ」

ビルは、自分たちが腰かけている箱のほうに親指をつき出して、第三の男をさした。

「おれたちが死んだ時、死骸《しがい》の上にイヌどもが手をつけられねえだけ石をのっけてもらえさえしたら、きみもおれも運がいいってことになるだろうな、ヘンリ」

「ところがおれたちには、この人のように、面倒を見てくれる相手もいなきゃ金もないし、何もかもないときてらあ」と、ヘンリは答えた。「長距離葬儀をしてもらおうなんてことは、おまえやおれには、なんとも及びのつかねえこったよ」

「おれの頭から、この人のことが離れないんだよ。国にいりゃ、卿《きょう》だとかなんだとかと呼ばれて、食べ物や毛布のことなど心配しなくてよかったのにさ――なんだって、神の見捨てた地の果てまでやってきたんだろう――全く腑《ふ》に落ちないんだ」

「家にいさえしたら、よぼよぼの年寄りになるまで生きてられたかも知れないのにな」と、ヘンリは同意した。

ビルは何か言おうとして口をひらいたが、気を変えた。そして自分たちを四方から押しつけているような暗黒の壁のほうを指さした。全くの暗黒なので、ものの形らしいものは何一つ見えなかったが、燃えている石炭のようにぎらぎら光っている一対《いっつい》の目だけが見えた。ヘンリは頭でさらにもう一対の目を、それからもう一対の目をさし示した。キャンプのまわりにぎらぎら光る目の円陣が迫っているのだ。時々、その中の一対の目が、移動したり見えなくなったかと思うと、またすぐ現われたりした。

イヌたちの不安が大きくなっていた。突然大きな恐怖に襲われると、どっと火のそばに逃げてきて、ふたりの足のまわりに、立ちすくんだり這《は》いつくばったりした。その場所ぜり合いの騒ぎの最中に、一匹のイヌがたき火のふちにひっくり返った。毛のこげるにおいがあたりに立ちこめ、イヌは痛みと恐怖のために悲鳴をあげた。その騒ぎのために目の円陣はちょっとの間、落ち着きなく動き、少し遠のいた。だが、イヌが静かになると、また腰をすえた。

「弾のつきが運のつきだなあ、ヘンリ」

ビルはタバコを吸い終わり、エゾマツの枝の上に毛皮と毛布の床をのべる相手の手伝いをしていた。その枝は夕食前に、かれが雪の上に敷いておいたものだった。ヘンリは何かぶつぶつ言って、シカ皮の靴のひもをとき始めた。

「弾は、何発残ってるんだって？」と、ヘンリはきいた。

「三発だよ。三百発だとよかったんだがなあ。そうすりゃ、やつらに、目にもの見せてやるんだが、ちくしょうめ！」

ビルはぎらぎら光っている目の方に、荒々しくこぶしを振った。それからシカ皮の靴をこがさないように火にかざしておくために、その用意を始めた。

「この寒さも、さっさと去ってくれりゃいいんだがなあ」と、ビルは言いつづけた。「零下五十度にさがってから、もう二週間にもなるんだものな。おれは、こんな旅に出なきゃよかったと思うよ、ヘンリ。この旅が、何もかも気にくわねえんだ。なんだか、気分がさっぱりとしないんだ。この旅が片づいていて、今ごろフォート・マクガリ（インディアンとの交易市場の名）で、暖炉のそばに腰かけて、クリベッジ（一種のトランプ遊び）でもやってるんだったらと思うんだよ——それが、おれの願いなんだ」

ヘンリはぶつくさ言って、床の中にもぐりこんだ。そしてうつらうつらしてきたとき、相手の声に呼びさまされた。

「なあ、ヘンリ、まぎれこんできて、魚を一匹とったやつのことだけどさ——イヌどもが、どうしてそいつに襲いかからなかったんだろう？　おれには、それが気になってしょうがないんだ」

「おまえは、あまり気にしすぎるよ、ビル」と、眠そうな声が答えた。「前には、そんなふうじゃなかったのになあ。さあ、口をつぐんで、眠るこった。朝になりゃ、しゃんとならあ。おまえは、気分がわるいんだ――だから、いろんなことが苦になるんだよ」

ふたりは一枚の毛布をかぶり、重苦しそうな息をしながら眠った。たき火がすっかり衰えてしまうと、キャンプのまわりを取り囲んでいた、ぎらぎら光る目の円陣が近くに迫ってきた。イヌたちはこわがって寄りかたまった。時々一対の目が近づいてくるたびに、恐ろしいけんまくで唸った。一度その騒ぎがひどく大きくなったので、ビルは目をさました。かれは相棒の眠りを妨げないように、そっと床から抜けだして、たき火に薪を投げたした。それが赤々と燃えあがるにつれて、目の円陣はずっと遠のいた。ビルはなんの気もなく、寄りかたまっているイヌを眺めた。そして、目をこすって、もう一度よく見なおした。それから毛布の中にもぐりこんだ。

「ヘンリ」と、かれは呼んだ――「おい、ヘンリ！」

ヘンリは目をさましながらうめいたが、「今度はどうしたんだい」と、きいた。

「なんでもないことだけどさ、また七匹いるんだよ。ちゃんとかぞえたんだ」

ヘンリは、わかったというようにぶつぶつ言ったが、そのつぶやきは、またうつらうつら眠入《ねい》るにつれて、いびきに変わった。

朝になると、ヘンリのほうが先に目をさまして、相棒を寝床から引きずり出した。もう六時だったが、夜明けまではまだ三時間まがあった。ヘンリは暗やみの中でせっせと朝食の支度に取りかかった。ビルも毛布を巻いてから、橇にイヌをつなぐ準備をした。

「なあヘンリ、イヌは何匹いるって言ったっけ?」と、突然ビルがきいた。

「六匹だよ」

「とんでもねえ」と、ビルは大きな声で勝ちほこったように言った。

「また七匹いるってかい」と、ヘンリはきき返した。

「いや、五匹なんだ。一匹いなくなったんだ」

「ちくしょう!」ヘンリは、怒ってそうどなると、料理を投げだしていって、イヌをかぞえた。

「おまえの言う通りだよ、ビル。ファッティ(イヌの名)がいなくなったんだ」

「あいつ、かけ出したと思ったら、あっと思うまにとんで行きゃがったんだ。煙のせいでよく見えなかったが」

「全然見込みがないな」と、ヘンリは決定をくだすように言った。「やつらは、生きたままを飲みこむようなもんだからな。ファッティのやつ、やつらののどを通るとき、きっときゃんきゃん泣いたぜ。ちくしょうどもめ！」

「もともと、あいつは、ばかイヌだったんだ」と、ビルは言った。

「しかし、どんなにばかなイヌだって、そんなふうにして逃げて行って自殺するほど、ばかでいいはずがねえよ」ヘンリは、推理するような目で残ったイヌを見渡し、じきに一匹一匹の目立った特徴を見てとった。「あとのやつらは、きっとそんなことをしやしないよ」

「棒でなぐったところで、火のそばから追っぱらえやしないさ」と、ビルも同意した。

「ファッティには、どこかへんなところがあると、おれは前々から思ってたんだ」

その言葉は北国の野道で死んだイヌの墓碑銘だった——それは、ほかの多くのイヌや人間の墓碑銘より貧弱ではなかった。

牝《めす》オオカミ

朝食をすませると、ふたりはわずかばかりの野営道具を橇《そり》に結びつけ、ぱちぱちと燃えているたき火に背を向けて暗やみの中へのり出した。途端に、獰猛《どうもう》で、しかも悲しげな叫び声が起こり——やみと寒気《かんき》をつらぬいて、互いに叫び、呼び合い始めた。その呼び合いはやんだ。九時に夜が明けてきた。正午に南の空が暖かそうなばら色にそまり、真昼の太陽と北地との間にある地球の胴体（地平線）を示した。だが、そのばら色は急速にあせ始めた。昼の灰色の光は、三時まで残りつづけていたが、それも三時になると、急速に薄れだした。そして、極地の夜のとばりが、さびしい沈黙の土地におりてきた。

暗くなるにつれて、右や左やうしろから起こる追求の叫び声が、一層近づいてきた——しかも、その恐怖の波は、一度ならずすぐ近くからどっと襲ってきた。そのためちょっとの間ではあるが、骨折って橇をひいているイヌたちは、おびえあわてた。

そんな恐怖の一つが一応鎮《しず》まった時、ビルはヘンリとふたりでイヌをひき皮につけもどしてから言った。

「やつらがどっかで獲物を見つけてさ、そっちへいっちまい、おれたちをほったらかしておいてくれりゃいいんだがな」

「全く神経にさわるものな」と、ヘンリは同感した。

ふたりはそののちキャンプの準備が出来あがるまで口をきかなかった。

ヘンリがかがみこんで、ぶつぶつ煮えたっている豆の鍋《なべ》に氷を入れていると、物をなぐる音と同時に、ビルの叫び声と、かん高い苦痛の唸り声がイヌの中から起こったのでぎくりとした。かれはとっさに立ちあがった。うす黒いものが雪原を横切って、暗やみの中に消えていくのがちらっと見えた。かれはビルを眺めた。ビルは片手に棒を握り、もう一方の手にはほしザケのしっぽと胴の一部をぶらさげて、半ば勝ち誇ったように、半ばがっかりしたようにして、イヌたちのあいだに立っていた。

「あいつが、半分とっていきゃがったんだよ」と、ビルは言った。「しかし、こっちも一つくらわしてやったよ。やつの悲鳴が聞こえたろう?」

「どんなふうなやつだった?」と、ヘンリはきいた。

「よくはわからないよ。しかし、足が四本で、口が一つで、毛がはえていたよ。なんだか、イヌみたいだった」

「きっと、誰かが飼ってたオオカミにちがいないな」

「とにかく、めしどきにやってきてさ、魚の分け前にあずかろうってんだから、よほどなれたやつだよ」

その夜夕食がすんでから、ふたりが長方形の箱に腰かけてタバコを吸っていると、ぎらぎら光る目の円陣が、これまでよりずっと近くに迫ってきた。

「やつら、オオジカの群れかなんか狩り出して、おれたちをほったらかして、そっちへ行ってくれりゃいいんだがな」と、ビルが言った。

ヘンリはぶつぶつ言ったが、その語調は心から同感しているようではなかった。ふたりは十五分ばかりだまって腰かけていた。ヘンリは火を見つめていた。

「今ごろ、マクガリにたどり着くところだったらいいのになあ」と、またビルが言いだした。

「わけのわからねえことを望んだり、泣きごと言ったりするのはよせ」と、ヘンリは怒ったようにどなった。「おまえは、胸がやけてるんだ。だからへんなんだ。重曹を一さじ飲むといい。そうすりゃ、すっかり気分がよくなって、もっと愉快な相棒になるらあ」

つぎの朝、ヘンリは悪態をついているビルの激しい声で呼びさまされた。片ひじつきになって眺めると、相棒は薪《まき》をくべ足したたき火のそばにいるイヌの中に立って、怒りで顔をゆがめ、両手をあげてイヌを叱《しか》りとばしていた。

「おい」と、ヘンリは呼びかけた。「今度は、何が起こったんだい」

「フロッグ（イヌの名）がいなくなったんだ」それが返事だった。

「まさか」

「ほんとなんだ」

ヘンリは毛布から抜けだし、イヌのところにとんでいった。注意してイヌをかぞえ、それから相棒と一緒になって、イヌをまた一匹奪い去った荒野の力を呪《のろ》った。

「フロッグは、一番強いイヌだったのに」と、しまいにビルが言った。

「それに、ばかイヌでもなかったのに」と、ヘンリが言いそえた。

二日のうちに、そういうふうにして、第二番目の墓碑銘が記録された。

陰気な朝食が終わると、残っている四匹のイヌが橇につながれた。その日もそれまでの日々のくり返しだった。ふたりは口一つきかず、凍りついた地上をとぼとぼと横ぎりつづけた。静寂を破るものといっては、姿をかくしながら背後につきまとっている追跡者の叫び声だけであった。午後の半ばに夜がくるとともに、追跡者はいつものように追い迫ってき、その叫び声もだんだん近づいてきた。イヌはおびえて騒いだ。そして、ひき皮をもつれさせてしまったので、ふたりは一層気がめいった。

「ほら、こうしておきゃ、きさまらばか者ども動けやしねえだろう」と、その夜ビルは、仕事が終わると、腰をのばしながら満足そうに言った。

ヘンリは、料理の手をとめて見にいった。相棒はイヌをつなぎ終えていた。しかもインディアンのやり方にならって、棒しばりにしていた。イヌの首に皮ひもを巻き、イヌがそのひもに咬《か》みつけないように、すぐ首のところで四、五フィートの丈夫な棒に結びつけてあった。向こう端は地に打ちこんだ杭《くい》に皮ひもで、しっかりと結びつけてある。こうしておけば、イヌは棒の自分のほうの端の皮ひもを咬み切ることができないし、また棒が邪魔になって、向こう端のひもも咬み切ることができないのだ。

ヘンリは、なるほどというようにうなずいた。

「ワン・イヤをおさえておくには、これより外に手がないな」と、ヘンリは言った。「あいつときたら、あっと思うまに、ナイフのようにきれいさっぱりと、皮ひもを咬み切るんだからな。今度こそ、朝になっても、みんな無事でいるだろう」

「そうだとも。賭《か》けてもいいや」と、ビルはきっぱりと言った。「一匹でもいなくなったら、おれはコーヒーをたつよ」

寝るときヘンリは、自分たちを取りまいてぎらぎら光っている円陣を指さして言った。「やっつけようにも、おれたちに弾のないことをやつらは知ってるんだ。二発もうちこめたら、少しは遠慮してもらえるんだが。一晩ごとに近よってきやがるぜ。たき火をよけて、よく見てみろよ——ほら！　あいつが見えるかい」

たき火の光がかすかに届いている端で、おぼろなものが動いているのを眺《なが》めながら、ふたりはしばらくの間おもしろがっていた。じっと目をこらして、暗やみの中で光っている一対の目のところを見詰めていると、その獣の姿形が、だんだんはっきりしてきた。時々動くのさえ見えた。

イヌのあいだから起こった音が、ふたりの注意をひいた。ワン・イヤがしきりに鼻を鳴らしながら、棒の長さだけ、ぱっぱっと暗やみの方へとび出していた。そして、時々思いとどまったかと思うと、今度は気が狂ったようになって、がりがりと棒にかじりついているのだ。

「あれを見ろよ、ビル」と、ヘンリがささやいた。

イヌのような獣が一匹、そっと横歩きに明るいたき火の光の中にすべりこんできた。その動きには不信と大胆さがまじり合っていた。イヌに注意をこらしながらも、用心深く人間に気をくばっていた。ワン・イヤはその侵入者のほうに棒を長さ一ぱい引っ張って、しきりに鼻を鳴らしているのだ。

「ワン・イヤのばかめ、あまりこわがっていねえみたいじゃないか」と、ビルが低い声で言った。

「あいつは、牝オオカミだよ」と、ヘンリがささやき返した。「これで、ファッティとフロッグがいなくなったわけがわかったよ。あいつはオオカミのおとりなんだ。あいつがイヌをおびき出して、それから、みんなで襲いかかって食っちまうんだよ」

たき火がぱちぱちと音をたてた。一本の丸太が大きな音をたてては ねとんだ。すると、異様なその獣は暗やみの中へとびすさった。

「おれは、こう思うんだよ、ヘンリ」と、ビルは言った。

「なにを?」

「あいつは、おれが棒でぶんなぐってやったやつだと思うんだよ」

「絶対、そうにちがいねえよ」それがヘンリの答えだった。

「それに、これだけははっきり言えるが」と、ビルは言いつづけた。「たき火になれてるのがおかしいよ、ちょっと考えられないこったよ」

「人間に近づいたことのねえオオカミが知らねえことまで、知ってるからな」と、ヘンリは同意した。「イヌのめしどきを知ってて、仲間入りにやってくるんだから、いろんな経験を持ってるんだよ」

「うん、そうだ。ヴィランじいさんとこのイヌが、いつかオオカミと一緒に逃げて行ったことがあったっけ」と、ビルは、思い出して大声で言った。「おれは、なんだって忘れてたんだろう。リトル・スティックのオオジカの牧場で、オオカミの群れにまじっているところを仕とめたのにさ。ヴィランじいさん、それを見ると、赤ん坊のように泣いたよ。見えなくなってから、三年になるんだって言って。その間じゅう、オオカミと一緒にいたわけなんだ」

「じゃ、オオカミに変わるってわけかい、ビル。あのオオカミも、もとはイヌで、何度も人間の手から魚をもらって食ったやつだって」

「うん。あのイヌオオカミめ、折があったら、肉にしてやるぜ」と、ビルはきっぱりと言った。「おれたちは、これ以上イヌをとられるわけにはいかないからな」

「しかし、弾は三発しかないんだぜ」と、ヘンリは反対した。

「おれは、やつが絶対射程圏内にくるまで待ってるよ」ビルは、そう答えた。

次の朝ヘンリは薪をたしてどんどん火を燃やしながら、相棒のいびきを伴奏にして、朝食の用意をした。

「とても気持よさそうに眠ってるんで」ヘンリは朝食ができると相棒を引っぱり出しながら言った。「今まで起こす気になれなかったんだよ」

ビルは、眠そうにして食べ始めた。が、自分のコップがからなので、コーヒーポットをとろうとした。しかしコーヒーポットは、向こうのヘンリのそばにあったので、手がとどかなかった。

「な、ヘンリ。きみは何か忘れてやしないかい」と、ビルは穏やかな声でとがめた。

ヘンリは、注意ぶかくあたりを見まわしてから、頭を振った。ビルはからコップをさしあげた。

「おまえには、もうコーヒーをやれねえよ」と、ヘンリは言った。

「コーヒーがきれたのかい」と、ビルは気づかわしそうにきき返した。

「いや」

「じゃ、コーヒーがおれの胃に悪いとでも思ってるのかい」

「いや」

ビルの顔に怒りの血がのぼった。

「そいじゃ、飲めねえわけを聞かせてもらおうじゃねえか」

「スパンカ（イヌの名）がいなくなったんだよ」ヘンリはそう答えた。

ビルは不運をあきらめきっているように、腰かけたまま静かに首をまわして、イヌの数をかぞえた。

「どうして、こんなことになったんだろう？」かれは無感動にそう言い返した。

ヘンリは肩をすくめた。「わからないよ。ワン・イヤがひもを咬み切って、放してやったとすりゃ別だが。自分じゃ絶対そんな芸当はできっこねえからな」

「あんちくしょうめ」ビルは胸のうちでたぎっている怒りの色を毛ほども見せず、ゆっくりと重々しく言った。「自分のひもを咬み切って放れられねえもんだから、スパンカのやつのを咬み切って、放してやったんだな」

「とにかく、スパンカの苦労は終わったよ。今ごろは消化されっちまい、二十四のオオカミの腹ん中におさまって、雪の中をはねまわってらあ」それは、ヘンリが今度いなくなったイヌにおくった墓碑銘であった。「さあ、コーヒーを飲めよ、ビル」

だが、ビルは頭を振った。

「さあ飲みなよ」ヘンリはコーヒーポットを持ちあげながら、そう言った。

ビルはコップをわきへ押しのけた。「飲んだら、罰があたらあ。一匹でもいなくなったら、コーヒーをたつって言った以上は、飲まねえよ」

「とてもうまいコーヒーだぜ」と、ヘンリはさそうように言った。

だが、ビルは強情だった。ぶつぶつとワン・イヤのわるさを呪いながら、呪いと一緒に飲み物なしの朝食をのみくだした。

「今夜は、お互いにとどかないようにつないでやるよ」と、ビルは、出かけるとき言った。

百ヤードそこそこ進んだ時、さきを歩いていたヘンリが、何か雪靴《ゆきぐつ》にぶつかったので、しゃがんで拾いあげた。暗くて見えなかったが、手にさわっただけで何であるかわかった。かれはうしろにほうり投げた。すると、橇にあたってはずんでいって、ビルの雪靴の上に落ちた。

「あとでまた、おまえの仕事にいるかも知れねえからな」と、ヘンリは言った。

ビルは、あっと叫び声をあげた。それは、スパンカの形見だった——スパンカをしばりつけておいた棒だった。

「やつら、スパンカを皮ひもぐるみ食っちまいやがったんだな」と、ビルは言った。

「この棒もフリュートのように、きれいになめてあるぜ。両端の皮ひもも食っちまってるし、やつらは、飢えきってるんだな、ヘンリ。この旅が終わらねえうちに、きみもおれも、やつらの食い物になるかも知れねえぜ」

ヘンリは傍若無人に笑った。「おれは、こんなふうにオオカミにつけられるのは初めてだが、これよりもっともっとひどい目にあったって、無事に切り抜けてきたんだ。少しはうるさいが、これっぽっちの畜生どもに、おれたちがやっつけられるかってんだ、なあおい、ビル」

「わかりゃしないよ、どうだか」と、ビルは気味わるそうにつぶやいた。

「まあ、マクガリにたどり着きゃ、おまえにもよくわかるさ」

「おれには、あまり望みが持てねえけどな」と、ビルは言い返した。

「おまえ、顔の色がねえぜ。それこそ問題だ」と、ヘンリは自分勝手なことを言いだした。「キニーネを飲まなくちゃ。マクガリに着いたら、すぐ薬をつくってやらあ」

ビルはその診断にぶつぶつ不服を言っていたが、やがて黙りこんでしまった。その日もそれまでの日々と同じだった。九時に光がさしてきた。十二時に、見えない太陽が南の地平線を暖めた。まもなく午後のさむざむとした灰色の光に変わり、三時には、その光も夜の暗やみの中に消えていくはずであった。

太陽が地平線に姿を現わそうとして、無益な努力をした。正午のすぐのち、橇《そり》のしばり綱の下から、ビルがそっと銃を抜きだして言った。

「きみは先に行っててくれ、ヘンリ。おれは、様子を見てくるから」

「橇のそばを離れないほうがいい」と、相棒は反対した。「弾は三発しかないんだし、何が起こるか知れたもんじゃねえからな」

「今ごろ弱音をはくのは誰だい」と、ビルは勝ち誇ったように言い返した。

ヘンリは答えなかった。ひとりでとぼとぼ歩きだした。それでも、相棒が消えていった灰色の雪原をときどき気づかわしそうに振り返って眺めていた。一時間のち、橇が遠回りをしなければならなかったところを近道して、ビルが追いついた。

「やつらは、はなればなれに広く横列になって、おれたちのあとを追いながら、同時に獲物を探しまわってるんだよ。まずおれたちを袋の中のネズミだと思ってることは、間違いねえな。襲う時機を心得ていて、それを待ってるだけなんだ。それまでは、なんでも手近にきた食い物をつまみ食いしていいようってわけなんだ」

「やつらがおれたちを袋の中のネズミだと思ってるなんて、おまえは本気で言ってるのかい」と、ヘンリは声をとがらせて抗議した。

ビルは、ヘンリの言葉に耳も傾けなかった。「おれは、やつらを五、六匹見かけたが、ひどくやせてるんだよ。ファッティとフロッグとスパンカのほか、何週間も一口も食ってねえらしいや。それに、あんなにたくさんいるんじゃ、全部にゆき渡らなかったと思うんだ。全くやせてるんだ。あばら骨は洗濯板《せんたくいた》のようにぎろぎろ出ているし、腹っ皮は背骨にひっついてるんだ。やつらは、間違いなく、死物狂いになってるよ。気が狂いそうになってるから、気をつけたほうがいい」

数分のち、今度は橇のあとを歩いていたヘンリが、そっと口笛をふいて急を知らせた。ビルは振り返って見て、それから静かにイヌをとめた。後方の今通ってきたばかりの曲がり角を曲がって、足音をしのばせた毛皮獣がとっととかけてくるのが見えた。鼻でにおいの跡を追いながら、一種独特な、すべるような、むぞうさな歩きかたで、とっとと走ってくるのだ。ふたりが止まったので、その獣も立ち止まった。そして、ぐっと顔をあげ、ふたりのにおいをかいで調べているように鼻孔をぴくつかせて、見つめていた。

「あれが牝《めす》オオカミだよ」と、ビルが教えた。

イヌたちが雪の中に寝そべっているので、ビルはそのそばを通り抜け、橇のところで相棒と一緒になった。そしてここ何日も追いかけつづけてきて、イヌを半分ほふってしまった異様な動物を、ふたりで見つめた。

その動物はせんさくするようにじろじろと見ていたが、やがて二、三歩進みでた。それを何度かくり返し、しまいに、ふたりからわずか百ヤードばかりの所まで近づいてきた。そしてエゾマツの茂みのそばで、頭をあげて立ち止まり、目と鼻で、自分を見つめている人間どものいでたちを調べていた。イヌがよくやる奇妙な、物欲しそうな様子をして眺めている。だが、その物欲しさには、イヌが持っているような情愛が全然なかった。それは、その牙《きば》のように残忍で、霜のように冷酷な、飢えからくる物欲しさだった。

大きなオオカミだった。どこから見ても、オオカミとしては一番大柄《おおがら》のものだった。

「肩で二フィート半近くは、たっぷりあるぜ」と、ヘンリは言った。「胴の長さも五フィート近くは、きっとあるよ」

「オオカミにしちゃ、ちょっと変わった毛色をしてるなあ」と、ビルも批評した。

「おれは、赤毛のオオカミを見るのは初めてだよ。なんだか、肉桂色《にっけいいろ》に見えるじゃないか」

その動物ははっきりした肉桂色ではなかった。毛はほんもののオオカミの毛だった。主な色は灰色だった。しかし、なんとなく赤味がかってもいた——全く見きわめのつかない色で、こっちの錯覚か迷いのように、ちらちらと色が変わって見えた。今まで灰色に、それもはっきりした灰色に見えていたかと思うと、今度はなんとなく言葉では言い表わせない、ぼんやりとした赤味がかった色に見えてくるのだ。

「どう見たって、大柄の丈夫な橇イヌってところだな。あいつがしっぽを振ったところで、不思議じゃないような気がするよ」

ビルはそう言ってから、「おい、強いの」と叫んだ。「こっちにこないか。おい、名前のわかんねえの」

「おまえなんか、へいちゃらだとさ」ヘンリはそう言って笑った。

ビルはおどしつけるように手を振って、大声で叫んだ。だが、相手は少しもこわがらなかった。ふたりの気がついた変化といえば、警戒が加わったことだけだった。飢えからくる冷酷な物欲しさで、やはりふたりを見つめている。ふたりは肉だし、その動物は飢えているのだ。できれば襲いかかって、ごちそうになりたがっているのだ。

「おい、ヘンリ」ビルは考えついたことがあったので、思わず声をひそめてささやいた。「弾は三発しかないが、絶対に射程圏内だよ。はずれっこなしだ。あいつはイヌを三匹もかっぱらって行きゃがったんだから、二度とあんなまねをされねえようにしなきゃ。そうじゃないか？」

ヘンリはうなずいた。ビルは用心しながら、橇にしばっておいた銃をそっと抜きだした。そして肩にあてようとして持ちあげたが、銃は肩にいかずじまいに終わった。その瞬間、牝オオカミが路《みち》からとびのいて、エゾマツの茂みの中に隠れてしまったからだ。

ふたりは顔を見合わせた。ヘンリはわかったというように、ながながと口笛をふいた。

「こんなことになるのは、初めからわかってたはずなんだ」と、ビルは銃をしまいながら大声で自分を叱《しか》った。「イヌのめしどきに割りこんでくるようなオオカミなんだから、もちろん飛び道具のことを心得てるはずだったんだ。ところでヘンリ、はっきり言やあ、あの畜生がおれたちのあらゆる苦労のもとなんだ。あいつさえいなかったら、おれたちは今、三匹じゃなく、六匹のイヌを持ってたはずなんだ。おれはなんとしても、あいつを仕とめてやるぜ、ヘンリ。抜けめがねえから、広っぱじゃ、もちろん撃てやしないさ。だが、やぶの陰で待ち伏せしてて仕とめてやらあ」

「あいつをやっつけたいからって、ふらふらとあまり遠くまで行くんじゃねえぜ」と、相手は注意した。「あいつらが一度にとびかかってきてみろ。三発じゃ、地獄で三べんかちどきをあげるだけの値うちしかねえんだ。あいつらは、ひどく飢えてるんだから、一たんとびかかってきたら最後、おまえをやっつけずにおかねえぜ、ビル」

その夜は早めにキャンプした。三匹のイヌでは六匹ほど速く橇をひけなかったし、長い時間ひいていることもできなかったからだ。イヌたちははっきりと疲労の色を見せていた。ふたりも早く床についた。ビルはまずイヌたちが互いに咬《か》み合えない距離につながっているかどうか確かめてきてから、床にはいった。

オオカミはだんだん大胆になってきていた。そのためふたりは何度も眠りをさまさせられた。オオカミがすぐ近くまで寄ってくると、イヌがおじけて気が狂ったように騒ぐからだった。時々たき火に薪をつぎたして、大胆不敵な略奪者たちをあまり近づけないようにしなければならなかった。

「おれは、サメが船のあとをつけてくる話を船乗りから聞いたことがあるが」と、ビルは薪をくべたして、また毛布の中にもぐりこみながら言った。「全く、あのオオカミどもは陸のサメだよ。やつらはおれたちより、自分たちの仕事をよく心得てらあ。やつらがおれたちの跡をつけてるのは、健康のためじゃないんだ。おれたちを食うつもりなんだ。そうだとも、きっと食うつもりなんだよ、ヘンリ」

「そんな話しぶりじゃ、おまえはもう半分食われちまってるんだぜ」と、ヘンリはきつく言い返した。「口に出しただけで、人間は半分負けてるものなんだ。おまえの言いかたから考えると、おまえはもう半分食われてるようなもんだよ」

「やつらは、きみやおれより強い人間だって、やっつけたんだからなあ」と、ビルは答えた。

「おい、泣きごとを言うのはよせ。おかげですっかり疲れちまった」

ヘンリは怒ったように寝がえりを打った。だが、意外なことに、ビルはきげんをそこねた様子を見せなかった。日ごろのビルと違っていた。ビルは激しい言葉を聞くとすぐ怒るたちなのだ。ヘンリは眠るまで長いことそれを考えていた。そして目をぱちりぱちりさせ、うとうとと眠りこみながら、「ビルは、確かにふさぎこんでいる。あした元気をつけてやらなきゃ」と、心の中で考えていた。

飢えの叫び

その日は初め、さいさきがよかった。夜の間にイヌがいなくならなかったので、ふたりはかなり明るい気持で、静寂と暗黒と寒気の世界へ、威勢よくのり出した。ビルは、前夜の不吉な予感を忘れてしまっているように見えた。昼ごろひどく悪い道にさしかかって、イヌが橇をひっくり返した時でさえ、イヌたちにおどけていた。

だが、そのごたごたのあと始末がたいへんだった。橇は、さかさまにひっくり返って、木の幹と大きな岩の間にはまりこんだので、それを直すにはイヌのひき皮をとかなくてはならなかった。ふたりが橇の上にかがみこんで、橇を起こそうとしていると、ワン・イヤがそっと抜けだしていこうとしているのが、ヘンリの目にとまった。

「おいこら、ワン・イヤ！」ヘンリは、きっとイヌの方に向きなおって叫んだ。

だが、ワン・イヤはいきなり駆け出し、ひき皮をひきずったまま雪原を横切っていった。見ると、今通ってきたばかりの道に、例の牝オオカミが待っていた。ワン・イヤは、牝オオカミに近づくと、急に用心深くなった。警戒して速度を落とし、気どった小きざみな歩きかたで近づいて行き、やがて立ちどまった。そして用心深く、うさんくさそうに牝オオカミを見つめていた。けれども、ほれぼれと見とれているようでもあった。牝オオカミはほほえみかけているように見えた。歯を見せているのは、おどかすためではなく、きげんを取るためのようだった。牝オオカミはふざけるように二、三歩近づいてきて立ちどまった。ワン・イヤも近よっていった。けれども、まだ警戒して用心深く、しっぽと耳をぴんと立て、頭を高くあげていた。

ワン・イヤは鼻をかぎ合わせようとした。だが、牝オオカミははにかむか、はしゃぐかしているように、あとずさった。そしてワン・イヤが進むだけ、あとずさった。ワン・イヤは一歩一歩ワン・イヤをおびき出しているのだ。ワン・イヤは一度漠然《ばくぜん》とではあるが、警戒心がひらめいたようにあとを振り返って、ひっくり返った橇や仲間や自分を呼んでいるふたりの男を眺《なが》めた。

しかしどんな考えが頭の中にわいてこようが、それは牝オオカミの前では物の数ではなかった。牝オオカミは近よってきてはちょっと鼻をかぎ合わせ、それからすぐ、ワン・イヤが前進するより早く、またはじらいの後退をくり返し始めた。

一方ビルは銃のことを考えていた。だが、銃は、ひっくり返った橇の下敷きになっていた。ヘンリの手をかりて橇を起こした時には、ワン・イヤと牝オオカミがあまりに近よりすぎていたし、距離も一発ぶっぱなすには遠くなりすぎていた。

ワン・イヤが自分の間違いに気がついた時は、おそすぎた。どうしたことか、ワン・イヤはこっちに向きなおって駆けだした。と思うと、やせた灰色のオオカミが十数匹、ワン・イヤの退路を断つために、雪原を横切って退路に直角に躍進してくるのが見えた。その途端に、はにかみとふざけた様子が牝オオカミから消えた。一唸《ひとうな》りすると、ワン・イヤにとびかかった。ワン・イヤは肩でそれを突きとばした。だが、退路はとうに断たれていた。で、ワン・イヤはなんとかしてまわり道をしてでも橇にもどりつきたい一心で、方向を変えた。追跡に加わるオオカミの数は、刻一刻と多くなった。牝オオカミはワン・イヤのあとを追いつづけていた。

「どこへ行くんだ？」と、ヘンリが相棒の腕に手をかけて突然きいた。

ビルは、その手を振りきった。「おれはもう我慢できないんだ。なんとしても、これ以上、やつらにイヌをさらわれたくないんだ」

ビルは銃を持って、路にそって生えているしたばえの中にとびこんでいった。その意図は明らかだった。ワン・イヤが遠まわりをし、橇を中心に円をえがきながら逃げてくるのだから、追跡より先に、その円の一点でワン・イヤの突破口をひらいておいてやろうとしているのだ。銃を持っているし、真昼のことだから、オオカミをおどかし、イヌを救えるかもしれなかった。

「おい、ビル！」と、ヘンリはうしろから呼びかけた。「気をつけろよ！　見込みのねえことはするんじゃねえぞ！」

ヘンリは橇に腰をおろして見守った。ほかにどうにもしようがなかったからだ。ビルはとうに姿を消していた。したばえや、そちこちにぽつりぽつり生えているエゾマツの木立のあいだに、時々ワン・イヤが見え隠れした。ヘンリはこの勝負には見込みがないと思った。イヌがいくらよくその危険に感づいているとはいっても、オオカミが小まわりに内側を走っているのに、ワン・イヤはその外側を走っているからだ。ワン・イヤが追い抜いて、内まわりをしている追跡者たちの前を突破して橇にもどってこられようとは思えなかった。

別々な進路が、急速にある一点に近づいていた。木々や茂みにさえぎられているので、ヘンリからは見えなかったが、向こうの雪原のどこかの一点で、オオカミの群れとワン・イヤとビルがぶつかり合うのは知れきったことだった。が、それはあまりにも早く、思いもかけないほど早く起こった。銃声が一発、それからつづけざまに、二発聞こえた。それでビルの弾がつきたわけである。じきにオオカミの唸り声とイヌのきゃんきゃん鳴く声の大騒動が起こった。ヘンリには、ワン・イヤが恐怖と苦痛の悲鳴をあげているのがよく聞きとれた。それから動物を倒したことを示すオオカミの叫びが聞こえてきた。それで、おしまいだった。唸り声はやんだ。イヌの悲鳴も聞こえなくなった。また静寂が荒涼とした土地をおおった。

ヘンリは長いこと橇に腰をおろしていた。どんなことが起こったのか、行って見る必要はなかった。そのことなら、目の前で起こったことのようにはっきりわかっていた。一度はっとしたように立ちあがって、橇の荷綱の下から斧《おの》を取りだした。だが、それからまたすわりこんで、前よりも長い間考えていた。残った二匹のイヌは、その足もとにうずくまって震えていた。

最後にヘンリは、からだから弾力が抜けきったみたいに、けだるそうに立ちあがって、橇にイヌをつけ始めた。それから人間用のひき皮を自分の肩にかけて、イヌと一緒に橇をひきだした。しかし、いつまでも歩いていなかった。暗くなりかけるとすぐキャンプを張り、薪《まき》をたくさん用意した。そして、イヌにえさをやり、自分の夕食をこしらえて食べると、たき火のすぐそばに寝床をしいた。

だが、ヘンリはくつろいで眠るわけにはいかなかった。目をとじる前に、オオカミどもがすぐ近くに寄ってきたので、安全どころではなかったからだ。目をこらすまでもなく、その姿がよく見えた。自分とたき火を取りまいて、小さな円陣をつくり、横になったり、すわったり、腹這《はらば》いになって前進したり、こそこそと前へ出たり退いたりしているのが、たき火の光ではっきり見えた。ところどころ、雪の中にイヌのように丸くなって眠っているオオカミもいた。が、そのような眠りはもはやヘンリには許されなかった。

ヘンリは火を赤々と燃やしつづけた。自分の肉とオオカミの飢えた牙を隔てているものは、火だけだったからである。二匹のイヌは、両側からぴたりと寄りそってもたれかかり、ないたり鼻を鳴らしたりしながら保護を求め、時々オオカミが一匹でも少しよけいに近寄ってくると、死物狂いになって唸った。そういうふうにイヌが唸ると、その途端に、円陣は動揺し、オオカミどもは立ちあがって、ためすように前へおしだしてきた。そのため、まわりには唸り声と吠《ほ》え声の合唱が起こった。やがてまた、オオカミの円陣はもとにかえり、そちこちで途切られたうたた寝を始めるのであった。

だが、その円陣は絶えず包囲をちぢめていた。あっちで一匹、こっちで一匹と腹這いになって、少しずつ、一度に一インチぐらいずつ進んできて、その間隔をつめ、しまいにほとんど一跳びで跳びつける距離まで迫っていた。するとヘンリは、たき火の中から燃えさしをつかんで、オオカミの群れに投げこむのだった。そうすると、きまってオオカミは後退した。大胆にもすぐ近くまで迫っていたオオカミに、よくねらって燃えさしをぶっつけてやけどをさせると、怒りの吠え声とおびえた唸り声が、後退と一緒に起こった。

朝になると、人間は睡眠不足のため疲労して、やつれはて、目がぎょろぎょろしていた。ヘンリは暗やみの中で朝食をこしらえた。九時になって夜があけると、オオカミの群れは遠のいていった。そこで、一晩がかりで計画しておいた仕事に取りかかった。まず若木を何本も切って、立木の幹の小高いところに結びつけて棚《たな》をつくった。それから橇綱《そりづな》を使い、イヌの力を借りて、棺箱をその棚の上に巻きあげた。

「やつらはビルを食ったし、そのうちにおれを食うかもしれねえが、あんただけは決して食われっこねえよ、若えお人」と、ヘンリは立木の墓場におさまった死人に話しかけた。

それからまた、荒野の旅が始まった。軽くなったので、イヌは喜んで橇をがたごといわせながら躍進した。フォート・マクガリに着きさえすれば安全だということをイヌも知っていた。オオカミの追跡は大っぴらになった。赤い舌をだらりとたれ、両側に一列ずつになって、ゆうゆうと橇のあとを追ってきた。やせた横腹に、動くたびにあばら骨が起伏するのが見えた。全くやせているので、筋肉の代わりに骨格に皮袋を、糸をつかってかぶせたみたいだった——あまりにもやせているので、オオカミどもがへたへたと雪の中にのめりこまずに、立っているのが不思議にさえ思われた。

暗くなるまで旅をつづけるわけにはいかなかった。正午に太陽が、南の地平線を暖めたばかりでなく、地平線の上に薄い黄金色の顔を少しのぞかせた。それは、一つのしるしだった。太陽が回帰し、日が長くなってきたのだ。ヘンリは激励するようなその光が消えさるとすぐ、キャンプの準備にかかった。灰色の光と薄暗いたそがれは、あと何時間もつづくのだが、その間の時間を利用して、どえらくたくさんの薪を切りだした。

夜とともに恐怖がやってきた。オオカミはますます大胆になった。ところが、ヘンリには睡眠不足がこたえだした。ひざの間に斧をはさみ、その両側にぴたりとイヌをひきよせ、毛布を肩にかけてたき火のそばにうずくまりながら、われ知らずまどろんだ。一度目をさますと、群れの中でも一番大柄《おおがら》な、灰色のオオカミが一匹、すぐ目の前十二フィートとも離れないところに迫っていた。見詰められているにもかかわらず、その獣はかれの面前でなまけイヌのようにゆうゆうと伸びをし、大きなあくびをした。そしてまもなくおまえを食っちまうんだ、ちょっとおあずけをされてるんだ、ほんとだぜ、というような、自信たっぷりな目でヘンリを見返した。

そのような確信は、オオカミの群れ全体に表われていた。かぞえられるだけでも二十四はたっぷりいて、飢えた目でじろじろ見ているものもいれば、雪の中でおとなしく眠っているものもいた。ヘンリはそれを眺めながら、食事を並べたテーブルのまわりに集まって、食べてもいいよと言われるのを待っている子供たちのことを思いだした。しかも自分が食われる食べ物だった！　いつ、どんなふうにして、その食事が始まるのだろうと思った。

ヘンリは薪をたき火にたし重ねながら、これまでに感じたこともなかった自分のからだの値うちに気がついた。筋肉の動きを見つめながら、指の巧妙なからくりに興味をもった。たき火の明かりの中で、今度は一本ずつ、次には全部一緒にと、指をゆっくり曲げたり、ひろげたり、急に握ったりする動作を何度もくり返してみた。爪《つめ》の構造も研究した。指さきを強くついたり、そっとつついたりして、神経作用が起こす痛みぐあいを計ってみた。そんなことに夢中になっているうちに、突然、美しく、なめらかで、微妙に動く神秘的な自分の肉がいとおしくなってきた。そして、待ち受けているようにまわりに迫っているオオカミの円陣を、恐ろしそうにちらっと眺めた。ヘンリは不意に一撃をくらったような気がした。すばらしいからだも、生きている肉も、もはや貪欲《どんよく》な獣が求めている肉にすぎないからだ。オオジカやウサギがたびたび自分の栄養物になったように、オオカミどもの飢えた牙《きば》でずたずたに引き裂かれ、その栄養物になってしまうのだ。それが実感となって迫ってきた。

半ば悪夢のようなうたた寝からさめると、赤毛の牝《めす》オオカミが目の前にいた。十二フィートとも離れていなかった。雪の中にすわって、物欲しそうにヘンリを眺めていた。二匹のイヌは、ヘンリの足もとで鼻を鳴らしたり唸ったりしていたが、牝オオカミはイヌなど見向きもしなかった。じっと人間に目を注いでいた。ヘンリもしばらく見返していた。少しも恐ろしい様子をしていなかった。とても物欲しそうにして、ヘンリを見ているだけだった。だが、ヘンリはその物欲しさはひどい飢えの表われであることを知っていた。自分は食糧なのだ。だから、自分の姿は牝オオカミの食欲をそそるのだ。牝オオカミは口をあけ、よだれを流し、のちほどの楽しみを思いながらあごをなめた。

恐怖のけいれんがからだを走りぬけた。ヘンリは、急いで燃えさしをとってぶっつけようとした。だが、伸ばした指が飛び道具にとどかないうちに、牝オオカミは安全な所にとびのいていた。それで始終物をぶっつけられつけていたことがわかった。牝オオカミはとびのきながら、白い牙を根もとまでむき出して唸った。単なる物欲しさは消え、食肉獣の兇悪《きょうあく》さにかわっていたので、ヘンリはぞっとした。かれは燃えさしを支えている手をちらっと眺め、それを握っている指の精巧さに気づいた。でこぼこした薪の表面に従って、その上、下、周囲からと、指がしっかりと巻きついていた。

しかも一本の小さな指が燃えている部分にあまりに近すぎてやけどしそうなので、敏感に、自動的に冷たい部分にじりじりとのいていくのに気がついた。それと同時に、その敏感で精巧な指が、牝オオカミの白い歯で引き裂かれる幻影を見たような気がした。ヘンリは、からだを安全に保ちつづけられそうもない危険にさらされている今ほど、自分のからだをいとおしく思ったことはなかった。

一晩じゅう、燃えている薪を持って、飢えているオオカミの群れを撃退しつづけた。われ知らずまどろむと、イヌの鼻を鳴らす声と唸り声で、目をさまされた。朝がきて明かりがさしてきても、オオカミは散っていかなかった。それは初めてのことだった。オオカミが退散するのを待ったが、無駄《むだ》だった。おまえはおれたちの物なんだというように、かれと火を取りまいたまま、傲然《ごうぜん》と居残っているのだ。そのため、朝の明かりから湧《わ》いたかれの勇気はゆさぶられた。

ヘンリは一度やけくそになって、出かけようとした。だが、たき火の保護を離れた途端に、一番大胆なオオカミが跳びかかってきた。もう少しのところで、咬《か》みつかれるところだった。跳びのいてのがれた瞬間、大腿《だいたい》からわずか六インチばかりのところで、そのあごがパクッと虚空《こくう》を咬んだ。すると、ほかのオオカミも立ちあがって、どっと殺到してきた。それを相当な距離まで追い返すために、ヘンリは燃えさしを左右に投げなければならなかった。

こうして昼間でさえ、たき火のそばを離れて薪を切りに行くわけにはいかなくなった。二十フィートばかり離れたところに、大きなエゾマツの枯木が一本立っていた。かれはその木のほうにたき火を伸ばしていくのに、半日もかかった。その間じゅういつでも敵にぶっつけられるように、燃えている薪を六本、手もとに用意しておかなければならなかった。その枯木につくと、ヘンリはまわりの森を調べ、一番薪のある方向にその木を倒した。

その夜も前夜のくり返しだった。だが、睡眠不足が圧倒的になってきていた。イヌの唸り声はヘンリの眠気をさます力を失っていた。そのうえイヌが始終唸っているので、かれのしびれて半眠りになっている感覚は、もう唸り声の高さや激しさの変化に気がつかなくなっているのだ。ヘンリははっとして目をさました。牝オオカミが一ヤードたらずの所にいた。あまり近くにいるので、追っぱらおうとせず、機械的にぐいと、あいて唸っているオオカミの口に燃えさしを突っこんだ。牝オオカミは苦痛の悲鳴をあげてとび去った。肉と毛の焼けこげるにおいを小気味よがりながら見送っていると、牝オオカミは二十フィートばかり向こうで、怒って唸りながら頭を振っていた。

ヘンリはまた居眠りをする前に、燃えているマツこぶを右手に結びつけた。そのため、数分も目をとじていると、炎で肉を焼かれて、目をさまさせられた。かれは数時間のあいだ、その方法をやりつづけた。そして目をさますたびに、燃えさしをぶっつけてオオカミを追っぱらい、たき火に薪をくべたし、手にマッこぶを結びかえた。すべてがうまく運んだ。だが、そのうち一度、マッこぶをしっかりと結びつけそこねた。目をとじると同時に、マッこぶは手から落ちた。

夢を見た。フォート・マクガリにいるような気がした。暖かくて居心地がよかった。かれは毛皮の仲買人とクリベッジをやっていた。そのうえ、その交易市場はオオカミに包囲されているようだった。オオカミは門という門のところで吠えていた。かれと仲買人は時々ゲームの手を止めて耳を傾けながら、押し入ろうとして無益な努力をしているオオカミどもをあざ笑っていた。だが、夢というものは全くへんなもので、突然ガチャンと音がした。戸がいきなりあいたのだ。交易市場の大きな居間に、オオカミがなだれ込んでくるのが見えた。かれと仲買人を目がけて、まっすぐにとんできた。戸があいた時から、吠え声は途方もなく大きくなっていた。今度はその吠え声がうるさくなった。夢は何かほかのものの中に消えかけていた——それが何であるかはわからなかった。だが、その間じゅう、吠え声が絶えまなく追いかけてきた。

そこでヘンリは目をさました。吠え声は本物であった。すさまじい声でオオカミが唸り、イヌは吠えていた。オオカミどもが突進してきていたのだ。ぐるりとまわりを取り巻いて、襲ってきていた。本能的に、かれはたき火の中にとび込んだ。とび込むとき、鋭い歯の一撃で、足の肉をひき裂かれたのを感じた。丈夫な手袋をしていたおかげで、しばらく、おきをすくって四方八方に投げ散らした。そのためたき火は、活火山のように見えた。

だが、そんなことが長くつづくはずがなかった。顔には火ぶくれが出来、まゆ毛とまつ毛は焼け落ちてしまい、足も熱さにたえられなくなってきた。だから、ヘンリは両手に燃えている燃えさしを持って、たき火のふちにとび出した。オオカミは撃退されていた。まわり一面におきが落ちて、雪がじゅうじゅう溶けていた。去っていくオオカミが次々と荒々しくはねとんだり、鼻あらしをふいたり、唸ったりしているので、おきを踏みつけたことがわかった。

一番近くにいる敵に燃えさしを投げつけながら、人間はいぶっている手袋を雪の中につっこみ、足を冷やすためにどしんどしんと雪を踏みつけた。イヌは二匹とも消えていた。数日前のファッティから始まった長い食事コースの一つになったのだ。多分数日中に、かれが最後のコースになることだろう。

「きさまらになど、まだ食われてたまるもんか！」ヘンリは飢えた動物どもへ向かって荒々しくこぶしを振り回しながら、そう叫んだ。その声の響きで円陣全体がざわめきたち、一せいに唸りだした。牝オオカミはそっと寄ってきて、飢えた物欲しそうな目でヘンリを見つめた。

ヘンリは新しく思いついたことを実行に移し始めた。かれはたき火を大きな円にひろげた。そしてその円の中にうずくまった。雪が溶けてくるので、からだの下には寝具を敷いた。かれが炎の中の避難所に見えなくなってしまうと、オオカミどもはかれがどうなったのか見きわめるために、不思議そうにたき火のふちまで寄ってきた。それまでは、たき火のそばに近寄れなかったのだが、今はもうたき火の近くに小さな輪をつくり、イヌのようにすわって、奇妙な暖かさにあたりながら、まばたきをしたりあくびをしたり、やせたからだで伸びをしたりしていた。牝オオカミはすわると、鼻を星に向けて吠え始めた。すると、一匹また一匹と、それにならって吠えだした。しまいに全部がすわって、鼻を天に向けて吠えたてて、飢えを訴えだした。

暁がき、やがて夜が明けた。たき火はおとろえていた。薪がなくなったのだ。もっと手に入れてこなければならなかった。人間は炎の輪から出ようとした。だが、オオカミがどっとおし寄せてきた。燃えさしを投げつけても、わきへとびのくだけで、もはやあとへとびさがらなかった。なんとかして追いはらおうとしたが、無駄だった。

あきらめて、よろよろと火の中にもどりかけると、一匹のオオカミがとびかかってきた。が、ねらいがはずれて、四つん這いになっておきの上に落ちた。そして恐怖の大声をあげ、うなりながら、じたばたと雪の中に這いもどっていって足を冷やした。

人間はしゃがむような恰好《かっこう》で毛布の上にすわった。腰から上体が前へ乗りだしていた。肩はだらりと下がり、頭はひざの上にのっていた。それで、あがくことをあきらめたことがわかった。かれは時々頭を持ちあげて、消えかかっているたき火に目を向けた。炎とおきの輪がところどころ途切れて、切れめができていた。その切れめはやがて大きくなり、たき火は消えてしまった。

「いつ食おうが、もうきさまらの思いのままだなあ」と、かれは、低い聞きとれない声で言った。

「とにかく、おれは眠るよ」

一度目をさますと、すぐ目の前の、たき火の輪の中の空間に牝オオカミがいて、かれを見つめていた。

二度目に目をさましたのは、自分では何時間ものちのように思えたが、実際はすぐそのあとだった。不思議な変化が起こっていた――全く不思議な変化なので、はっとして、すっかり目がさめた。何事か起こったのだ。最初はわけがわからなかった。が、じきに気がついた。オオカミどもがいなくなっているのだ。すぐそばまで迫ってきていたことを示す足跡だけが、雪の上に残っていた。また眠気がわいてきて、かれをつかんだ。頭がひざの上に落ちかけた時、かれは突然はっとして目がさめた。

人間の叫び声や、橇の揺れ動く音や、ひき皮のきしむ音や、力を張りつめているイヌがしきりに鼻をならしている声などが聞こえてきた。四台の橇が河床から引きあげられ、木立の中をヘンリのキャンプへ向かってきていた。やがて六人の男が消えかかっている火の中にうずくまっている男を取りまいた。かれらはゆすったりつついたりして、男の意識を回復させようとした。だが、かれは酔っぱらいのような目でかれらを眺《なが》めて、妙な眠そうな声で、たわいないことを言った。

「赤い牝オオカミ……イヌのめしどきに、まぎれこんでくる……初めそいつは、イヌのめしを食った……それから、イヌを食った……そのあと、ビルも食った……」

「アルフレッド卿《きょう》は、どこにいるんだ？」と、ひとりの男がかれを手荒くゆすりながら、耳に口をあててどなった。

かれはのろのろと首を振った。「いいや、あいつは、かれを食わなかった……かれは、このまえキャンプしたとこの木の上にいる」

「亡《な》くなられたのか」と、その男は叫んだ。

「ああ、箱の中にいるんだ」と、ヘンリは答えた。そして肩をつかんでいる質問者の手を、いらだたしそうに突きのけた。「おい、おれをほっといてくれ……へとへとに疲れてるんだから……おやすみ。みなさん」

ヘンリは目をしばたたいてから、固くとじた。あごが胸にたれ落ちた。人々がかれを毛布の上に寝かせてやる時でさえ、そのいびきは凍った空気に響いていた。

しかしまた別な音が聞こえてきた。それは、はるか遠くの、とてもかすかな音ではあったが、いま取り逃がしたばかりの人間の代わりに、別な肉のにおいを追い始めた飢えたオオカミの群れの叫びであった。

2

牙《きば》の戦い

人間の声と橇《そり》イヌが鼻を鳴らす音を最初に聞きつけたのは、牝《めす》オオカミだった。消えかかっている炎の輪の中に追いつめられた人間から、一番初めにとびすさって逃げだしたのもまた牝オオカミであった。ほかのオオカミたちは、折角追いこんだ獲物をあきらめかねて、数分ぐずついてその物音を確かめていたが、やがて牝オオカミの跡を追って逃げだした。

牝オオカミの跡を追って群れの先頭を走っているのは、灰色の大きなオオカミであった——それは数匹いる首領のうちの一匹だった。全群を指揮しているのは、そのオオカミであった。唸《うな》って若いオオカミたちに警告したり、生意気にも駆け抜けようとしたりするものに、牙の一撃をくわえたりしていた。首領は雪原をゆっくり走っている牝オオカミを見つけると、足を速めて走り出した。

牝オオカミはちょっと立ちどまっていた。そしてそこが自分に定められている位置だというように、首領と並び、群れと歩調を合わせて走りだした。首領は牝オオカミがはねとんで自分の前に出るようなことがあっても、唸ったり歯をむき出したりはしなかった。それどころか、親切にしようとしているように見えた——だが、親切すぎて、寄りそって走りたがるのが、牝オオカミの気にいらなかった。首領がぴたりと寄りそってくると、牝オオカミは唸ったり歯をむき出したりした。だしぬけに咬《か》みつくことさえあった。そんな時でも、首領は怒った様子を見せなかった。わきへとびのいて、きまり悪そうに数回はねて前へ出て、かたくなって走っていた。その物腰とふるまいは、田舎の色男そっくりだった。

首領にとっては、それが群れを先導するにあたってのたった一つの悩みであったが、牝オオカミにはそのほかにも悩みがあった。たびたびの戦いで受けた傷あとのある、灰色のやせた年寄りのオオカミが、右側を走っているのだ。それは、きまって右側を走っていた。目は一つしかなく、しかもそれは左目だった。なぜ右側だけを走るか、それで説明がつくだろう。年寄りオオカミもまた、おしつけるように寄りそってくるので、しまいにその傷のある鼻づらが、牝オオカミのからだや肩や首すじにふれそうになった。牝オオカミは左側を走っている仲間に対すると同様に、歯をもってその求愛をはねつけた。両方が同時に求愛した時は、乱暴におしまくられるので、さっと両方を咬んで求愛者たちを撃退しなければならなかった。それと同時に、群れと一緒に前進もつづけ、自分の足さきにも注意していなければならなかった。首領と年寄りオオカミは、そういう場合になると、互いに歯をひらめかして、おどかすように唸り合った。だから、けんかもしかねなかった。しかし今のところ求婚やいがみ合いどころではなかった。群れには、飢えがさし迫っていた。

欲望の相手から鋭い歯ではねつけられるたびに、年寄りオオカミはさっと方向をかえて避けた。だが、そのたびに目の見えない右側を走っている、三歳の若オオカミに肩をぶっつけた。その若オオカミはもう一人前のからだになっていた。みな飢えて弱ってはいるのだが、それにしても若オオカミは、並以上の体力と気力をもっていた。けれども、片目の年寄りオオカミの肩と自分の鼻先が並ぶようにして走らなければならなかった。(そんなことはめったになかったが)大胆にも年寄りオオカミと並んで走ろうとすると、唸って咬みつかれ、また肩のところまで追いもどされた。しかし時には、注意深くそろそろと遅れてから、老首領と牝オオカミの間に割りこんでいくことがあった。そんな場合には、二倍も三倍も怒られた。牝オオカミが不快そうに唸ると、老首領が三歳オオカミにとびかかるのだった。時には牝オオカミもとびかかった。左側の若首領までとびかかることもあった。

兇暴な三組の歯で攻めたてられるような場合にぶつかると、三歳オオカミはあわてて立ちどまって、ぴたりと尻《しり》をつき、前足を踏ん張って、唸りながらうなじの毛を逆立てた。移動中に先頭で起こるこういう混乱は、いつも後方に混乱を引き起こした。うしろから走ってくるオオカミたちが、若オオカミにぶっつかるからだ。そして、腹立たしそうに、その後足や横っぱらに鋭く咬みついた。三歳オオカミは、食糧が欠乏しているうえに短気をおこしているのだから、自分勝手に苦労を重ねているようなものだった。だが、若者の無限の信念をもって、ひっきりなしにその策動をくり返した。

しかし、失敗するだけで、何一つ得るところがなかった。

食い物がありさえすれば、恋愛と闘争がただちに行なわれたろうし、群れの組織も解かれていただろう。しかし今のところ、みな食い物を求めるのに死物狂いだった。長い間の飢えのためにやせきっていた。走る速度も、普通以下に落ちていた。後方では、弱いものが――つまり、ひどく小さいものや、ひどく年とったオオカミたちが足をひいていた。先頭には、一番強いものがいた。だが、満足なからだをしているオオカミは一匹もいなかった。みな骸骨《がいこつ》のようになっていた。しかし、そうなっていながらも、足をひいているもの以外の、この動物どもの動きは、軽快で、疲れを知らないようだった。すじばった筋肉は、無尽蔵な精力の源泉のように見えた。その収縮のかげには、別な鋼鉄のような収縮があり、またそのかげにも、さらにまたそのかげにも、というぐあいに、鋼鉄のような収縮が無限に重なっているようだった。

オオカミたちはその日何マイルも走った。その夜も駆けとおした。その次の日もまた走っていた。凍りついて死のように静まり返っている大地の表面を走っていた。生き物一つ動いていなかった。不活動の広漠《こうばく》とした荒野をつらぬいて移動しているのは、オオカミだけだった。オオカミたちだけが、生きていた。そして、生きつづけるために食う生き物を探し求めていた。

低い分水界を越え、十《じゅう》いくつもの小川を探しまわったすえに、ようようオオカミたちのその捜索が報いられた。オオジカに出合ったのだ。最初に見つけたのは、大きな牡《おす》であった。それは、肉であり、生命であった。しかも不思議なたき火にも炎の飛び道具にも守られていなかった。ぶざまな蹄《ひづめ》と、手のひらのようにひらいている枝角のことなら、よく知っていた。オオカミたちは、いつもの辛抱強さと用心深さを投げすてた。格闘はちょっとの間に終わったが、激しかった。オオジカは四方から襲われた。

だが、その角でオオカミを引き裂いたり、その大きな蹄でたくみに相手の頭蓋骨《ずがいこつ》をたたき割ったりした。またおしつぶしたり、大きな角にひっかけて突き裂いたりした。取っ組み合いになると、相手を下敷きにして、雪の中に踏みつけた。しかしオオジカの運命は最初からきまっていた。残酷にも牝オオカミにのどを裂かれて、どっと倒れた。そしてからだじゅうに咬みつかれ、最後の致命傷も受けず、最後のあがきも終わらないうちにむさぼり食われた。

　この食い物は、ありあまるほどだった。オオジカは八百ポンド以上あった——四十何匹かのオオカミは、一匹あたり二十ポンドはたっぷりありついた。オオカミは、断食に耐えることもなみはずれているが、大食らいなこともなみはずれていた。二、三時間まえにこの一群とぶつかったすばらしい生き物は、まもなくわずか数本の骨となって、そちこちに散らばっていた。

　今度は、十分寝て、十分休息することだった。しかし腹がふくれると、若い牡オオカミたちの間で、いがみ合いとけんかが始まった。けんかは、そののち数日、群れが解散するまでつづいた。飢饉《ききん》は終わったのだ。もう獲物の多い土地にきていたのであった。けれども、やはり群れをつくって狩りをしていた。そして、それまでより用心深くやって、行き合ったオオジカの小さな群れから、身重の牝やからだのきかない年寄りの牡をとらえたりした。

この豊かな土地で、ある日、群れが半分ずつに分かれて、別々な方向に向かった。牝オオカミと、その左側にいる若首領と、右側にいる片目の老首領とは、半分になった群れをひきいてマッケンジー川へくだり、さらに東の湖水地方へ越えた。この群れも、一日ごとに減った。牡と牝が二匹ずつ離れていった。時には、恋がたきの鋭い歯に追われて、たった一匹で離れていく牡もあった。最後に残ったのは、――牝オオカミと、若首領と、片目と、野心家の三歳オオカミの四匹だけだった。

牝オオカミはいよいよ兇暴になっていた。求婚者たちは三匹とも、牝オオカミの歯あとをつけていた。だが、求婚者たちは決して牝オオカミの攻撃を防いだり、歯で報いたりはしなかった。どんなにひどく咬みつかれても、肩を向け、しっぽをふり、気取った歩きかたをしながら、その怒りをなだめようと努めた。しかし牝オオカミにはやさしくても、お互い同士は全く残忍だった。三歳オオカミは獰猛《どうもう》なうえに、あまりにも野心的になった。片目の年寄りオオカミの見えない目のほうの耳に嚙《か》みついて、ずたずたに引き裂いたりした。灰色の年寄りオオカミは、片側しか見えなかったが、長年の経験から得た知恵で対抗した。その失った片目と傷あとのある鼻づらは、どんな種類の経験をへてきたか、その証拠なのだ。たびたびの闘いに生き残ってきたので、一たび自分のやるべきことにぶつかると、一瞬の猶予《ゆうよ》もしなかった。

闘いは公平に始まったが、公平に終わらなかった。その結果がどうなるかは、わからなかった。まず第三者である若首領オオカミが年寄りに加勢して野心家の三歳オオカミを攻撃して殺しにかかった。若オオカミは、それまでの仲間の、無慈悲な牙に襲われた。一緒に狩りをして歩いた日のことも、一緒に獲物を倒したことも、共に苦しんだ飢饉のことも忘れられた。そういうことは、過去の問題だった。いま目の前にひかえているのは、恋の仕事だった――それは、食い物の問題よりも、もっともっときびしく、もっと残酷な仕事だった。

一方、その原因になっている牝オオカミは、闘いの間じゅう尻をついて、満足そうに眺めていた。面白がってさえいた。それは、彼女の祝日だった――そしてそれは、たびたび来るものではなかった――牡たちは首すじの毛を逆立てて、牙で牙をうち、弱いものの肉をずたずたに引き裂いた。すべては、彼女を手に入れるためだった。

この闘いに恋の最初の冒険をかけていた三歳オオカミは、この闘いのために命をおとした。その死骸の両側に、残った二匹の恋敵が立っていた。そして、雪の中にすわってほほえんでいる牝オオカミを見つめていた。しかし、老首領のほうが、闘いの場合と同じように、恋の場合にも賢かった。ずっと賢かった。若首領は肩の傷をなめようとして、向こうに頭を曲げた。だから、曲げた首を恋敵のほうにさらすことになった。年寄りオオカミは、その片目で機会を見てとった。途端に火となって突撃し、牙をもって肉薄した。その咬み傷は、長くずたずたに引き裂け、井戸のように深かった。おまけに、のどの大動脈の壁も咬み破っていた。年寄りオオカミは、そうしておいてからすっととび離れた。

若首領は恐ろしい唸り声をたてたが、その唸り声は中途でとぎれ、くすぐったいようなせきにかわった。打ちのめされ、血を流し、せきこみながらも、年寄りオオカミにとびかかっていって闘った。が、だんだん生命がうすれていき、足から力がぬけていった。目には日の光がぼんやりしか見えなくなってきたし、とびかかろうにも、だんだん敵にとどかなくなってきた。

牝オオカミはその間じゅうすわって、ほほえんでいた。その闘いに、なんとなく喜びを感じていた。というわけは、それが荒野の求愛であり、死んだものだけが悲劇である自然界の性の悲劇であったからだ。勝ち残ったものには、悲劇でないことはもちろん、それは、恋の実現と獲得であった。

若首領が雪の中に倒れて、もう動かなくなると、片目はゆっくりと牝オオカミのそばに歩み寄っていった。その態度には、得意さと用心深さが混り合っていた。明らかにはねつけられることを、予期していたからである。が、牝オオカミは怒らず歯もひらめかさなかったので、驚いた。牝オオカミが初めて片目をやさしく迎えたのである。鼻をかぎ合ってから、まるで子イヌのように一緒にはねまわったり、はしゃいだり、ふざけたりした。年寄りオオカミは、自分の年齢と分別を忘れて全く子イヌのようにふるまったので、少しまがぬけてさえいた。

消された恋敵や、雪の上に赤い血で書かれた恋物語のことは、とうに忘れられていた。年老いた片目が、一度ちょっと立ちどまってかたくなっている傷をなめた時以外には、思い出されることもなかった。その時だけは唇《くちびる》が半ばねじ曲げられて唸り声にかわり、首すじと肩の毛は本能的に逆立ち、同時に、今にもとびかかっていくように半ば腰をしずめ、爪《つめ》はしっかりした足場を求めるために雪の中にくいこんで、ぴくぴく動いていた。だが、森の中を恥ずかしそうに駆けまわって、追いかけさせようとしている牝オオカミのあとを追ってはね出した瞬間に、そんなことはすっかり忘れられていた。

そののち二匹は、ある諒解《りょうかい》に達した親しい友だち同士のように、互いに並んで走った。何日たっても、二匹は離れなかった。一緒に肉を狩り出し、殺して食った。しばらくすると、牝オオカミが落ち着かなくなりだした。何かを探しているのだが、それが見つからないように見えた。倒れた木の下にあるくぼみなどに、気をひかれるようだった。また、雪が積っている岩の大きな裂け目や、出ばった堤のほら穴などに出っくわすと、その中を長い間かぎまわっていた。年老いた片目は、そういうことに少しも興味がなかったが、おとなしく牝オオカミの捜索のおともをしていた。特別な場所に行きあって、その調査がひどく長びくようなことがあると、牝オオカミが先へ行く支度をするまで横になって待っていた。

二匹は一か所にとどまっていなかった。原野を横ぎって旅をつづけ、またマッケンジー川にまいもどった。そしてそろそろと下流におりていっては、よく小さな流れをさかのぼって獲物を狩りまわったが、必ず本流にもどった。時には、ほかのオオカミに出合うこともあったが、相手も大抵一対《いっつい》だった。だが、どちら側も、親しさや合った喜びを表わさなかったし、また群れ組織にもどろうという望みも表わさなかった。はなれオオカミにも、何度か出っくわした。そういうオオカミはきまって牡で、ずうずうしくも片目とその連れあいの仲間にはいりたがった。すると、片目が怒った。牝オオカミが片目と並んで毛を逆立てて歯をむくと、野心を起こしたはなれオオカミはしっぽを巻いてあとずさり、また孤独な旅をつづけていくのだった。

ある月の明るい晩、静かな森を走っていたとき、片目が突然立ちどまった。そして、鼻づらをあげ、しっぽをぴんと立て、空気のにおいをかぐように、鼻孔をひろげた。イヌのやるように、片足を持ちあげていた。しかし、納得がいかないので、さらにかぎつづけ、空気が運んでくる知らせをかぎわけようと努めた。連れあいは、一度むぞうさに鼻をぴくつかせただけで納得がいったので、片目を安心させるようにとっとと駆け出した。片目はそのあとにつづいたが、やはり疑いははれなかった。その警告をもっと注意して調べるために、時々立ちどまらずにはいられなかった。

牝オオカミは林の中にある大きな空地の端に、用心しながら這《は》い寄っていった。そしてしばらくひとりで立っていた。片目もあらゆる感覚を張りつめ、すべての毛から無限の疑いを放射しながら、そっと牝オオカミのそばに這い寄っていった。二匹は並んで立って目を見張り、耳を傾け、においをかいだ。

いがみながら取っくみ合っているイヌの声や、男たちのぜいぜいした叫び声や、子どもを叱《しか》る女たちのとんがり声が聞こえてきた。子どものあわれっぽい金切り声も一度聞こえてきた。大きなかさばった皮小屋を別にすれば、こちら側で動いている人間のからだで途切れて見えるたき火の炎と、静かな空気の中へゆるゆると立ちのぼっている煙のほかは何も見えなかった。だが、インディアンのキャンプのさまざまなにおいがにおってきて、片目には大部分わからない物語を運んできた。しかし牝オオカミはその物語の細かいはしばしまでを知っていた。

牝オオカミは奇妙に興奮して、くんくんにおいをかぎ、ますますうれしそうにした。だが、年老いた片目は、疑い深かった。不安そうにして、逃げ出そうとした。牝オオカミはふりむくと、安心させるように鼻づらで片目の首をおし、それからまた小屋を見つめた。物欲しそうな表情が顔に浮かんだ。が、飢えからくる物欲しさではなかった。駆け出していって、たき火に近づき、イヌたちとけんかしたり、よろよろ歩いている人間の足をさけたり、とびのいてみたりしたいという望みにかられて、ぞくぞくしているのだった。

片目はそのそばで、じれったそうにもじもじしていた。一方牝オオカミにも例の不安がもどってきた。さしあたって自分が探しているものを見つけなければならないことを感じたのだ。だから、くるりと向きをかえて、とっとと森の中へ駆け出した。片目はほっとした。そして安全な木立の中に隠れるまで、牝オオカミの少し前に立って走りつづけた。

月明かりの中を、影のように音もなくするすると進んでいくと、動物の通り路《みち》に行きあたった。二つの鼻は、雪の中の足跡を追いだした。足跡はとても新しかった。片目が用心しながら前を進み、連れあいはそのあとにつづいた。広い足の裏のふくらみをぐっとおしひろげているので、ビロードで雪を踏んでいるようなものだった。片目はまっ白な雪の中で、まっ白いものがかすかに動いているのを見てとった。それまでのすべるような歩きぶりも見かけによらず速かったが、今駆け出した速さにくらべたら、物の数ではなかった。目の前を、見つけたばかりの白いぼんやりしたものが跳ねていた。

二匹のオオカミは、両側に若いエゾマツの茂みのある小路を走っていた。木々の間の小路から、その出口が見えた。それは月明かりに照らされた空地にひらいていた。年老いた片目は、逃げていく白いものを大急ぎで追った。一とびごとに、まをつめた。そして追いつめた。もう一とびで、それに歯が食いつくところだった。だが、その一とびができなくなってしまった。白いものが、空中高く、まっすぐに舞いあがったからだ。そして、今までやっきとなって、とんだりはねたりしていた雪ぐつウサギ《スノーシユー・ラビツト》は、片目の上空で奇妙なダンスをしつづけていて、二度と地上にもどってこなかった。

(ウサギが罠《わな》にかかったのである)

片目は、びっくりして鼻あらしを吹いてとびのくと、雪の上にからだをちぢめ、唸《うな》り声を立てて、その不可解な恐ろしいものをおどしつけた。だが、牝オオカミは、平気でそばを通りぬけて前へ出た。そしてちょっところ合いを計ってから、おどっているウサギにとびついた。高くとびあがったのだが、しかし獲物にはとどかなかった。歯が金属のような音をたてて、カチッと虚空《こくう》を咬《か》んだ。牝オオカミはもう一度とびあがった。それからもう一度。這いつくばっていた連れあいは、次第にくつろいで、牝オオカミを見守っていた。が、再三の失敗にすっかり腹を立てると、片目は、力をいれて、いきなりとびあがった。そしてウサギをくわえて、地上に引きずりおろした。だが、それと同時に、パチパチと鳴るあやしい動きがそばで起こった。びっくりして見ると、エゾマツの若木が頭の上に曲がってきて、自分をたたこうとしているのだった。片目はくわえていたものを放し、とびのいて、この不思議な危険からのがれた。怒りと驚きのために、牙《きば》はむき出され、のどは唸り、毛は一本一本逆だっていた。ところが、その瞬間に、若木はそのすんなりとした幹をまっすぐにもどし、ウサギはまた空中でおどりだした。

牝オオカミは怒った。連れあいの肩に牙をつきさして、叱った。すると、片目はなんのためにこの猛撃にあったのかわけがわからず、胆《きも》をつぶし、恐怖のあまり猛烈に逆襲して、牝オオカミの鼻づらの横を咬み裂いた。片目がそんな小言ぐらいで怒るということは、牝オオカミにも同様に思いがけないことだった。牝オオカミは憤慨して、唸りながら片目にとびかかった。その時、片目は自分の思いちがいに気がついたので、相手をなだめようとした。だが、牝オオカミは徹底的に罰しようとするので、しまいに片目はなだめることをすっかりあきらめた。顔をそむけて、ぐるぐる回りながら、歯の刑罰をその肩に受けた。

一方ウサギは、その頭の上の空中でおどっていた。牝オオカミは雪の上にすわった。片目は、不思議な若木よりも、今度は連れあいの方がこわくなったので、またウサギにとびついた。ウサギをくわえてとびおりて来ながらも、その若木から目を離さなかった。さっきのように、若木はあとについて地上までおりてきた。片目は今にもふってきそうな打撃の下に、小さくちぢこまって毛を逆立てていたが、ウサギをしっかりとくわえたまま、歯から放さなかった。打撃はふってこなかった。若木は頭の上に曲がったままだった。動くと若木も動いたので、片目は歯をくいしばったまま唸りつづけた。しかし、じっとしていると、若木もじっとしているので、動かないかぎり心配はないのだと思った。

片目を窮地から救ってくれたのは、連れあいだった。牝オオカミはウサギを受けると、頭の上で若木が恐ろしくゆれ動いているにもかかわらず、平気でウサギの頭を咬み切った。途端に若木がとびあがったが、そのあとは何のめんどうも起こらなかった。自然が生長させようとする意のままに、若木はきちんとまっすぐに立っていた。

そこで牝オオカミと片目は、不思議な若木がつかまえてくれた獲物を仲よくむさぼり食った。

そのほかにも、動物の通り道や小路がいくつもあって、ウサギが空中にぶらさがっていたので、このオオカミ夫婦はそれをくまなく探しまわった。牝オオカミがその案内役だった。年老いた片目はそのあとについて歩き、よく注意して眺め、罠から獲物を盗む方法を学んだ――この知識は、あとで非常に片目の役にたつことになった。

オオカミ穴

牝オオカミと片目は二日間、インディアンの小屋のまわりをうろついていた。片目は心配してやきもきしていたが、連れあいは小屋に心をひかれて、離れたがらなかった。だが、ある朝、すぐ近くで銃声が起こって、空気をつんざき、弾が一発、片目の頭から数フィートしか離れていない木の幹にぶち当たった。もはや、ぐずぐずしていられなかった。二匹は大またに飛ぶようにかけて、たちまちその危険から数マイル遠ざかった。

しかし、遠くまでは行かなかった――二日旅をしただけだった。牝オオカミが探していたものを、急に見つけなければならなくなってきたからだ。牝オオカミは体が重くなっていた。のろのろとしか走れなかった。一度ウサギを追いかけた時など、いつもならぞうさなく捕えるのに途中であきらめて、ぐったりと横になって休んだ。片目はそばに寄っていった。だが、鼻づらでやさしくその首すじにさわると、いきなり猛烈な勢いで咬みつかれたので、片目はその歯をのがれようとしてうしろにひっくり返り、ぶざまな醜態を演じた。牝オオカミは今までより気が短くなってきていたのだ。しかし、片目はこれまでよりずっと辛抱づよくなり、ずっと気をくばってやるようになっていた。

まもなく牝オオカミは、探し求めていたものを見つけた。それはある小さな流れを二、三マイルさかのぼった所にあった。その流れは、夏になるとマッケンジー川に注いでいるのだが、まだ表面はいうまでもなく、岩だらけの底まで凍っていた――水源地から川口まで、かたまった白色の死んだ流れになっていた。連れあいよりずっとあとになって、疲れきったようにとぼとぼと歩いていると、牝オオカミは突き出ている、粘土の高い崖《がけ》に行き当たった。だから、その崖にそって歩いていくと、探していたものにぶつかった。春の嵐《あらし》にいためつけられ、雪どけ水に根もとを洗われて、崖に一か所、狭い割れ目ができて、小さなほら穴になっていた。

牝オオカミはほら穴の入口に立ちどまると、注意深く崖を見上げた。それから、柔らかに起伏している風景の中から切りたっているような、その崖の根もとにそって、一方に走っていっては、また別な方に走っていった。そして入口にもどってくると、狭い入口から中へはいった。三フィートばかりは這っていかなければならなかったが、そこをすぎると、両側の壁が広く、天井も高くなって、直径が六フィート近い、小さな円い部屋になっていた。天井は頭すれすれであった。だが、かわいていて、居心地がよかった。そこを念入りに調べている間に、片目がもどってきて、入口に立って辛抱づよく見守っていた。牝オオカミは頭をさげて地に鼻をつけ、そして寄せ集めた四本の足の近くの一点に鼻を向けたと思うと、その点を中心に四、五回くるくる回った。それから、疲れきっているように、ほとんどうめきに近いため息をすると、頭を入口の方に向けて丸くなって横たわり、足を少し伸ばした。片目は好奇心にかられ、耳をぴんと立てて、笑いかけた。その顔の向こうの白い光に浮かんで、ふさふさしたしっぽが愛想よくゆれているのが、牝オオカミの目にうつった。牝オオカミは口をあけてゆったりと舌をだし、耳を頭にすりつけるように動かし、ちょっとの間、その鋭くとがった耳を頭に背負っていた。それは自分が満足して喜んでいるということを表わしているのだった。

片目は腹をすかしていた。けれども入口に横たわって眠っていた。しかしその眠りは断続的だった。始終目をさまして、四月の太陽がぎらぎら燃えている、そとの明るい雪原に耳をそばだてていたからだった。うとうとした時でも、目に見えない水がちょろちょろ流れているかすかな音が、ひょっと耳にはいってくると、はっと目をさまして、一心に耳をすました。太陽が帰ってきたので、北部地方が目ざめて、呼びかけているのだ。生命が動きだしたのだ。空気の中に春が感じられた。雪の下には生命の生長が、木々の中には樹液がのぼってくるのが、そしてまた霜にいじめられていたつぼみがほころびてくるのが感じられた。

片目は心配そうに連れあいを眺《なが》めたが、牝オオカミは立ちあがろうとしなかった。片外を見ると、五、六羽の雪ホオジロが視界を横ぎって、ばたばたと飛んでいった。片目ははっとして立ちあがろうとしたが、また連れあいの方を見ると、腰を落ち着けてまどろみ始めた。かんだかい、かすかな歌声が、耳にしのびこんできた。片目は眠そうに、一、二度、前足で鼻をこすった。それから目をさました。一匹の力が、鼻さきでぶんぶんうなっていた。それはすっかり成長した力だった。冬じゅう、かわいた丸太の中で凍ってねていたのだが、今太陽に解かしてもらったばかりの力だった。片目は、もう外界の呼び声をしりぞけることが出来なくなった。おまけに腹がへっていた。

片目は、連れあいのところに這っていき、起きあがるようにすすめた。だが、唸り返されただけなので、ひとりで明るい日の光の中に出かけたが、足の下の雪づらは柔らかになり、旅が困難になっていた。で、凍っている川床をのぼりだした。そこは木の陰になっているので、まだ雪がかたく固まっていた。片目は八時間も歩きまわり、暗くなってから帰ってきたが、出かけた時より一層腹をへらしていた。獲物を見つけたのだが、捕えそこねたからだ。解けかかっている雪づらを踏みぬいてころげまわっているうちに、雪ぐつウサギはいつものように軽快に、全速力でかけて行ったのだ。

片目は、突然不審を感じて、ほら穴の入口で立ちどまった。よわよわしい聞きなれない物音が中から聞こえてくるのだ。それは連れあいがたてている音ではなかった。しかしどことなく親しみのある音だった。そこで腹這いになって用心しながらはいっていくと、牝オオカミに唸って警告された。だから、それ以上近づかなかったが、なんの不安も感じなかった。ほかの物音に——よわよわしい、めそめそ泣いているような含み声に興味を感じるだけだった。

連れあいがいらいらして、出て行くようにと警告するので、片目は入口のところに、まるく丸まって眠った。朝になって穴の中がうすぼんやりと明るくなると、片目はまた、どことなく親しみのある音の出どころを探した。連れあいの警告の唸りには、これまでとは違った響きがあった。それは嫉妬《しっと》の響きだったので、片目は、適当な距離より近寄らないように気をつけた。それでも見わけはついた。まだ光にも目のあかない、いかにもよわよわしく頼りのない様子をした五つの小さい奇妙な生命のかたまりが、連れあいの足にかくれて、そのからだに寄りかかり、かすかに鼻を鳴らしていた。片目はびっくりした。たくみに生きぬいてきたこれまでの長い間には、こうしたことが起こったのは、もちろん今度が初めてではなかった。何度も起こった。しかし片目にとってはいつも新しい驚きだった。

連れあいは気づかわしそうに片目を見た。ちょっとの間ごとに低い声でいがみ、時たま片目が近寄りすぎたように思うらしく、その時はいがみ声は鋭い唸り声となってのどからとび出した。牝オオカミの経験では、今起ころうとしているようなことの起こった記憶はなかった。だが、すべての母オオカミの経験する本能の中には、生まれたばかりの無力な子を食ってしまった父親の記憶がひそんでいた。それが身うちに強い恐怖となって表われ、父親である片目が近くに寄って、子オオカミをよく眺めようとするのをはねつけているのだった。

しかし、少しの危険もなかった。片目は一つの強い衝動に気づいていたからだ。それはすべての父オオカミから順番に伝わってきた一つの本能であった。片目はその本能を疑わなかったし、そのためにとまどいもしなかった。もともとそれは、その生存の素質の中に備わっていたのだ。だから、その本能に従って、生まれたこの家族に背中を向け、生存のかてである肉のにおいを追って遠く出かけたことは、ごく自然なことであった。

そのオオカミ穴から五、六マイル上流で、流れは二またに分かれ、二つの流れはともに直角に山の中に向かっていた。そこで片目は左支流をさかのぼっていくと、新しい足跡にぶつかった。においをかぐと、それはつい今しがた通った跡なので、大急ぎでうずくまり、足跡が去って行った方向を眺めた。それからよく考えて、右支流へ引き返した。その足跡は自分の足跡よりずっと大きいからだった。そういう足跡についていったところで、自分にとれる肉が少しもないことを知っていた。

右支流を半マイルばかりさかのぼったところで、鋭い耳は何か物をかじっている音をすばやくとらえた。そこでその獲物にしのび寄っていったが、それはヤマアラシだった。木につたいあがって、その皮をかじって歯をみがいているのだった。片目は用心深く近づいていったが、もちろん望みをかけてはいなかった。こんな北部地方でヤマアラシに出あったことはなかったが、この種類のもののことは知っていたからだ。

これまでの長い生涯《しょうがい》のうちで、ヤマアラシが食事の役にたったことは一度もなかった。しかし、運とか機会とかいうものがあることをずっと前から知っていたので、片目はじりじりと近寄っていった。生き物を相手にする場合には、どういうものか、いつも事の起こりぐあいが違うので、どんなことが起こるか知れないのだ。

ヤマアラシは、ボールのようにからだを丸め、鋭い針を八方に突き出して攻撃に備えた。片目は若いころに、一度これと同じような、見たところ自力では動けそうもない針の玉に、あまり鼻を近づけてにおいをかいだため、そのしっぽでいきなり顔をたたかれたことがあった。一本の針が鼻づらに突き刺さったままになり、それが最後に抜けるまで何週間も燃えるように痛んだ。だから、しっぽを振っても届かないように、鼻をたっぷり一フィートばかり離して、ゆったりとうずくまるような恰好《かっこう》に腹這った。そうしてじっと静かにして待っていた。予想がつかなかった。だが、何か起こるかもしれなかった。ヤマアラシがからだを伸ばすかもしれないのだ。そうしたら、防備のない柔らかい腹に、たくみに前足をつっ込んで引き裂けるかもしれないのだ。

だが、三十分も待ったあげく、片目は立ちあがり、いまいましそうにその動かない玉を唸りつけ、それからとっとと走り出した。前にも時々、ヤマアラシが体を伸ばすのを待っていてばかをみたことがあったので、それ以上時間をむだにする気にならなかったからだ。片目はその右支流をのぼりつづけた。時間はどんどんたっていったが、狩りは何一つ報いられなかった。

目ざめた父性の本能は、片目を強くかりたてた。なんとしても肉を探さなければならなかった。午後になってから、偶然ライチョウを発見した。茂みから抜け出ると、思いもかけず、この血のめぐりの悪い鳥と顔をつきあわせたのだ。鳥は丸太にとまっていた。鼻さきから一フィートと離れていなかった。両者は互いに相手を見た。鳥はびっくりして飛びたとうとしたが、片目はそれを前足で打って地面にたたきつけた。すると、鳥はまた飛びあがろうとしながら、ばたばたと雪のなかを逃げ出したので、とびついてくわえた。歯が柔らかい肉ともろい骨に突き刺さると、片目は当然食い始めた。だが、じきに思い出し、ライチョウをくわえていま来た道を引き返し、ほら穴に向かった。

何か新しいにおいが見つからないものかと注意しながら、いつものようにビロードのような足で影のように音もなく走っていると、流れの分かれめから一マイルばかり上流のところで、けさ早く見たことのある大きな足跡を見つけた。それは、けさよりあとにつけたものだった。そして、自分の行く方向に向かっていたので、流れの曲がりめごとに、その足跡の主とあうものと覚悟しながら、そのあとについていった。

流れがとても大きく曲がりかけているところで、岩角からそっと頭を出すと、機敏な目にあるものが映った。片目はさっとうずくまった。それは足跡の主、大きな牝のオオヤマネコだった。オオヤマネコは、この日一度片目がうずくまっていたように、かたく巻いた針の玉の前にうずくまっていた。これまでの片目がすべる影であったとしたら、今は影の幽霊のようになって、片目は這って遠まわりをし、黙って動かないでいる二匹の動物の風下に出た。

片目は、ライチョウをそばに置いて腹這いになると、低いエゾマツの茂みの針のような葉をすかして、目前にひろげられている生命の演技を——生き抜こうとして待っているオオヤマネコとヤマアラシを見守った。勝負は不思議なもので、一方にとっての生きる道は相手を食うことであり、もう一方にとっての生きる道は相手に食われないことである。一方、オオカミの片目は茂みの中にうずくまって、自分の生きる道である肉が手にはいるかもしれないという、とんでもない幸運を待ちながら、その演技の一役を演じているのだった。

三十分たち、一時間すぎた。何事も起こらなかった。針の玉は動きはしたがまるで石になったようであったし、オオヤマネコは凍って大理石になったようであった。そして、年老いた片目は、死んでいたと言ってもよかった。だが、三匹の動物は痛いほどの生の緊張にしめつけられていた。石化したように見える今よりもっと敏感になることは、今後もめったにないだろう。

片目はちょっと身じろぎすると、いよいよ一心になってのぞいた。何か起こりかけていた。ヤマアラシがとうとう、敵がいってしまったと思ったのだ。用心しながらそろそろと、その難攻鉄壁の鎧《よろい》の玉を伸ばしだしていた。身ぶるいするような危険の予感がなかったからだ。ゆっくりゆっくりと、針の玉は伸びて長くなった。見守っていた片目は、目の前に、食い物のようにひろがっていく生きた肉に刺激されて、思わず急に口がしめって、よだれの流れるのを感じた。

ヤマアラシはすっかりからだを伸ばしきらないうちに、敵を発見した。途端にオオヤマネコが襲いかかった。猛禽《もうきん》の爪《つめ》のように曲がった堅い爪をもった前足が、いきなり柔らかい腹の下にとび出していって、さっと引き裂くように動いてひっこんだ。ヤマアラシがすっかりからだを伸ばしているか、あるいはまたその一撃の何分の一秒か前に敵を発見していなかったら、オオヤマネコの前足は無事にのがれられたかもしれなかった。だが、ヤマアラシがしっぽで横なぐりになぐりつけたので、ひっこめる前に鋭い針がその前足にぐさりと突き刺さった。

あらゆることが同時に起こったのだった——攻撃も逆襲も、ヤマアラシの苦悶《くもん》の悲鳴も、オオヤマネコの突然のけがと驚きの叫び声も。片目は興奮して、半分からだを起こした。耳はぴんと立ち、しっぽはうしろにまっすぐにのびて震えていた。オオヤマネコはわれを忘れて、その兇暴《きょうぼう》さを発揮した。自分を傷つけたものに、猛然ととびかかっていった。ヤマアラシは悲鳴をあげ、ぶうぶうなきなき、引き裂かれたからだをなんとかして玉に丸めて防禦《ぼうぎょ》しようとしながら、またもやそのしっぽをふった。オオヤマネコは今度も傷つき、胆《きも》をつぶして悲鳴をあげた。それから、尻《しり》ごみしながらくさめをした。奇怪な針さしのように、その鼻には針が何本も突き刺さっていた。オオヤマネコは火のような針を抜こうとして、前足で鼻をこすったり、雪の中に鼻をつっこんだり、木の枝や小枝にすりつけたりした。そしてその間じゅう、痛みと驚きのために気が狂ったようになって、前へ横へ、あちこちへととびまわっていた。

オオヤマネコは、ひっきりなしにくさめをし、短いしっぽを、はげしくぴくぴくさせながら盛んに振りまわしていた。片目は見まもっていた。が、やがてこっけいなしぐさをやめて、かなり長い間静かにしていた。しばらくすると、オオヤマネコはだしぬけに空中に高くとびあがり、同時に長いとても恐ろしい叫び声をあげたので、片目はぎょっとして、思わず背なかの毛を逆だてずにはいられなかった。それからオオヤマネコは一とびごとに悲鳴をあげながら、小道を伝って川上へ走り去った。

オオヤマネコの騒ぎが遠くへうすれていき、すっかり聞こえなくなってから、片目は初めて茂みを出た。そして、雪づら一面にヤマアラシの針がまっすぐに立って敷きつめられて、柔らかい足裏のふくらみを突き刺そうとしているかのように、そろそろと歩いた。ヤマアラシは片目が近づいていくと、たけり狂ったような悲鳴をあげて、長い歯をカチカチと鳴らした。そしてどうにか玉に丸まったが、もとのようにかたく引きしまった玉ではなかった。筋肉をひどく引き裂かれていたので、そうなれなかったのだ。それはほとんど二つに引き裂かれていて、まだ血がひどく流れ出ていた。

片目は血のしみた雪を一口ずつしゃくって、嚙《か》み、味わい、そして飲みくだした。それが薬味の役をして、いよいよひどく腹がへったような気がした。だが、年功をつんでいるので、用心を忘れなかった。片目は待った。横になって待っていた。一方ヤマアラシは歯をきしらせ、ぶうぶういい、すすり泣き、時々身を切られるような小さな悲鳴をあげた。まもなく片目は、ヤマアラシの針がだんだんしおれ、大きなふるえが始まっているのに気がついた。それから突然ふるえがやんだ。最後に長い歯が、挑《ちよう》戦《せん》的にカチッと鳴った。それからあらゆる針がすっかりしおれ、からだがだらりとなり、二度と動かなくなった。

片目は臆病《おくびよう》に、立ちすくみがちな前足で、ヤマアラシのからだを一ぱい伸ばし、それからあおむけにひっくり返した。間違いなく死んでいた。片目はちょっとの間、それを熱心に調べた。それから注意してそれをくわえ、とげだらけの塊を踏まないように顔をわきへ曲げて、半ば持ちあげ半ば引きずりながら流れをくだり始めた。が、ふと忘れ物を思いだすと、その荷物をおいて、さっきライチョウを置いた所に引き返した。片目は一瞬の躊躇《ちゅうちょ》もしなかった。自分のしなければならないことをよく知っていたので、さっさとライチョウを食ってしまった。それから荷物の所にもどって、その荷物を持ちあげた。

片目がその日一日がかりの狩りの獲物をほら穴の中に引きずり込んでいくと、牝《めす》オオカミはそれを調べ、それから鼻づらを片目に向けてその首をなめた。そして、次の瞬間唸《うな》って、子どもたちのそばから離れていくようにと警告したが、その唸り声はこれまでより荒々しくなかった。おどしつけるというより、むしろ言いわけをしているようだった。子どもたちの父親へ抱いていた牝オオカミの本能的な恐怖は、だんだん弱まってきていたのだ。片目が父オオカミらしくふるまい、牝オオカミらしくふるまい、牝オオカミがこの世へ生み出した幼い生命をむさぼり食おうという、邪悪な欲望を表わさなかったからだった。

灰色の子オオカミ

その子オオカミは、兄弟や姉妹たちと違っていた。きょうだいたちの毛は、母親の牝オオカミのあとをついで赤味がかった色をしていたが、その子オオカミだけはその点父親に似ていた。一腹《ひとはら》の子のうちで、ただ一匹の灰色の子オオカミであった。純粋なオオカミ属に生まれついていた——事実たった一つの例外を別にすれば、肉体的にも片目そっくりに生まれついていた。例外は——父オオカミには目が一つしかないのに、灰色の子オオカミは目を二つもっていたことだ。

灰色の子オオカミの目はあいてまもなかったが、もうなんでもはっきりと見えた。目がとざされていた間は、さわったり、味わったり、においをかいだりしていたのであった。灰色の子オオカミは、二匹の兄弟と二匹の姉妹のこともよく知っていた。弱々しいぶざまな恰好《かっこう》で、きょうだいたちとふざけ、けんかもした。いきりたってくると、小さなのどがふるえて、奇妙な耳ざわりな音がでた（唸り声の前ぶれ）。目があくずっと前に、さわったり、味わったり、においをかいだりして、母オオカミのことがわかるようになっていた——それは暖かみと、流動食物と、愛情の泉であった。

母オオカミはやさしい親切な舌を持っていて、それでからだを撫《な》でまわされると、心がやわらぎ、つい寄りそっていって、うとうとと眠ってしまうのだった。

生涯の第一か月目は、こうして大部分眠ってすごした。だが、もうすっかり目が見えるようになり、目をさましている時間が長くなると、自分の世界がよくわかるようになってきた。その世界はうす暗かった。しかしほかの世界のことを知らないので、自分の世界のうす暗さに気がつかなかった。それはうす明かりの世界だったから、そのほかの光に目を調節する必要がなかった。その世界はとても小さかった。ほら穴の壁で区切られていたからだ。だが、外の大きな世界のことは何も知らなかったから、その生存範囲の狭さが苦にならなかった。

けれども、灰色の子オオカミは自分の世界の一方の壁が、そのほかの壁と違っていることに早くも気がついていた。それはほら穴の入口であり、光の源であった。子オオカミは何一つ自分の考えや自覚的な意志をもたない前から、そこがほかの壁と違うということに気づいていた。目があき、それを見る前から、それはいやおうなしの魅力であった。そこから流れこんでくる光が、かたくとじているまぶたに突き当たると、目と視神経は、暖かそうな色をした妙に気持のよい、その小さな花火のような光のひらめきに合わせて脈打つのだった。肉体の生命と、肉体を作っているあらゆる繊維の生命、つまり肉体の実体そのものであり、自分一個の生命とは別の生命が、その光にあこがれ、ちょうど植物の化学作用が植物を太陽に向かわせると同じように、その肉体を光の方にかりたてていた。

灰色の子オオカミは、初め意識的な生活が始まらないうちは、いつもほら穴の入口の方に這《は》っていった。その点では兄弟や姉妹たちも同じだった。その時期には、奥の暗いすみの方に這っていくものは一匹もいなかった。光が子オオカミたちを植物のように引きつけたのだ。つまり子オオカミたちを構成している生命の化学は、生存の必要物として光を要求したのだ。だから、小さいあやつり人形のようなからだは、ブドウの木の巻きひげのように、盲目的に化学的に這い寄っていった。そののち個性が発達し、衝動と欲望を自分で意識するようになると、光の魅力はいよいよ大きくなった。子オオカミたちは始終光の方によちよちと這っていっては、いつも母オオカミに追いもどされた。

灰色の子オオカミはそういうふうにして、柔らかい、なだめすかすような舌とは別の、母オオカミの属性を学びとった。しつこく光の方に這っていくと、強くこづいて叱《しか》る鼻と、のちにはおし倒し、すばやく巧妙にたたいて、自分をころころ転がす前足を発見した。こうして灰色の子オオカミは、けがということを学んだ。そのうえ、けがをまぬがれる方法を学んだ――それにはまず、けがをまねかないようにすることだった。第二には、そういう危険な目にあったら、身をかわしたりのいたりして、それからのがれることだった。それは、意識的行動であって、子オオカミがその経験から世の中にくだした最初の帰納であった。それまでは自動的に光に向かって這っていったように、自動的にけががからあとずさっていたのだった。そののち子オオカミは、けががからしりごみするようになった。というわけは、けがというものをのみこんだからであった。

灰色の子オオカミは兇暴だった。兄弟や姉妹たちもそうだった。それは当然なことであった。肉食動物だからである。肉を殺し、肉を食う種属の出なのだ。父オオカミと母オオカミは、全く肉を食って生きていた。子オオカミが最初のよろよろした生命で吸った乳は、直接肉から変形したものだった。そして、生まれてから一か月、目をあいてからは一週間ばかりにしかならないのに、もう肉を食い始めていた――牝オオカミがその乳房では養いきれないほど大きくなり、成長しつづけている五匹の子オオカミのために、半分噛んで、はき出した肉ではあったが。

灰色の子オオカミは、その一腹のうちで一番兇暴だった。きょうだいたちの誰より、高い耳ざわりな唸り声をだした。ちっぽけな怒りも、きょうだいたちの怒りよりずっとすさまじかった。たくみに前足でたたいて、仲間の子オオカミたちを転ばすいたずらを一番早く覚えた。きょうだいたちの耳をくわえ、引っ張ったり、引きずりよせたり、あごをしっかりくいしばったまま唸ったりすることを覚えたのも、一番早かった。おまけに、子オオカミたちをほら穴の入口に近寄らせまいとしている母オオカミを一番手こずらせたのも、確かにこの灰色の子オオカミだった。

灰色の子オオカミにとっては、光の魅力が一日ごとに大きくなった。たえず入口のほうへ一ヤードぐらい冒険に出かけていっては、そのたびに追いもどされた。そこが入口だとは知らなかった。入口のことについては、何も知らなかった——つまり、ある場所から別な場所へ行く通り路《みち》だということを知らなかった。ほかの場所を知らないのだから、そこへ行く道を知らないのは無理もなかった。だから、ほら穴の入口は壁だった——光の壁だった。子オオカミからみたその壁は、外に住んでいるものにとっての太陽のようなものだった。つまり、子オオカミの世界の太陽だった。そしてろうそくがガをひきつけるように、子オオカミをひきつけた。だから、一生懸命になって、いつもそこに達しようとした。体内で急速に伸びている生命が、光の壁の方へたえず子オオカミをかりたてているのである。体内の生命はまた、それが外へのたった一つの出道で、自分がその道を踏むように運命づけられているということを知っていたのだ。だが、子オオカミ自身は何もそのことを知らなかった。外にも世界があるということを知らなかった。

この光の壁について、たった一つ不思議なことがあった。父オオカミ（子オオカミは、この世界に住むもう一つの居住者として、とうに父オオカミを認めるようになっていた。それは、光の近くで眠り、肉を持ってきてくれる生き物で、母オオカミに似ていたから）――父オオカミには、向こうの白い壁にまっすぐはいっていって、消えてしまうくせがあった。灰色の子オオカミにはそのことが理解できなかった。その壁に近づくことは、決して母オオカミが許してくれなかったからだ。ところで、ほかの壁に近づいていくと、柔らかい鼻のさきがかたいものにぶつかった。それはけがである。だから、そのような冒険を四、五回やったのち、壁にはかまわないことにした。そのことをよくも考えないで、乳と半分嚙んだ肉が母オオカミの特性であるように、壁の中に消えていくのが父オオカミの特性だと思った。

事実、灰色の子オオカミには、考えが――少なくとも、人間にはあたりまえな思考のようなものが与えられていなかった。頭の働きがにぶかった。だが、その決定は人間のやる決定のように、鋭くてはっきりしていた。そのやり方は、理由と目的を問わないで、物事をそのまま受け入れるのだった。実際には分類行為だった。なぜ事が起こったのか、その理由などはどうでもよかった。どんなぐあいに起こったか、その状態だけで十分だった。だから、奥の壁に四、五回鼻をぶっつけると、自分は壁の中に消えていけないものだときめた。同様に、父オオカミなら壁の中に消えていくことができるのだと思った。そして自分と父オオカミとの違う理由を見つけようなどという欲望を少しも起こさなかった。論理学や物理学は、子オオカミの精神要素の一部にはなっていなかった。

荒野の大抵の動物と同様に、子オオカミは幼い時から飢えを経験した。肉がもらえなくなったばかりでなく、母オオカミの胸から乳が出なくなったことがあった。初めのうち子オオカミたちは、すすり泣いたり泣きわめいたりしたが、大抵眠っていた。まもなく、飢えのために昏睡《こんすい》状態におちいった。だから、小ぜり合いもいがみ合いも、もはや起こらなかった。小さな怒りも爆発しなかったし、唸ろうともしなかった。向こうの白い壁への冒険もはたとやんだ。子オオカミたちは眠りつづけた。その間に、からだの中にある生命は、ちらちらまたたきながら消えてしまった。

片目は死物狂いであった。広く遠くまで歩きまわった。悲惨で、なんの楽しみもなくなったほら穴では、もうほとんど眠らなかった。牝オオカミもまた、子オオカミたちをおきっぱなしにして、肉を探しに出かけた。子オオカミが生まれて間もないころは、片目は、いく度もインディアンの小屋のところまで出かけていって、罠《わな》にかかったウサギを盗んできたが、雪が解けて小川が流れ始めると、インディアンの小屋がどこかへ行ってしまったので、その肉の供給源はたたれてしまっていた。

灰色の子オオカミがよみがえって、また向こうの白い壁に興味を持ちだした時、自分の世界の居住者たちの数がへっているのに気がついた。残っているのは妹一匹だけだった。ほかのものはみないなくなっていた。灰色の子オオカミはだんだん強くなったが、その時、自分はひとりで遊ばなければならないのだということに気がついた。妹はもう頭もあげなければ、動きまわりもしなかったからだ。自分の小さなからだは、今食っている肉でまるまると太ったが、妹にとってはその食べ物がくるのが遅すぎたのだ。妹はたえず眠りつづけ、皮をはったちっぽけな骸骨《がいこつ》の中で、生命の炎がちらちらと明滅し、しだいにおとろえ、最後に消えてしまった。

それから、灰色の子オオカミが、例の壁に現われたり消えたりし、また入口に横になって眠ったりする父オオカミの姿をもはや見かけなくなる時がきた。それは、前よりはひどくなかったが、二度目の飢饉《ききん》の終わりごろに起こったのだった。牝オオカミは片目がもう帰ってこないわけを知っていたが、自分が見てきたことを灰色の子オオカミに教える方法がなかった。牝オオカミは、オオヤマネコが住んでいる流れの左支流をさかのぼり、肉をあさりながら、前の日に片目がつけた足跡をたどっていったのであった。そして片目を見つけたのだった。いや、その足跡が行きどまっているところで、片目の残骸を見つけたのである。そこには、格闘が行なわれたあとと、オオヤマネコが勝ってそのほら穴に引きあげていったあととが、たくさん残っていた。牝オオカミは逃げ帰る前にそのほら穴を見つけた。しかし、オオヤマネコが中にいる形跡があったので、中にはいりこむような無謀な冒険はしなかった。

そののち牝オオカミは、狩りに出かけてもその左支流には近寄らなかった。オオヤマネコのほら穴には、一腹の子ネコがいるし、オオヤマネコは兇暴で怒りっぽい動物で、そのうえ恐ろしい闘士であるということを知っていたからだ。ぱっぱっと口からつばをとばして毛を逆だてているオオヤマネコを、六匹がかりでならもちろん木に追いあげられるが、たった一匹で立ちむかうことになると、問題は全く別なのだ――ことに、オオヤマネコが飢えた一腹の子ネコをかかえていることがわかっているときには。

しかし、野生は野生だが、母性はやはり母性である。母性は、荒野にいようが荒野のそとにいようが、いつも強い保護本能を持っている。だから、牝オオカミが灰色の子オオカミのために、左支流と、岩の中のほら穴と、オオヤマネコの怒りとに、思いきっていどむときがくるはずであった。

世界の壁

母オオカミがほら穴を出て遠くへ狩りに出かけるようになったころには、子オオカミは、自分には入口に近づくことが禁じられているという掟《おきて》をよくのみこんでいた。この掟は、母オオカミの鼻と前足で、何度となく強く子オオカミの心に刻みつけられていたばかりでなく、子オオカミのうちに恐怖の本能が発達していたからだった。短いほら穴生活の間に、恐ろしいことに出あったことは、もちろん一度もなかった。けれども、恐怖が子オオカミのうちにあった。それは何千何百万という数知れない生命を通じて、遠い祖先から伝わってきたものだった。また直接、片目と牝オオカミから受けついだ一つの遺産であった。片目と牝オオカミにも、それ以前の何世代ものオオカミをへて、順番に伝わってきたのだった。恐怖！――それは、どんな動物だってのがれることができないし、またどんなうまい物とだって交換してもらえない、荒野の遺産なのだ。

そんなわけで、灰色の子オオカミは恐怖というものを知ったが、恐怖がなんでつくられているかは知らなかった。だから、たぶん生命に加えられている制限の一つとして受け入れたのであった。というわけは、そのような制限があるということを、とうに知っていたからだ。子オオカミは飢えを知っていた。そしてその飢えを満たすことができなかった時、制限を感じたのであった。ほら穴の壁のかたい障害物や、母オオカミの鼻で強く突きまくられたことや、その前足でたたきつぶされたことや、数度の飢饉のとき満たされなかった飢えなどが、世界の中では何もかもが思いどおりになるものでないということを——つまり、生命には、制限と束縛があるということを、子オオカミの心に深く刻みつけていた。この制限と束縛は、掟であった。けがをのがれ、仕合せになるには、掟に従うことだった。

子オオカミはその問題を、そういうふうに人間のやり方で考えたのではなかった。けがと、そうでないものを分類しただけだった。そして分類ができたのちは、気持よく暮らすために——苦痛なもの——つまり、束縛と制限に近寄らないようにした。

そういうわけで、母オオカミが定めた掟に従い、そのうええたいの知れない名づけようもないもの、つまり恐怖の掟に従って、ほら穴の入口から遠ざかっていた。だから、子オオカミにとっては、それは依然として光の白い壁だった。母オオカミがいない時は大抵眠っていたし、その間に目をさましてもごく静かにして、のどをくすぐって音をたてそうな、くんくん鳴る鼻声をおさえつけていた。

一度目をさましたまま横になっていると、白い壁の中から異様な音が聞こえてきた。クズリ（アナグマ科に属する肉食獣）が外に立って、自分の大胆さにぶるぶるふるえながら、用心しいしいほら穴の中にいるもののにおいをかいでいるのだったが、子オオカミはそんなことを知らなかった。鼻をくんくんさせている音が異様で、分類できないものだということをわかっているだけだった。だから、それは未知の、恐ろしいものだった——未知は、恐怖を起こさせる主要な要素の一つだからである。

灰色の子オオカミは、背の毛を逆だてたが、しかし声をたてないで逆だてた。くんくんにおいをかいでいるものには、毛を逆だてて立ちむかわなければならないということを、どうして知っていたのだろう？　それは子オオカミの知識から生まれたものではなかった。子オオカミのうちにありながら、子オオカミ自身の生命では説明のつかない恐怖が、そとに表われたしるしだった。ところで、恐怖にはもう一つの本能——隠れる本能がつきものである。子オオカミは恐ろしさのために気が狂いそうだったが、音をたてないで、凍ったか石にでもなったように動かず、まるで死んだみたいになって、じっと横たわっていた。母オオカミは帰ってくると、クズリのにおいをかいで唸《うな》り、それから穴の中にとびこんできて、子オオカミをなめたり鼻をおしつけたりし、とても激しい愛情を示した。で、子オオカミは自分はどうやら大きなけがからのがれたのだと悟った。

ところで、子オオカミのうちには、ほかのもっといろいろな力が活動していた。そのもっとも大きなものは、成長力だった。本能と掟は子オオカミに服従を要求した。だが、成長は不服従を要求した。母オオカミと恐怖は、光の白い壁から遠ざけようとしていた。だが、成長は生命であり、生命は永久に光に向かって進むように運命づけられている。だから、子オオカミのうちに高まってくる生命の潮《しお》をせきとめることはできなかった——その潮は、のみこむ肉の一口ごとに、吸う一息ごとに高まってきていた。そしてとうとうある日、恐怖と服従は、生命の突進のために払いのけられた。子オオカミは両足を踏んばって、入口に向かってよたよたと這い出した。

その壁は前に経験したほかの壁とは違い、近づいていくにつれて、退いていくように思われた。ためしに柔らかい小さな鼻を突き出してみても、かたい表面にぶつからなかった。その壁の実質は、光のように、はいりこんでいけば形が変わるように思われた。しかも子オオカミの目には、それがちゃんとした壁に見えるのだから、その壁の中にはいっていった。そしてその壁を作っている実質に浴した。

子オオカミはめんくらって、まごついた。かたい物の中を、よたよたと歩いていた。おまけに、光はますます明るくなった。恐怖はもどれとすすめたが、成長は前へ前へと追いたてた。ふと気がつくと、子オオカミはほら穴の入口にきていた。その中にいるとき壁だと考えていたものが、突然、計り知れないほどずっと遠くへとびのいていた。光は痛いほど明るくなってきていた。目がくらくらとなった。同様に、空間がだしぬけに途方もなく大きくなったので、目まいがした。が、目は自動的にその明るさに調節され、遠のいたさまざまな物に、その焦点を合わせた。初め視界から消えた壁も、また見えるようになったが、しかし驚くほど遠くにあるように思われた。見かけも違っていた。今度の壁はさまざまな色をしていた。流れのふちにそって茂っている木や、その木々の向こうにそびえている山や、その山の上にひろがっている空などでできていた。

子オオカミは大きな恐怖におそわれた。恐ろしい未知のものが、たくさん出て来たからだ。子オオカミはほら穴の入口にうずくまり、目をこらして、外の世界を眺《なが》めた。とてもこわかった。それは、未知のものだったから、自分に敵対するものだった。だから、背の毛はまっすぐに逆だち、唇《くちびる》は、獰猛《どうもう》な唸り声をだしておどかそうとして、ひくひくとひきつった。自分がちっぽけで、恐ろしがっているものだから、反対に広い全世界に挑戦《ちょうせん》し、おどかそうとしているのだった。

だが、何ごとも起こらなかった。眺めているうちに面白くなってきて、唸ることを忘れた。また、恐れることも忘れた。しばらくの間、恐怖は成長のために追いだされ、その間、成長は好奇心という仮装を着ていた。子オオカミは近くにあるものに注意を向け始めた――つまり、流れがきらきらと太陽に輝いているところや、自分の前の斜面のふもとに立っているしなびたマツの木や、斜面そのものなどに注意を向けた。その斜面は、子オオカミの方に向かって高くなってきていて、子オオカミがうずくまっているほら穴の入口の二フィート下でとまっていた。

ところで、灰色の子オオカミはこれまで平らな床で暮らしてきたのであった。墜落のけがを味わったことがなかった。墜落とはどんなものかということも知らなかった。だから、大胆に空中に踏み出した。あと足はまだほら穴の入口にかかっていたが、途端に頭をさきにして落ちた。大地に鼻を荒々しくぶたれて、キィキィ泣いた。それからごろごろと斜面をころげ落ち始めた。子オオカミは恐怖のあまり狼狽《ろうばい》した。とうとう未知のものにとらえられたのだ。未知のものは荒々しく子オオカミをつかみ、何か恐ろしいけがをさせようとしているのだ。だから今度は、成長が恐怖に追い出され、子オオカミはびっくりした子イヌのようにキィキィ泣いた。

未知のものに、なんだかわからない恐ろしいけがをさせられたので、子オオカミは、たえまなく悲鳴をあげ、キィキィ泣いた。それは、未知のものがそばにひそんでいる間、恐怖に凍ってうずくまっているのとは、全く違うしろものだった。もう、未知のものにしっかりとつかまえられていたのだ。黙っていたってなんの役にもたたなかった。そのうえ子オオカミは、恐怖にではなく、驚きにもゆさぶられていた。

だが、斜面はしだいになだらかになり、ふもとは草でおおわれていた。そこで、子オオカミは惰性を失った。ようよう止まると、子オオカミは最後の苦悶《くもん》の悲鳴をあげ、それから長いこと鼻を鳴らして泣いていた。そしてまた、これまで千回も化粧をしたことがあるように、自分のからだをよごしている土ぼこりを、いかにも当然のようになめ取っていた。

そのあとで子オオカミは、初めて火星に達した地球の人間みたいに、きちんとすわってあたりを見まわした。子オオカミは世界の壁を突き破ったのだ。未知のものは、つかまえていた手を放した。だから、けがをしなかった。だが、最初に火星につく人間だって、子オオカミほどの不案内な心もとなさを感じはしないだろう。なんの予備知識もなく、またこういうものがあるという警告なしに、子オオカミは全く新しい世界の探検家になっていた。

恐ろしい未知なものがもう手を放してくれたので、子オオカミは、未知のものが驚くべきものを持っているということを忘れた。ただ、自分のまわりのすべてのものに好奇心をおぼえるだけだった。だから、自分の下になっている草や、すぐ向こうにあるツルコケモモや、林の中の空地のへりに立っている枯れたマツの幹などを、注意して眺めた。一匹のリスが、そのマツの木の根もとを走りまわっていたが、いきなりこっちに走ってきたのでひどくびっくりした。子オオカミはちぢこまって唸った。だが、リスのほうでも、おとらずびっくりした。そのマツの木にかけのぼると、安全なところから腹だたしそうにしゃべり散らしてきた。

そのおかげで子オオカミに勇気がわいた。次に出あったキツツキにもびっくりはしたが、自信を持ってどんどん進んだ。その自信といったら、大したものだった。オオシカドリが生意気にもぴょんぴょんはねながら近づいてきたので、前足でじゃれかけた。が、鼻さきを鋭くつつかれたので、子オオカミはちぢみあがって、キィキィ泣いた。その泣き声があまりにすさまじいので、オオシカドリの方も安全を求めて飛び立った。

だが、子オオカミはこうしていろいろなことを学んでいた。ぼんやりした小さなその頭で、無意識的ながらとうに一つの分類を作っていた。生きているものと、生きていないものがあった。また、生きているものは警戒しなければならなかった。生きていないものは、いつも同じ場所にとどまっているが、生きているものは動きまわり、どんなことをやりだすかわからなかった。生きているものに予期できることは、予想外の事件なのである。だから、それに備えていなければならなかった。

子オオカミはぶざまな恰好《かっこう》をして歩きまわった。折れた枝や、さまざまなものにぶつかった。ずっと遠くにあると思っていた小枝が、あっと思うまに鼻を打ったり、あばら骨をひっかいたりした。地面はでこぼこだった。時々、跳び越えて、木の根に鼻をぶっつけた。足をあげたりなくて、何回も足をぶっつけた。それから小石や石ころがあって、踏むと足の下でころがった。その石のことから、生きていないものでも、自分のほら穴と同じようには、必ずしもしっかり安定しているものではないということを知った。また生きていないものは、小さいほうが大きいほうより、倒れたりころんだりしやすいということも悟った。子オオカミは、災難に遭うたびにいろいろなことを覚えた。長く歩けば歩くほど、歩きかたも上手になった。境遇にしたがって、適応していったのである。子オオカミは、自分の筋肉の運動をおしはかり、自分の体力の限界を知り、物と物との距離や自分と物との距離を計ることを学んでいた。

子オオカミは初猟者としては幸運児だった。肉をあさるものとして生まれた（自分では、そのことを知らなかったが）のではあったが、外界へ初めて侵入した日に、自分のほら穴の入口のすぐ外で、まぐれ当たりに肉に出あった。まごまごして歩いていると、うまく隠してあるライチョウの巣に、偶然にぶつかったのだ。その巣の中におっこちたのだった。子オオカミは倒れたマツの木の幹を渡っていこうとした。すると、足もとのくさった皮がくずれたので、絶望の悲鳴をあげながら、マツの幹の丸い横腹からまっさかさまに落ちて、葉と小さな灌木《かんぼく》の茎の中を突きぬけ、その茂みのまん中の地面にいた七羽のライチョウのひなに受けとめられていたのだ。

ライチョウのひなが大騒ぎしたので、初めは子オオカミもひなを見てびっくりした。が、すぐ、ひながとても小さいことがわかったので大胆になった。ひなが動いた。その一羽に前足をかけると、そのひなが激しく動いた。それが面白かった。においをかいでみた。それから口にくわえた。ひなはもがいて、舌をくすぐった。同時に、にわかに腹がへってきたような気がした。そこであごをかたくとじた。もろい骨がぽりぽりと砕けて、温かい血が口の中に流れこんだ。味がとてもよかった。それは肉だった。母オオカミが持ってきてくれるものと同じものだった。くわえても生きていただけに、一層うまかった。こうして子オオカミはライチョウを食った。いっきに一腹全部を食ってしまった。それから母オオカミがやると全く同じようなやり方であごをなめて、茂みから這《は》いだし始めた。

するると、羽の旋風に出っくわした。旋風にふきまくられ、怒りのつばさで打たれ、なにがなんだかわからなくなり、目がくらんだ。子オオカミは前足の間に頭をかくして泣き叫んだ。攻撃はますます激しくなった。ライチョウの母鳥がひどく怒っているのだ。すると、子オオカミも腹がたってきた。立ちあがって、唸りながら前足を振りあげた。小さな歯でつばさに咬《か》みつき、負けずにぐいぐい引っぱったり、引きずりこんだりした。ライチョウはそれに対抗して、自由のきく方のつばさで猛打の雨をふらせた。子オオカミにとっては、それは初めての戦いだった。子オオカミの意気はさかんだった。未知のもののことなどすっかり忘れていた。もはや何物も恐れなかった。自分に襲いかかってくる生き物と戦い、それを引き裂こうとした。しかも相手の生き物は肉であった。だから、相手を殺したい欲望にとりつかれていた。ついさっき小さな生き物を殺したばかりなのだ。今度は大きな生き物をやっつけたかった。子オオカミはあまりに忙しく、あまりに仕合せなので、自分の仕合せなことがわからないほどだった。これまでに味わったことのない大きな新しい経験に、血をわかせ、こおどりしていた。

子オオカミはつばさをくわえたまま、かたくくいしばった歯の間から唸った。ライチョウは子オオカミを茂みの中から引きずり出した。が、方向を変えて、また茂みの中に引きずりもどそうとしたとき、今度は子オオカミがライチョウを茂みから引きはなして空地に引っぱり出した。その間じゅうライチョウはぎゃーぎゃー叫んで、自由になる方のつばさで打ちつづけていた。羽毛が雪片のように飛び散った。子オオカミの怒りはすさまじく、その極度に達していた。オオカミ属のあらゆる闘争的な血が、からだじゅうにわきたち波うっていた。それが生きることであったが、子オオカミはそのことを知らなかった。自分がこの世界にある意義を実感しているだけだった。言いかえれば、自分がつくられた目的——つまり、肉を殺すことをはたしているのだった。そして自分の生存を正当化しているのであって、生命はそれより偉大なことはなし得ないのである。というわけは、生命は生命に負わされている務めを最高度にはたしたとき、その頂点に達するものだからだ。

しばらくすると、ライチョウはもがくのをやめた。子オオカミはまだつばさをくわえていた。両方とも地面に横たわったまま、互いに相手を見た。子オオカミは相手をおどかすためにはげしく唸ろうとした。ライチョウは相手の鼻をつついた。その鼻は、さっきからの冒険のために、もう赤むけになっていた。子オオカミはちぢみあがったが、つばさを放さなかった。ライチョウはつづけざまに何度もつついた。子オオカミはさらにちぢみあがって、キィキィ鼻を鳴らし始めた。くわえたままあとずさればライチョウを引きずれるということをすっかり忘れて、退却しようとした。くちばしはいたんでいる鼻を雨あられのようにつついた。そのため、たぎっていた闘志がひいてしまい、子オオカミは獲物を放した。そしてくるりとうしろを向き、大急ぎで空地を横ぎり、不名誉の退却をした。

子オオカミは空地の向かい側の茂みの端近くに横たわって休んだ。舌がだらりと出、胸は波うってあえいでいた。鼻がまだ痛いので、キィキィなきつづけていた。だが、そうしているうちに、突然、何か恐ろしいものがひどくさし迫っているような感じに襲われた。あらゆる恐怖を持って、未知のものが突進してきたのだ。子オオカミは本能的に茂みの中にかくれた。その途端に一陣の風のあおりをくらった。大きなつばさのあるものが、不気味に、無言のまますさっと飛びすぎた。青空から舞いおりてきた一羽のタカが、もう少しのところで子オオカミをとりそこねたのだった。

茂みの中に横たわっている間に恐怖がおさまったので、子オオカミはびくびくしながらのぞいて見た。空地の向こう側にいたライチョウが、荒らされた巣からばたばた羽ばたきながら出てきた。ひなを失ったために、空にいるつばさのある太矢には注意を払わなかった。だが、子オオカミは見た。それは子オオカミにとっては警告であり、教訓であった――タカがまっさかさまに急降下してきて、地面すれすれのところをさっとかすめた。途端にライチョウのからだに爪《つめ》が突きささり、ライチョウの苦悶と驚きの叫び声がしたと思うと、タカはライチョウをさらって青空高くかけていた。

子オオカミが茂みの中から出たのは、それから長いことたってからだった。子オオカミはもういろいろなことを覚えていた。生き物は肉なのである。生き物は食えるのである。だが、相手が大きな生き物の場合、こっちがけがをさせられるのだった。だから、ライチョウのひなのように小さい生き物は食ったほうがいいが、親鳥のような大きな生き物には手をつけないほうがいいのだ。そう思いながらも、子オオカミは小さな野心のうずきを感じた。ライチョウの親鳥ともう一度戦いたいような、ひそかな欲望を感じた――ただ、タカがさらっていってしまった。たぶん、ほかにもライチョウの親鳥がいるだろう。子オオカミは探しにいこうと思った。

子オオカミはなだらかな坂になっている堤をおりて、流れに出た。水を見るのは初めてだった。足場がよさそうに見えた。表面にはでこぼこが少しもなかった。子オオカミは大胆に、その上に踏みだした。そして未知のもののふところに、恐怖のためになきながら落ちていった。それは冷たかった。子オオカミはあえぎ、せわしく息をした。ところが、いつもは息をすると空気がはいってくるのに、今は水が肺の中に突入してきた。息がつまって、死の苦しみに似ていた。子オオカミは死ぬのだと思った。死についての意識的知識は何も持っていなかったが、しかし荒野のすべての動物のように、死についての本能を持っていた。子オオカミにとっては死は苦痛のうちの最大なものであった。未知のものの本質であり、未知のものの恐怖を全部合わせたものであった――つまり死は、身にふりかかる、終局の、考えも及ばない災害なのであるが、子オオカミはそういう事を何も知らずに、死をもっとも恐れているのであった。

子オオカミは水面に浮かびあがった。快い空気がすっとあいた口からはいってきた。もう二度と沈まなかった。まるで前々から身についている習慣のように、四つの足で水をかいて泳ぎだした。近いほうの岸は一ヤードしか離れていなかったが、浮かびあがったときそっちへ背中を向けていたので、最初に目についた向かい側の岸に向かって、さっそく泳ぎだした。小さい流れだったが、よどみのところは広くなっていて、二十フィートばかりあった。

泳ぎ渡る途中、子オオカミは流れのためにおし流された。そして、よどみのしりで小さな早瀬につかまった。泳ごうにも泳ぎようがなかった。おだやかな水が突然怒りだしたからだ。子オオカミは沈んだり浮かびあがったりした。ひっくり返され、ぐるぐる回されているかと思うと、次には岩にたたきつけられたりして、ひっきりなしに激しく振りまわされた。その前進は、悲鳴の連続で、その悲鳴の数から子オオカミがぶつかった岩の数がかぞえられそうだった。

早瀬の下は第二のよどみになっていた。子オオカミはそこで小さいうずにつかまえられ、静かに岸につれていかれて、そっと砂利の上に立たされた。子オオカミは気が狂ったように水の中から這いだしていって、横になった。また少し世界のことを学んだのである。水は生きていない。けれども、動いている。そのうえ、大地のように堅く見えていながら、少しも堅くはないのだ。子オオカミは、ものは見かけどおりではないという結論をくだした。未知のものへの子オオカミの恐怖は、遺伝からくる不信であったが、それがもう体験で強められていた。こののち、常にものの外観に不信をいだいたのは当然なことであった。ものの実体を知らずに、それを信じることができなくなったからだ。

子オオカミはこの日もう一つの冒険にぶつかるように運命づけられていた。子オオカミはさっきから、この世界には母親というものがあるということを思いだしていた。すると、この世界にあるすべてのものより、自分は母親を欲しがっているような気がしてきた。この日の冒険でからだが疲れはてていたばかりでなく、頭も疲れきっていたからだ。生まれてから、この日ぐらい頭を働かしたことがなかったのだ。おまけに眠かった。そこで子オオカミは、自分のほら穴と母親を探しに出かけたが、同時に圧倒的なさびしさと頼りなさが急に迫ってくるのを感じた。

茂みの中を這っていくと、鋭い、おどしつけるような叫び声が聞こえてきた。目の前に黄色いものがちらっとひらめいた。イタチが自分のそばから、さっととび去っていくのが見えた。それは小さな生き物だったので、ちっとも恐ろしくなかった。それから足のすぐ前に、たった四、五インチのとても小さい生き物がいるのが目についた——それは子イタチで、子オオカミのように親の言うことをきかず、冒険に出かけていたのだった。子イタチはあとずさりしようとした。子オオカミは前足でそれをひっくり返した。すると子イタチは、奇妙な、きいきいする耳ざわりな音をたてた。次の瞬間、黄色いひらめきが、また目の前をかすめた。おどしつけるような叫び声も聞こえた。その途端に、首の横側に激しい一撃をくらった。子オオカミは母イタチの鋭い歯が自分の肉に突き刺さるのを感じた。

キィキィ悲鳴をあげて尻《しり》ごみしていると、母イタチが子イタチのところにとびおりていって、それをくわえて近くの茂みの中に消えていった。くいつかれた首の傷は——もちろんまだ痛んでいたが、それよりひどく心を傷つけられたので、子オオカミはすわりこんで、あわれっぽく鼻をならした。母イタチはとてもちっぽけなくせに、ひどく兇暴《きょうぼう》だったからだ。大きさと重さに似合わず、イタチは荒野のうちでもっとも兇暴で執念深く、しかも恐ろしい殺戮者《さつりくしゃ》だということを、子オオカミはまだ知らなかったのである。だが、この知識の一部は、じきに子オオカミのものになることになった。

子オオカミが鼻をならしている時、またイタチが現われた。子イタチが安全だったので、今度はすぐとびついてはこなかった。もっと用心しながら近寄ってきたので、子オオカミはその機会に、そのヘビのようなやせた胴体と、頭をまっすぐに立てた、殺気だっているヘビそのもののような姿をよく見ることができた。イタチが鋭くおどすように叫んだので、子オオカミは思わず背の毛を逆だてて、警告するように唸《うな》り返した。イタチはじりじりと近づいてきた。そしてさっととんだ。それは子オオカミのものなれない目の動きより速かった。一瞬、やせた黄色いからだが、子オオカミの視界から消えた。次の瞬間、イタチは子オオカミののどに食いついて、その毛と肉に深く歯を突き立てていた。

最初は子オオカミも唸って戦おうとした。だが、子オオカミはまだ幼なかったし、この日初めて世界に出たばかりなので、その唸り声はキィキィ泣く声にかわり、その戦いはのがれるためのあがきにかわった。イタチは咬みついた歯をゆるめようとはしなかった。くいさがったまま、その歯は子オオカミの生命の血がぶくぶくと泡《あわ》だっている大動脈に迫っていた。イタチは血を吸う動物で、しかも、生き物ののどから吸うのが好きだった。

灰色の子オオカミはもう少しで死ぬところだった。そして子オオカミについて書く話もなくなるところだった。が、この時、母オオカミが茂みの中をとんで、かけつけた。イタチは子オオカミを放して、さっと母オオカミにとびついていったが、ねらいがはずれた。それでもあごに咬みついた。母オオカミはいきなりぴしっとむちのような音をたてて頭を振って、イタチを振り放し、空中高く投げあげた。そしてまだ落ちきらないうちに、やせた黄色いからだをあごで受けとめた。イタチは自分をぽりぽり嚙《か》む歯の間で、死をさとった。

子オオカミはこの前のときとはまた違った母オオカミの愛情にふれた。子オオカミを見つけた母オオカミの喜びは、見つけられた子オオカミの喜びよりはるかに大きいように見えた。鼻をおしつけて子オオカミを愛撫《あいぶ》し、イタチの歯でつけられた傷をなめてやっていた。それから母オオカミと子オオカミは、吸血動物を分け合って食い、そのあとでほら穴にもどって眠った。

肉の掟《おきて》

子オオカミは発育ざかりだった。二日休むと、すぐにまた大胆にもほら穴から抜け出した。この冒険で子オオカミは、母オオカミと一緒に食ったイタチの子を見つけて、その子イタチにも母親と同じ道をたどらせた。だが、この小旅行では迷い子にはならなかった。疲れてくると、ほら穴にもどって眠った。そしてそれからのちは毎日出かけ、日ましに広い範囲をうろついた。

子オオカミは自分の強さと弱さを正確にはかれるようになってくると、大胆になってもいい時と、用心しなければならない時との見分けがつくようになった。自分の勇猛さに自信を持ち、ちっぽけな怒りや欲望のためにあとさきの考えもなくなる、ごくまれな瞬間を別にすれば、いつも用心をしているほうが得だということにも気がついた。

子オオカミははぐれたライチョウを見つけると、きまって怒りの小悪魔になった。枯れたマツの上で初めてあった例のリスのおしゃべりをきくと、必ず兇暴に唸り返した。一方オオシカドリを見かけると、ほとんどいつでも、もっとも兇暴な怒りにまきこまれた。それは初めてその種の鳥に出っくわしたとき、鼻をつつかれたことがなんとしても忘れられないからであった。

オオシカドリを見ても気にさわらない時もあったが、それは何かほかの肉食獣がうろついていて、その危険にさらされていると感じる時のことであった。タカのことも決して忘れられなかった。飛んでいるタカの影を見ると、必ず手近の茂みの中にもぐりこんだ。ところで子オオカミは、もはや股《また》をひろげてよたよたと歩いてはいなかった。母オオカミのような歩きかたをするようになっていた。何一つ骨おらず、そっとしのぶような、しかも目にもとまらない嘘《うそ》のような速さで、すべるように歩くことが出来るようになっていた。

肉のことでは、子オオカミの幸運は初めのようにはいかなかった。七羽のライチョウのひなと一匹の子イタチが、殺した全部だった。殺したいという欲望は日ましに強くなっていたし、とんでもないおしゃべりで、子オオカミが近づいてきたということをいつも野生動物たちに知らせる例のリスに対しては、がつがつするような野望をいだくようになっていた。だが、鳥が空に飛ぶように、リスは木にのぼることができた。子オオカミにはリスが木からおりているとき、見つからないようにしのびよろうとするよりほかなかった。

子オオカミは母オオカミに大きな敬意をいだいていた。母オオカミは肉を手に入れることができるし、必ず分け前を持ってきてくれるからだ。そのうえ母オオカミは、ものを恐ろしがらないからだ。しかし、その大胆不敵さは経験と知識にもとづいているのだということを、子オオカミは全然気がついていなかった。力の印象だけを受けた。母オオカミは力の代表であった。子オオカミは大きくなるにつれて、ますますきびしくなる母オオカミの前足の警告に、その力を感じた。一方、鼻でつついて叱《しか》る叱りかたは、牙《きば》のむちにかわった。そのため子オオカミは、さらに母オオカミを尊敬した。母オオカミは服従を強《し》い、子オオカミが大きくなればなるほど、母オオカミはいよいよ気が短くなった。

飢饉《ききん》がまたやってきた。子オオカミは以前よりはっきりと意識して、もう一度飢えの苦しみをなめた。母オオカミは肉を求めて駆けまわり、身を細らせた。もうほら穴の中で眠ることはまれだった。肉のにおいを求めて大部分の時間を費やしていた。が、むなしく時間を費やしただけだった。この飢饉は長くはなかったが、その期間中はきびしかった。子オオカミは、もはや母オオカミから乳は得られなかったし、自分では一口の肉も手に入れることができなかった。

以前子オオカミは、ふざけ半分、面白くて狩りをやったのだったが、今度はいくら真剣になって狩りをしても、何一つ見つからなかった。けれども、狩りの不首尾は知能の進歩をうながした。子オオカミは今までより一層注意してリスの習性を調べ、一層たくみにしのびよっていって、リスを奇襲するように努めた。また、木ネズミを調べ、その穴から掘り出そうとした。オオシカドリやキツツキのくせもたくさん覚えた。そしてタカの影を見ても、茂みの中に逃げこんでうずくまらない日がきた。子オオカミは強く、賢くなり、自信にみちてきたのだ。それにまた、死物狂いでもあったからだ。子オオカミは目だつように空地に尻をついてすわり、空から舞いおりてこいとばかりにタカに挑戦《ちょうせん》した。というわけは、頭の上の青空に浮かびただよっているものは、肉だということを知ったからである――胃がしつこく欲しがっている肉だということを。だが、タカは舞いおりてきて戦わなかった。子オオカミは、茂みの中に這《は》いこんでいって、失望と飢えのあまりすすり泣いた。

飢饉が中絶した。母オオカミが肉を持ってきてくれたからである。それは見なれない肉だった。これまで持ってきてくれたどんな肉とも違っていた。それは、子オオカミほど大きくなかったが、子オオカミのように半ば成長したオオヤマネコの子だった。しかもその肉は、全部子オオカミのものであった。母オオカミはどこかほかの所で飢えを満たしてきていたのである。けれども、母オオカミの飢えを満たしたものは、そのヤマネコの子の残り全部だったということを、子オオカミは知らなかった。まして母オオカミの行為が絶体絶命のものであったことなど知るはずもなかった。子オオカミに納得のいくことといえば、ビロードのような毛並の子ネコが肉であるということだけだった。子オオカミはその肉を食い、一口ごとにだんだんいい気持になった。

腹がふくれると、動きたくなくなるものだ。そこで子オオカミはほら穴の中で、母オオカミの腹にもたれかかって眠った。が、母オオカミの唸り声で目をさまさせられた。母オオカミがこんなにものすごく唸るのを聞いたのは初めてだった。おそらく、それは母オオカミがこれまでの生涯《しょうがい》中で発した、もっとものすごい唸り声だったろう。それには理由があった。母オオカミは、それを誰よりもよくわかっていた。オオヤマネコの洞窟《どうくつ》を荒らしたからには、無事ですむはずがなかったのだ。午後のぎらぎらした光を浴びながら、ほら穴の入口にうずくまっている母オオヤマネコを、子オオカミは見た。見た途端に、背中の毛がざわめいた。恐怖に襲われたのだ。それは本能に教えられるまでもなかった。もし見ただけでは十分でなかったとしても、侵入者の、唸り声から急に荒々しい金切り声に高まっていった怒りの叫びは、それだけで恐怖を与えるに十分だった。

子オオカミは身うちにある生命の合図を感じて立ちあがり、母オオカミのそばで勇ましく唸った。だが、不名誉にも、母オオカミに突きのけられて、そのうしろに追いやられた。入口の天井が低いので、オオヤマネコはとび込むことができなかった。で、走りこんできたところを、母オオカミがとびかかって、しっかりとおさえつけた。子オオカミにはその戦いがよく見えなかった。ものすごい唸り声と、ぷっぷっとつばをはきかける音と、金切り声だけが聞こえた。二匹の動物は組み合って、転げまわっていた。オオヤマネコは、爪でかきむしったり引き裂いたりしながら、同時に歯を使っていたが、母オオカミが使えるのは、歯だけだった。

一度子オオカミはとびかかっていって、オオヤマネコのあと足に咬《か》みついた。そしてくいさがったまま荒々しく唸った。子オオカミは知らなかったが、からだの重みでオオヤマネコの足の動きを妨げたので、母オオカミを大損傷から救った。組みうちのぐあいが変わって、子オオカミは両方の下敷きにされ、歯もねじり放された。次の瞬間、二匹の母親は離れていた。が、またぶっつかり合う前に、オオヤマネコが大きな前足で子オオカミをたたきつけた。そのため子オオカミは肩を骨まで引き裂かれ、おまけに壁にたたきつけられた。で、戦いの騒動に、さらに子オオカミの苦痛と驚きのかん高い泣き声が加わった。だが、戦いはとても長くつづいたので、子オオカミは泣くだけ泣いてしまうと、またむくむくと勇気がわいてくるのを感じた。だから、戦いの終わりには、またオオヤマネコのあと足にくいさがって、歯の間から激しく唸っていた。

オオヤマネコは死んだ。だが、母オオカミもとても弱り、元気がなくなっていた。最初のうちこそ、子オオカミをいたわって傷ついた肩をなめてやっていたが、多量の出血のために力を失い、一昼夜、死んだ敵のそばに横たわったまま、動きもしなければあまり息もしなかった。のろのろと、いかにも痛そうにして水を飲みにいく以外には、一週間のあいだ一度もほら穴から離れなかった。その期間の末ごろに、オオヤマネコはむさぼり食われた。一方、母オオカミの傷はすっかりよくなり、また肉のにおいを追うことができるようになっていた。

子オオカミの肩は、こわばって痛んだ。そしてその当座は、そのひどい傷のために、足をひきずっていた。だが、世界はもう一変して見えた。子オオカミはオオヤマネコと戦う前までは持っていなかった勇気を感じ、前よりずっと大きな自信を持って世界を歩きまわった。生命の一層兇暴な様相を見て戦い、敵の肉に歯を打ちこみ、そして生き抜いてきたからだ。そのようなわけで、子オオカミは初めて少し挑戦気味になって、これまでより大胆にふるまった。小さいものをもはや恐れなかった。臆病《おくびょう》さも大部消えていた。とはいっても、未知なものはやはり無形の神秘と恐怖を持って、子オオカミをおどかしつづけてはいた。

子オオカミは母オオカミについて肉のにおいを追っていくようになった。そしてぼんやりながら、かたを何度も何度も見、自分も一役演じるようにもなった。肉の殺し自分のやり方で肉の掟を知った。生命には二つの種類――自分の種類ともう一つの種類があった。自分の種類には、自分と母オオカミが含まれていた。もう一つの種類には、動くあらゆる生き物が含まれていた。だが、その種類にはさらに区分があった。一部は、自分の同類のものが殺して食うためにいる生き物だった。この一部は、生き物を殺さないものと、小さな殺戮者から成りたっていた。あとの一部は、自分の同類が殺されて食われるか、自分の同類が殺して食うかする生き物だった。この分類から掟が生まれた。生命がねらっているのは肉だった。しかも、生命それ自身は肉なのだ。だから、生命は生命を食って生きているのである。掟は、「食うか、食われるか」だった。子オオカミはこの掟をはっきりした表現で系統だててのべ、それに道徳的意味をつけたのではなかった。この掟を考えさえもしなかった。少しも考えずに、この掟に従って生きているのであった。

子オオカミは自分のまわりのいたる所で、その掟が働いているのを見た。子オオカミはライチョウのひなを食った。タカはライチョウの母鳥を食った。自分をさえ食おうとした。そののち強くなってから、反対にタカを食ってやろうと思った。オオヤマネコの子も食った。母オオヤマネコは、殺されて食われなかったら、自分を食っていたかも知れなかった。すべてはそういう有様だった。だから、その掟に従って子オオカミのまわりにいるすべての生き物が生きており、子オオカミ自身もその掟の一部なのだった。子オオカミは殺戮者である。食い物は肉にかぎられていた。それも生きた肉で、子オオカミの前を大急ぎで逃げていくか、空中に飛びあがるか、木にのぼるか、地の中に隠れるか、面と向かって戦いをいどんでくるか、局面を逆転させて追いかけてくる肉が食い物であった。

もし子オオカミが人間のような考え方をしたら、生命を貪欲《どんよく》な食欲だと言い、世界を、多数の食欲がうろつきまわり、追うか追われるか、狩るか狩られるか、食うか食われるかする暴力と無秩序でめちゃくちゃに混乱し、大食と殺戮で混沌《こんとん》としている、慈悲も計画も目的もない偶然に支配されているところだと言ったであろう。

だが、子オオカミは人間のような考え方では考えなかった。広い視野からものを見なかった。ひたむきなので、一時に一つの考えか一つの欲望しかいだかなかった。肉の掟のほかにも学んで従わなければならない小さな掟が、子オオカミには数かぎりなくあった。世界は意外なことで一杯になっているからだ。身うちにある生命の動きと筋肉の活動は、無限の幸福であった。肉を追いつめることは、痛快と得意を味わうことであった。怒りと戦いは、快楽であった。恐怖そのものや、未知のものの神秘もまた、子オオカミの生存に興味をそえていた。

それから慰安と満足があった。腹が一杯になることと、日なたでのんびりとうたたねすること——そのようなことは、熱情と骨折りへの十分な報酬であったが、一方熱情と骨折りは、そのもの自体がまた報酬であった。それらは、生命の現われであり、生命は、生命そのものを現わしている時がいつも幸福なのだ。だから、子オオカミは敵対する環境をとがめなかった。子オオカミはとても元気で、仕合せで、しかも自分自身をとても誇りに思っていた。

3

火をつくるもの

子オオカミは突然それにぶつかった。それは自分の落ち度だった。自分の不注意だった。子オオカミはほら穴を出て、流れに水を飲みにおりていったのであった。寝ぼけていたので、気がつかなかったのかもしれない（一晩じゅう肉のにおいを追い、そしていま目をさましたばかりだったから）。それにそのよどみに行く道になれすぎていたために、不注意だったのかもしれなかった。これまでにもしばしば通ったのだが、何事も起こったことがなかったからだ。

子オオカミは枯れたマツのそばを通って、空地を横ぎり、林の中に駆けこんだ。その瞬間に、ものが見え、においがした。子オオカミの前に、これまでに見たこともない五つの生き物が尻《しり》をついて、黙ってすわっていた。子オオカミが人間を見たのは、この時が初めてだった。五人の男は子オオカミを見ても、いきなり立ちあがりもしなければ、歯をむいたり唸《うな》ったりもしなかった。動かないで黙って、不気味にすわっていた。

子オオカミも動かなかった。初めての、別なもう一つの反対の本能が突然起こってこなかったら、子オオカミは、生まれつきのすべての本能にかりたてられて、しゃにむに逃げ出したかもしれなかった。子オオカミは大きな恐れと尊敬におしひしがれた。自分は弱くて小さいものだという考えに圧倒されて、動けなくなった。相手には、子オオカミなどの、はるかに及びもつかない支配力と力があったからだ。

子オオカミはこれまでに一度も人間を見たことはなかったが、人間についての本能はあった。おぼろげながら、人間は荒野の動物と戦い抜いて、その首位にのぼった動物だと感じた。自分の目でばかりでなく、すべての祖先の目で人間を見たのだ——つまり冬に、無数の野営のたき火を取り巻いて、暗やみの中から、あるいはまた安全なところや茂みの中から、生き物に君臨する異様な二本足の動物をのぞいてみた先祖の目で見たのだった。そして、遺産の呪文《じゅもん》に、つまり、何世紀にもわたる闘争と何世代もかかって積んだ経験から生まれた恐怖と尊敬に、子オオカミはおさえつけられたのだ。この遺産は、まだほんの子どもにすぎないオオカミをがんじがらめにした。成長し切っていたなら、逃げ去っただろう。が、子オオカミは恐怖に麻痺《まひ》して、ちぢこまっていた。そして先祖のオオカミ種属が、初めて人間のたき火のそばにすわって暖めてもらった時から申し出ていた服従を、もう半分申し出ていた。

ひとりのインディアンが立ちあがると、子オオカミのところにやってきて、その上にからだをかがめた。子オオカミは地にぴたりとすりついた。未知のものが、とうとう肉と血をそなえて現われ、自分の上にかがみこみ、手を伸ばして自分をつかまえようとしているのだ。思わず毛を逆だて、唇《くちびる》をうしろへねじ曲げ、小さな牙《きば》がむき出た。運命のように頭の上にぶらさがっていた手が、ためらった。そしてその男が、笑いながら言った。「ワバム　ワビスカ　イプ　ピト　タア」（見ろ！　白い牙《ホワイト・ファング》だ！）

ほかのインディアンたちが大声で笑って、その子オオカミをつまみあげろとせきたてた。手がだんだんおりてくるにつれて、子オオカミのうちに本能の闘いが荒れ狂った。二つの大きな衝動――つまり、降参しようか戦おうかという二つの衝動におそわれたのだ。その結果、子オオカミはどっちつかずにふるまった。両方やってのけたのである。手がほとんどふれそうになるまでは、降参していた。それから戦った。歯をひらめかして、その手に深く咬《か》みついた。次の瞬間、子オオカミは頭の横に一発くらって、たたきのめされた。途端にすうっと闘志がひいていった。そして子ども心と服従の本能が取ってかわっていた。子オオカミは尻をついてすわり、キィキィと泣いた。だが、手を咬まれた男の手は怒っていた。今度は頭の反対側に一発くらった。そこで子オオカミは起きなおって、前より大きな声でキィキィ泣いた。

四人のインディアンは一層大きな声で笑った。咬まれた男さえも笑った。子オオカミが恐怖とけがのために泣いているのに、かれらは子オオカミを取りかこんで笑った。その最中に、子オオカミはある物音を聞きつけた。インディアンたちも聞きつけた。子オオカミは、それがなんの音であるか知っていた。そこで悲しさよりむしろ勝利感のこもった最後の長い泣き声をあげると、泣きやんで、母オオカミのくるのを待った――どんなものと戦っても、それを殺し、決して恐れたことのない、兇暴《きょうぼう》で不屈な母オオカミのくるのを待った。母オオカミは走りながら唸りつづけていた。子オオカミの泣き声を聞きつけたので、救うために突進しているのだった。

母オオカミは人間の中にとびこんだ。子を気づかい、戦闘的になっている母性の姿は、決して美しいものではなかった。だが、子オオカミにとっては、自分を守るために怒りに燃えている母オオカミの姿は好ましかった。だから、喜んで小さな叫び声をあげ、とび出していって母オオカミを迎えた。一方人間動物たちは、大急ぎで数歩ひきさがった。母オオカミは子オオカミをうしろにかばい、毛を逆だて、のどの奥のほうを鳴らして唸りながら、人間たちをにらみつけた。その顔は、おどしつけるためにゆがみ、敵意に満ち、鼻には、鼻先から目までしわがよっていた。その唸り声は全くすさまじかった。

そのとき、人間のひとりが叫んだ。「キチー！」それが、その人間の叫び声だった。それは驚きの叫びであった。子オオカミはその声で母オオカミがひるむのを感じた。「キチー！」と、その男はまた叫んだ。今度の声には、きびしさと威厳がこもっていた。

すると、母オオカミが、恐れを知らない母オオカミが、腹が地面につきそうになるくらい這《は》いすくみ、くんくん鼻を鳴らしながらしっぽを振って平和の合図をしているのを、子オオカミは見た。子オオカミにはわけがわからなかった。胆《きも》をつぶした。人間への恐れと尊敬に、再び襲われた。自分の本能は違っていなかった。母オオカミがそれを証明したのだ。母オオカミもまた人間動物に降服したのだ。

叫んだ男が、母オオカミのところに寄ってきた。そして母オオカミの頭に手をおくと、母オオカミは這いすくんだままますり寄っていくだけだった。咬みつきもしなかったし、咬みつこうともしなかった。ほかの男たちも寄ってきて、母オオカミを取り巻き、さわったり撫《な》でたりしたが、母オオカミは怒ろうともしなかった。人間たちはとても興奮して、口々からたくさんの音をたてた。子オオカミはまだ時々毛を逆だてていたが、しかし一生懸命になって服従しようとしながら母オオカミの近くにうずくまり、人間たちのたてる物音には、なんの危険な徴候もないのだと思いさだめた。

「なんの不思議もないさ」と、ひとりのインディアンが言っていた。「こいつのおやじは、オオカミなんだ。なるほどおふくろこそイヌだったが。おれのきょうだいが、こいつのおふくろがさかりがついたとき、三晩《みばん》も森の中につなぎっぱなしておいたじゃないか。だから、キチーのおやじは、オオカミなんだ」

「一年になるなあ、グレー・ビーヴァ、こいつが逃げていってから」と、第二のインディアンが言った。

「それだって、無理もなかったこったよ、サマン・タング。あん時は飢饉《ききん》で、イヌにやる肉なんかなかったんだからな」と、グレー・ビーヴァは答えた。

「すると、こいつは、オオカミと一緒に暮らしてたんだなあ」と、第三のインディアンが言った。

「どうも、そうらしいよ、スリー・イーグル。このちびが、そのしるしだよ」グレー・ビーヴァは子オオカミに手をのせながら言った。

その手にさわられると、子オオカミはちょっと唸った。手は、一撃するためにさっとひっこんだ。そこで子オオカミは牙を隠し、ぴたりとすくまって、すなおにした。すると、手がもどってきて、耳のうしろをこすったり、背中を撫でまわしたりした。「こいつが、そのしるしなんだ」と、グレー・ビーヴァは話しつづけた。「こいつのおふくろがキチーだってことは、この通りはっきりしてるんだ。だが、おやじはオオカミなんだ。だから、こいつにはイヌらしいところがほとんどなくて、オオカミそっくりなんだ。こいつの牙はまっ白だから、白い牙《ホワイト・ファング》って名にしてやろう。それでいい。ところで、こいつはおれのイヌだぜ。キチーはおれのきょうだいのイヌだったんだからさ。それに、きょうだいは死んでいるんだから。そうだろう?」

こうして、この世界の名をもらった子オオカミは、横になったまま見守っていた。しばらくの間、人間動物たちは口から音をたてつづけた。それからグレー・ビーヴァが、首につってあるさやからナイフを抜いて、茂みの中にはいっていって細い棒切れを切った。ホワイト・ファングは、かれを見つめていた。グレー・ビーヴァは、その棒切れの両端に刻みめをつけると、その刻みめに生皮のひもを結びつけた。そして、ひもの片端をキチーの首に巻きつけて結んだ。それからキチーを小さなマツの木のところにつれていって、もう一方の片端をマツの木に結びつけた。

ホワイト・ファングはそのあとからついていって、母オオカミのそばにねた。サマン・タングの手が伸びてきて、ホワイト・ファングを仰向けにひっくり返した。キチーは気づかわしそうに見ていた。ホワイト・ファングはまた恐怖がつのってくるのを感じた。唸り声をすっかりおさえることができなかったが、咬みつこうとはしなかった。一本一本指が曲がっている手が、ふざけるように腹をこすったり、右へ左へとホワイト・ファングをころがした。足を空中に伸ばして仰向けにころがっているのは、見ぐるしく、おかしかった。おまけにそれは全く無力な姿勢だったので、ホワイト・ファングは心の底から反感を感じた。そんな姿勢をしていては、自分を守ることができないからだ。人間動物が危害を加えようとしたら、ホワイト・ファングは自分がのがれられないことを知っていた。四本の足を空中にさし上げていては、どうしてとんで逃げることができよう？　けれども、服従するために恐怖をおさえ、ただ穏やかに唸った。この唸り声だけは、おさえることができなかった。人間動物もまた、それに腹をたてて頭をぶんなぐるようなことはしなかった。そのうえまた不思議なことに、その手にこすりまわされると、とてもいい気持になるのだった。で、ホワイト・ファングはころがし返されたとき、唸るのをやめた。指が耳のつけ根を押したりつついたりすると、いよいよいい気持になった。こすったり、搔《か》いたりしてから、最後にそのままぽいとほっぽり出してその男が行ってしまったときには、ホワイト・ファングの恐怖はすっかり消えてしまっていた。こののちも人間との交渉で、ホワイト・ファングは何度も恐ろしい目にあったが、しかしそれは、最後にはなんの恐怖もなく人間と親しくなれる一つのしるしであった。

しばらくしてからホワイト・ファングは、異様な音が近づいてくるのを聞きつけた。ホワイト・ファングの分類は速かった。すぐに人間動物の音だとわかった。数分すると、人間族の残りのものたちが、長い行進隊形になってぞろぞろとやってきた。男もいたし、女や子どももたくさんいた――四十人もいた――そして、みんな野営用の装備や用具を重そうに背負っていた。イヌもたくさんいた。成長半ばの子イヌのほかは、イヌも同様に野営用具を背負っていた。袋に入れて背中にのせ、その端を腹の下でしっかりと結んで、二、三十ポンドのものを運んでいた。

ホワイト・ファングはこれまでにイヌを見たことがなかったが、一目見て自分の同属だと思った。どことなく違っているだけだと感じた。子オオカミと母オオカミを見つけたときのイヌの様子は、オオカミとほとんど違わなかった。突進してきた。ホワイト・ファングは口をあけてどっと押し寄せてきたイヌに向かって、毛を逆だてて唸りながら咬みついていったが、押し倒され、踏みつけられ、鋭くからだを咬まれるのを感じた。しかし自分も、のしかかっている腹や足に咬みついたり、引き裂いたりした。大騒ぎになった。自分のために戦っているキチーの唸り声が聞こえた。人間動物の叫び声や、棍棒《こんぼう》でからだを打《ぶ》つ音や、打たれたイヌの苦痛の悲鳴も聞こえた。

それから数秒たつと、ホワイト・ファングはまた立ちあがっていた。人間動物たちが棍棒と石をもってイヌを追い返して、自分を守り、どことなく同属らしくない同属の兇暴な歯から自分を救ってくれるのが見えた。ホワイト・ファングの頭には、正義というような抽象的なものをはっきりと考える判断力は少しもなかったが、それにもかかわらず自分なりのやり方で、人間動物の正義を感じた。そして、人間動物はそのまま――掟《おきて》の作成者であり、掟の執行者だとさとった。また、人間動物がその掟を執行する力に心を打たれた。人間動物はこれまで出っくわしたどんな動物とも違って、咬みつきもしなければひっかきもしない。だが、死物《しにもの》の力で、自分たちの生きている力をさらに強化しているのだ。死物はその言いなりになった。棒でも石でも、この不思議な動物に指図されると、生き物のように空中を飛んでいって、イヌたちにひどいけがをさせている。

ホワイト・ファングから考えれば、それは異常な力であり、考えも及ばない超自然力であり、神のような力であった。もちろんホワイト・ファングは、その生まれからいっても、神については何も知らなかった——せいぜい、自分にはわからないことがあるということを、のみこめただけであった。しかし、この人間動物にいだいたホワイト・ファングの驚きと恐れと尊敬は、驚いている世界で、山頂から両手で電光を投げている天界の生き物を見たときの人間の驚きと恐れと尊敬とに、いろいろな点でよく似ていた。

イヌは最後の一匹まで追い返されていた。騒ぎはしずまった。ホワイト・ファングは自分の傷をなめながら、初めて経験した群れの残酷さと、イヌたちとの初出入《はっ》りのことを考えた。これまでにホワイト・ファングは、自分の同属が片目と母オオカミと自分以上からで成っているとは、夢にも考えたことがなかった。自分たちだけで独立の一族をつくっていると思っていたからだった。が、ここで突然、自分の同属らしい生き物をたくさん見つけたのだ。ところが、この同属は自分を一目見ると襲いかかってきて殺そうとしたので、ホワイト・ファングは潜在意識的な憤《いきどお》りを感じた。同様に、たとえそれがすぐれた人間動物たちのやったことにしろ、母オオカミが棒でつながれていることにも憤りを感じた。罠《わな》と束縛のにおいがしているからだ。といって、ホワイト・ファングは罠や束縛のことを知っているわけではなかった。ホワイト・ファングの世襲財産は、自由に歩き回ったり、走り回ったり、勝手に寝たりすることだった。

が、ここではそれが侵害されているのだ。母オオカミの動きは一本の棒の長さに制限され、その同じ棒の長さによって自分も制限されているのだった。まだ母オオカミのそばを頼りにしないわけにはいかなかったからである。

ホワイト・ファングはその棒がきらいだった。人間動物たちが立ちあがって行進をしているときでも、きらいでたまらなかった。というわけは、ちっぽけな人間動物が棒の片端をつかまえて、母を捕虜にして、そのうしろに従えているからである。ホワイト・ファングは、母のあとについて歩きながら、いま乗りだしたばかりの冒険にひどく不安を感じ、うろたえていた。

かれらは、小川の谷あいを下り、ホワイト・ファングが歩き回った範囲よりはるかに下流まで進んだ。しまいに、小川がマッケンジー川に流れこんでいる谷あいのはずれに着いた。人目につかないところに高い棒を立てて、その上にカヌーが結びつけられていた。魚の乾燥棚《かんそうだな》もあった。キャンプはそこに設けられた。ホワイト・ファングはびっくりして眺《なが》めた。人間動物の優秀さは、たえず増大した。人間動物は鋭い牙を持ったイヌたちを全部支配していた。支配は力の現われであった。だが、生きていないものを支配する力、つまり、動かないものに運動を伝える能力や世界の顔を変える能力は、子オオカミにとってさらに大きな驚きであった。

ホワイト・ファングが特に感動したのは、その最後の、世界の顔を変える能力であった。竿《さお》でできた骨組を建てる仕事が、ホワイト・ファングの目をひいた。が、棒や石を遠くまで投げる同じ動物のやることだから、ただそれだけのことならさほど驚くにあたらなかった。しかし、竿の骨組が布や皮でおおわれたテント小屋に変わり、いくつもできたときには、ホワイト・ファングは胆をつぶした。その途方もない巨体に心を打たれた。それは、にわかにもくもくと成長する奇怪な形の生命のように、自分のまわりにそびえ立っていた。しかも自分のまわりの見えるところに、ほとんど一ぱい建ったのだ。ホワイト・ファングはこわくなった。自分の頭の上に、ぼうっと気味悪く浮かび出ているからだ。微風がそれを大きくゆすぶったときには、恐怖に打たれてちぢみあがった。用心深くそれを見上げながら、もしそれがまっさかさまに落ちかかってきたら逃げだそうと用意していた。

だが、テント小屋への恐怖はまもなく消えた。女や子どもたちが、なんの危害も受けないでその中にはいったり出たりしているのが見えたし、イヌたちもその中にはいっていこうとしては、かん高い言葉や石を投げつけられて追い返されているのが見えたからだ。しばらくしてからホワイト・ファングは、母オオカミのそばを離れ、一番近くのテント小屋の壁へ向かって、用心しながら這い出した。成長の好奇心——つまり、学び、生き、行為することによって自分の経験を生みだそうという必然にかられたからであった。テント小屋の壁の前の最後の数インチは、苦しいほどゆっくり、用心しながら這った。この日の出来事が出来事だったので、未知のものがどんなに途方もない、考えも及ばないようなやり方で現われてきても、驚かないだけの用意をしていた。とうとう、鼻がテントにふれた。ホワイト・ファングはじっと様子をみていた。何も起こらなかった。そこで、人間のにおいのしみこんだ不思議な織物のにおいをかいだ。さらに近づいていくと、その織物をくわえてそっと引っぱった。近くの一部分が動いただけで、何も起こらなかった。そこで、もっと強く引いた。すると前よりよけい動いた。面白かった。だんだん強く、何度も何度もくり返して引っぱったので、しまいにテント小屋全体がゆれ出した。すると、中から女の鋭い叫び声が聞こえたので、ホワイト・ファングは大急ぎでキチーのところに逃げ帰った。しかしそれからあとは、ぬっと立っている大きなテント小屋がちっともこわくなくなった。

まもなくホワイト・ファングは母オオカミのそばを離れて、またさまよい出していた。首についている棒切れが地面に打ちこんだ杭《くい》につながれているので、母オオカミはついていけなかった。ホワイト・ファングより幾分年上で大柄《おおがら》な、成長半ばの子イヌが一匹、見栄《みえ》を張り、好戦的なもったいぶった様子をして、ゆっくり近づいてきた。

あとで人間たちが呼んでいるのを聞いたのだが、その子イヌの名はリプ・リプと言った。リプ・リプは子イヌ同士のけんかの経験をつんでいて、幾分弱い者いじめになっていた。

しかしリプ・リプは自分の同属だし、まだほんの子イヌなのだから、なんの危険もなさそうに思われた。そこでホワイト・ファングは、心やすく迎えようとした。だが、その時リプ・リプは足をこわばらせ、唇《くちびる》をむいて歯を出したので、ホワイト・ファングも足をつっぱって、唇をあげた。二匹はためすように互いに相手のまわりを回りながら、毛を逆だてて唸《うな》った。そんなことが数分つづいたので、ホワイト・ファングはそれを一種の遊びだと思いこみ、面白くなりだした。ところが、突然さっとリプ・リプがとび込んできて、いきなり咬みついて、またとびのいた。オオヤマネコにけがをさせられてまだ骨の近くまで痛んでいる肩を咬まれたので、ひどくこたえた。びっくりしたばかりでなく、痛かったので、ホワイト・ファングは悲鳴をあげた。だが、次の瞬間、怒りのかたまりとなってリプ・リプにとびかかっていって猛烈に咬みついていた。

しかし、リプ・リプは、野営生活でたびたび子イヌ同士のけんかをやってきていた。リプ・リプの鋭い小さな歯は三回、四回、それから六回と、新参者に打撃を与えた。

ついにホワイト・ファングは恥を忘れて悲鳴をあげながら、安全な母オオカミのふところに逃げ帰った。この戦いは今後何度も戦わなければならないリプ・リプとの最初のものであった。というわけは、二匹はのっけから敵同士であったし、永久に両立しないように運命づけられた天性を持って生まれてきていたからだった。

キチーはなだめるようにホワイト・ファングをなめ、自分のそばから離れないように説き伏せようとした。だが、ホワイト・ファングの好奇心は、手のつけようもなく旺盛《おうせい》だった。数分後には新しい冒険的探求に出かけていた。今度は人間動物と出合った。それはグレー・ビーヴァだった。あぐらをかき、自分の前の地面に棒切れと苔《こけ》をひろげ、それで何かしていた。ホワイト・ファングはそのそばに近づいていって、見守った。グレー・ビーヴァが口から音を出したが、その音には敵意がないように思われたので、ホワイト・ファングは一層近づいていった。

女や子どもたちが棒切れや木の枝をたくさん、グレー・ビーヴァのところに運んできた。それは何か重大な事件であることは明らかだった。ホワイト・ファングはすっかり好奇心にかられ、グレー・ビーヴァの膝《ひざ》にさわるまで近寄った。相手が恐ろしい人間動物であることを、ほとんど忘れていた。突然グレー・ビーヴァの手の下の棒切れと苔から、霧のような不思議なものが立ちのぼるのが見えた。それからいくつもの棒切れの間から、空の太陽のような色をした生き物が、ねじれ合ったり曲がりくねったりしながら現われた。ホワイト・ファングは火のことは何も知らなかった。だから、ずっと幼い時ほら穴の入口の光に引きつけられたように、その光にひきつけられた。ホワイト・ファングは数歩、炎のほうに進んだ。頭の上でグレー・ビーヴァがくすくす笑うのが聞こえたが、その音には敵意がなかった。そこで鼻を炎に近づけ、同時に舌を出した。

一瞬、からだがしびれた。未知のものが棒切れと苔の間にひそんでいて、荒々しく鼻をつかんだのだ。ホワイト・ファングはびっくりして、大急ぎであとずさりながら、大声でキィキィと泣き出した。その声を聞きつけると、キチーは唸りながらつながれている棒一ぱいとび出したが、それ以上助けに行けないので恐ろしく荒れ狂った。グレー・ビーヴァは大声で笑ってももをたたき、キャンプじゅうの人々にそれを話したので、しまいにみんなが大声をあげて笑った。一方、人間動物のまん中に尻《しり》をついてすわり、キィキィ、キィキィと泣いているホワイト・ファングの小さな姿は、みじめであわれだった。

それは、ホワイト・ファングがこれまでに出あったことのない、ひどいけがであった。グレー・ビーヴァの手の下から成長してきた、太陽のような色をした生き物のために、鼻と舌をこがされたからだ。ホワイト・ファングは、泣いたり泣きやんだりしながら、止めどなく泣きつづけたが、新しく泣きだすたびに人間動物たちからどっと笑われた。舌で鼻の痛みをやわらげようとしたが、舌もやはりこげていた。二つのけがが一つになって、一層ひどいけがになった。そこで、前よりも一層絶望して泣いた。と、その時、恥ずかしさに襲われた。ホワイト・ファングは笑いと笑いの持つ意味をさとったのだ。ある動物たちがどういうふうにして笑いを知るのか、あるいはまた嘲笑《ちようしよう》されていることを知るのか、人間にはわかりようもないが、とにかくホワイト・ファングは、そういうやり方で笑いをさとった。人間動物が自分を嘲笑しているので、恥辱を感じた。そこでくるりと向きを変えて、火のけがからではなく、自分を深く突き刺して心をいためつける嘲笑から逃げだした。そして棒のはしで気が狂ったように荒れ狂っているキチーのところに逃げ帰った――キチー、それは世界じゅうで自分を嘲笑しない、ただひとりの生き物であった。

日暮れになり、やがて夜がきた。ホワイト・ファングは母オオカミのそばに横たわった。鼻と舌はまだ痛んでいたが、ホワイト・ファングはそれよりもっと大きな悩みになやまされた。ホームシックにとりつかれたのだ。心がうつろになり、流れと崖下《がけした》にあるほら穴の静けさと穏やかさが恋しくなった。世の中に、あまりに頭数《あたまかず》が多くなりすぎたからだ。男、女、子どもたちの、とてもたくさんの人間動物たちがいて、みんなが物音をたててかんしゃくを起こしているのだ。おまけにイヌもいて、始終けんかしたりいがみ合ったりして大騒ぎをし、混乱をひき起こしている。ホワイト・ファングがこれまで暮らしてきたたった一つの生活、安らかでひっそりとした生活は、もうなくなってしまった。ここでは空気さえも生命を持って鼓動しているのだ。たえまなく、ぶんぶんとせわしく唸っていた。そしてたえず強度を変え、だしぬけに高くなっては神経と感覚を打つので、神経がたかぶり、落ち着いていられなくなり、今にも何事か起こりそうな感じがして悩まされた。

ホワイト・ファングは、人間動物たちがテントから出たりはいったり、そのまわりを歩いたりしているのを見守った。人間が自分たちで造り出した神を見る目とほのかに似た見方で、ホワイト・ファングは目の前の人間動物を見守った。人間動物はすぐれた生き物で、真実、神であった。ホワイト・ファングのぼんやりした考えによると、神が人間にとってそうであったように、人間動物はホワイト・ファングにとっては、奇蹟《きせき》を行なうものであった。人間動物は支配する生き物であり、あらゆる種類の未知と、信じられないような力を持っていた。生きた物と生きていない物との大いなる王であり、動くものを服従させ、動かないものに動きを与え、しかも、生命を、太陽のような色をした生命を、死んだ苔と木から成長させたのだ。人間動物は火をつくるものであった！　神であった！

束　縛

ホワイト・ファングにとっては、くる日もくる日もがいろいろな経験で一ぱいだった。キチーが棒しばりになっている間に、キャンプじゅうをたずね回って、調べたり学んだりした。そして手早く人間動物のならわしをたくさん覚えたが、心安くなったからといって軽蔑《けいべつ》する気は起こらなかった。人間動物のことを知れば知るほど、人間はますますすぐれていることを明らかに示し、いよいよ不思議な力を発揮し、そしてそれだけ神のような性質を大きく浮かびあがらせた。

人間には、神々が破壊され、祭壇が崩壊するのを見るという悲しみが、しばしばあったが、人間の足もとにうずくまるようになったオオカミや野生のイヌには、決してそのような悲しみがきたことがなかった。人間の神は、目にも見えなければ推測することもできない、現実の衣装を着せることのできない空想の蒸気であり、霧であり、人間の渇望《かつぼう》する善と力のさすらえる亡霊であり、魂の王国への自我の無形のあらわれである――それと違い、たき火のところに集まってきたオオカミや野生のイヌは、地上の空間を占め、その目的と生存を完成するために時間を求めている、さわると堅い、生きている肉でできている神を発見したのである。そのような神の存在を信じるのだから、信仰の努力は全然いらなかった。そのような神の存在を否定しようとして、どんなに意志が努めてみたところで、否定することは不可能なのだ。だから、神からのがれられようがないのだ。内に大きな力をかくし、感情に支配されやすく、怒りっぽく、それでいながら優しい神が、現に棍棒を手にし、二本のうしろ足で立っているからである。しかも、神であり、神秘であり、力である人間動物は、裂けば血の流れる、ほかの肉と同じように食える肉で包まれているのだ。

ホワイト・ファングにも、そう思われた。人間動物はまぎれもなく神であり、のがれられない神であった。母親キチーがその名を呼ばれるとすぐ忠誠をつくしたように、ホワイト・ファングも忠誠をつくし始めた。それを人間動物の明らかな特権と認めて、道をゆずった。人間動物が歩いているときは、その邪魔にならないようにした。呼ばれたときは、行った。おどかされたときは、たちすくんだ。行けと命ぜられたときは、大急ぎで立ち去った。人間動物の要請のかげには、その望みをやりとおす力があったからだ。けがをさせる力、つまり、強打や棍棒や、とんでくる石や、刺すようにいたむむち打ちなどとなって現われる力があったからだ。ほかのイヌが全部人間のものであるように、ホワイト・ファングは人間のものであった。人間の命令のままに動かなければならなかった。引き裂こうが、踏みつけようが、あるいはまた寛大に扱おうが、そのからだは人間の思いのままであった。このような教訓は、じきにホワイト・ファングの胆《きも》に銘ぜられた。その教訓は、教訓そのままでは、ホワイト・ファングを根強く支配している本性がなんとしても受け入れたがらず、苦痛だった。で、それを覚えるのがいやだったが、一方知らず知らずの間に、それを好んで学んでもいた。それはほかのものの手に自分の運命をゆだね、生存の責任を転嫁《てんか》することだったからだ。ひとりで立つより、ほかのものにもたれかかるほうが安易にきまっているのだから、その教訓の中には代償があったのだ。

しかし、からだも魂も人間動物にゆだねてしまうということが全部、たった一日のうちに起こったのではなかった。野生の遺伝と荒野の記憶を、すぐに捨てることはできなかった。だから、森の端へしのんでいき、そこにじっと立って、はるか遠くから自分を呼んでいる何物かに耳を傾けている日もあった。そしてそのたびに落ち着きを失い、つまらなくなって帰ってきた。それからキチーのそばで、やさしい物欲しそうな鼻声を出してくんくん泣きながら、真剣な物問いたげな舌で、キチーの顔をなめまわした。

ホワイト・ファングはキャンプのならわしを急速に覚えた。食えと言って、肉や魚を投げ与えられたときの、年上のイヌたちの不正と貪欲《どんよく》さを知った。男たちが一番公正で、子どもは一番残酷で、また女たちは一番やさしく、肉切れや骨を投げてくれることが一番多いようだということも知るようになった。大きくなりきらない子イヌをかかえた母イヌにむかって、冒険をやり、二、三度ひどい目にあわされたのちは、そういう母イヌにはさわらないで、できるだけ遠くに離れており、やってくるのが見えたら避けるのが、いつも一番得策だということもわかってきた。

ところで、ホワイト・ファングの生活の禍《わざわい》はリプ・リプだった。大きくて、年上で、強いリプ・リプが、その迫害の特別な目標として、ホワイト・ファングを選んだからだ。ホワイト・ファングはいさぎよく戦ったが、しかし段ちがいだった。敵があまりに大きすぎた。リプ・リプはホワイト・ファングの夢魔となった。思いきって母オオカミのそばを離れていくといつも、きっとその弱い者いじめが現われて、あとをつけてきて、唸ったりいじめたりした。そして、機会をねらい、人間動物が近くにいないととびかかってきて、けんかを強《し》いた。きっと勝つので、とてもけんかを楽しみにしているのだ。そしてそれはリプ・リプの生の主要な喜びになったが、ホワイト・ファングにとっては生の主要な苦しみになった。

だが、このけんかの結果、ホワイト・ファングは臆病《おくびょう》にはならなかった。大抵一方的な損傷を受けていつも負けてばかりいたが、精神までは打ちのめされなかった。だが、悪い影響が生じていた。ホワイト・ファングは性《たち》が悪くなり、気むずかしくなった。生まれつき性質が兇暴《きょうぼう》なのに、このたえまない迫害を受けていよいよ兇暴になった。やさしい、ふざけずきな、子オオカミらしい一面が少しも現われなかった。キャンプのほかの子イヌたちと一緒にふざけたり、はねまわったりしたことは一度もなかった。リプ・リプが許さなかったからだ。ホワイト・ファングが子イヌたちの近くに現われた瞬間に、リプ・リプがとびかかっていって、いじめたり、おどかしたり、また、けんかをしかけて追い返したのだ。

そういうことは結果として、ホワイト・ファングからほとんど子オオカミらしさを奪い取ってしまった。そのふるまいは年寄りじみてきた。遊びによる精力のはけ口をふさがれたので、その反動は頭の働きをうながした。ホワイト・ファングはずるくなった。のらりくらりとしながら、頭の中では一心になって策略を考えた。食事どきに自分の分け前の肉や魚を手に入れることを妨げられると、利口な泥棒《どろぼう》になった。自分で食糧を探さなければならなかったので、上手に探しただけなのだが、その結果はときどき女たちを悩ました。キャンプのまわりをこそこそと歩きまわり、いよいよ悪がしこくなり、どこで何が行なわれているかを知り、あらゆるものを見たり聞いたりしては、それに応じて考えることを覚えた。また、うまく迫害者を避ける方法と手段をくふうすることも覚えた。

迫害を受け始めてまもないある日のこと、ホワイト・ファングは巧妙な最初の大勝負をやって、初めて復讐《ふくしゅう》の痛快さを味わった。キチーがオオカミと一緒にいた時、人間のキャンプからイヌをおびき出して殺したやり方とちょっと似たような方法で、リプ・リプをおびきよせてキチーの復讐の牙《きば》にかけてやったのだ。リプ・リプの前を退きながら、まっすぐに逃げないで、テント小屋の間を出たりはいったり、回ったりした。ホワイト・ファングは足が速いので、自分と同じぐらいの大きさのどんな子イヌより速く走れたし、リプ・リプよりも速かった。だが、全力を出して走らなかった。もう少しで追いつかれそうにしながら――追跡者の一とびさきを走った。

リプ・リプは、この追跡そのものと始終目さきにいる迫害相手に興奮して、警戒はもちろん、どこを走っているのかも忘れていた。場所に気がついたときは、あとのまつりだった。全速力でテント小屋を回って、キチーがしばり棒のさきに寝ているところにまっしぐらに突っこんでいった。リプ・リプは胆をつぶしてきゃんと一声叫んだが、その時はもうキチーの刑罰のあごに咬《か》みつかれていた。キチーはつながれているのに、リプ・リプはなかなかのがれることができなかった。キチーは、リプ・リプが逃げだせないように足をはらってころがしておいて、何度も何度も、その牙でリプ・リプを切ったり裂いたりした。

リプ・リプはやっとのことでころがり出してのがれると、這《は》うようにして立ちあがったが、毛なみはもじゃもじゃになり、からだも心も傷ついていた。キチーに咬みつかれたところの毛が、からだじゅうどこにもかしこにも、房のようにかたまって出ばっていた。リプ・リプは起きあがった所に立ったまま、口をあいて子イヌらしい悲しげな声を出して、長々と泣いた。だが、そのまま泣き終わるまで泣かしておいてさえもらえなかった。泣いている最中にホワイト・ファングが突っこんできて、そのあと足に深く歯を立てたからだ。闘志がすっかりなくなっていたので、リプ・リプは恥を忘れて逃げだしたが、いつもの被害者にはげしく追いつめられて、自分のテント小屋に帰るまで苦しめられた。小屋につくと、女たちが出てきて助けてくれた。怒りの小悪魔になっているホワイト・ファングを、石の一せい射撃でようよう追い返した。

とうとうある日、グレー・ビーヴァがキチーを解いた。もう逃げていく気づかいはないと判断したからだった。ホワイト・ファングは母オオカミが自由になったことを喜んだ。うれしそうにそのあとについて、キャンプのまわりを歩いた。母オオカミのそばにいるかぎり、リプ・リプはある距離より近づいてこなかった。ホワイト・ファングが毛を逆だて、足をこわばらせて歩いていてさえ、リプ・リプはその挑戦《ちょうせん》を見て見ぬふりをしていた。リプ・リプはばかものではなかったのだ。めちゃくちゃに復讐してやりたかったのだが、ホワイト・ファングが一匹でいるところを捕まえるまで待っていようと思ったのだ。

その日おそくなってから、キチーとホワイト・ファングはキャンプの近くの森のはずれへさまよっていった。一歩また一歩、ホワイト・ファングは母オオカミを導いていった。ところが、母オオカミが立ちどまったので、説きふせてもっと遠くまでつれていこうとした。流れとオオカミ穴と静かな森が呼んでいるので、母オオカミにも一緒にいってもらいたかった。ホワイト・ファングは三、四歩さきへかけていってから立ちどまって、ふり返ってみた。母オオカミは動いていなかった。ホワイト・ファングは訴えるように鼻をならし、ふざけるように、したばえの中にちょこちょことかけこんだり出てきたりした。母オオカミのところにかけもどっては、その顔をなめ、またかけだした。母オオカミはそれでも動かなかった。ホワイト・ファングは立ちどまったまま、母オオカミを見つめた。どんなに一心で真剣になっているかは、からだじゅうに表われていた。だが、母オオカミがふりかえってキャンプを見つめたので、その真剣さはだんだん消えていった。

何かが、向こうの広々としたところで、ホワイト・ファングを呼んでいるのだった。母オオカミもそれを聞いた。だが、別な呼び声を、もっと大きな呼び声を聞いたのだ――たき火と人間の呼び声を――つまり、すべての野生動物のうちでもオオカミだけが、オオカミとそのきょうだいである野生のイヌだけが応《こた》えるように与えられた呼び声を聞いたのだ。

キチーは向きを変えると、ゆっくりとキャンプに向かって歩き出した。からだをしばる棒の力よりも、キャンプのもつ力が強かったのだ。神々が目に見えない神秘的な力でしっかりとつかんでいて、母オオカミを放そうとしないのだ。ホワイト・ファングはカバの木のかげにすわってそっと泣いた。マツの木の強いにおいや微妙な森のにおいが空中に一杯みなぎっているので、今のように束縛のなかった頃《ころ》の自由な暮らしがなつかしく思いだされた。だが、ホワイト・ファングはまだ成長半ばの子オオカミなので、人間や荒野のまねきよりも、母オオカミのまねきにずっと強く心ひかれた。生まれてからのちずっと、母オオカミだけを頼りにしてきたからだ。独立する時期はまだきていなかった。ホワイト・ファングは起きあがって、とっとかけだしはしたが、一、二度立ちどまり、すわってすすり泣き、森の奥で今でも響いている呼び声に耳をかたむけた。

荒野では、母親がその子と一緒に暮らす時間は短いが、しかし人間の領域では、それよりももっと短いことさえある。ホワイト・ファングの場合もそうだった。グレー・ビーヴァはスリー・イーグルに借金をしていた。ところで、スリー・イーグルがマッケンジー川をさかのぼって、グレート・スレイブ湖に旅をすることになった。一片の深紅色の布と、一枚のクマの皮と、弾三十発とキチーが、その借金の支払いにあてられた。ホワイト・ファングは母オオカミがスリー・イーグルのカヌーに乗せられるのを見たので、ついていこうとした。が、スリー・イーグルの一撃をくって、陸へはりとばされた。カヌーは岸を離れた。ホワイト・ファングは川にとびこみ、泳いでそのあとを追いかけた。グレー・ビーヴァがかん高い声でもどれと叫んでいたが、耳もかさなかった。人間動物、つまり神さえも、ホワイト・ファングは無視した――母オオカミを失うことが、それほど恐ろしかったのだ。

だが、神々は服従させることになれていた。グレー・ビーヴァはひどく怒って、カヌーをおしだして追いかけた。ホワイト・ファングに追いつくと、手をのばし、その首すじをつかまえて、水から引きあげた。だが、すぐカヌーの中におろさなかった。片手でつるしあげたまま、もう一方の手で打《ぶ》ち始めた。その手は猛烈だった。打たれるたびに刺されるように痛んだ。おまけにかぞえきれないほど打たれた。

今度はこっち、今度はあちら側からと続けざまに打たれ、ホワイト・ファングはぴくっぴくっと奇怪に動く振り子のようになって前後にゆれた。さまざまな感動が、波のようになって通りぬけていった。最初はびっくりした。それから瞬間的な恐怖がきた。打たれるたびに、四、五回悲鳴をあげた。だが、その恐怖はたちまち怒りにかわった。本性が現われたのだ。ホワイト・ファングは歯をむきだして、怒っている神の面前で恐れげもなく唸《うな》った。それは神を一層怒らせるのに役だっただけだった。打撃は、一層はやく、一層強くなり、痛みはますますこたえた。

グレー・ビーヴァは打ちつづけ、ホワイト・ファングは唸りつづけた。しかしそれが永久に続くわけはなかった。どっちかがあきらめなければならなかった。あきらめたのはホワイト・ファングだった。また、どっと恐怖がおそってきた。初めて人間の手にかけられているからである。これに比べたら、棒ぎれで打たれたり石をぶっつけられたりしたことなどは、愛撫《あいぶ》のようなものであった。ホワイト・ファングはすっかりまいってしまって、泣き叫び、悲鳴をあげ始めた。しばらくの間は打たれるたびに悲鳴をあげていたが、やがて恐怖は恐れと驚きにかわり、しまいには、刑罰の打擲《ちようちやく》のリズムとは関係なく、ひっきりなしに泣きつづけていた。

　グレー・ビーヴァがようよう手をひかえた。ホワイト・ファングはぐにゃりとぶらさがったまま泣きつづけた。主人はそれで満足したらしく、ホワイト・ファングを乱暴に舟底にほうり出した。その間にカヌーは川しもへおし流されていた。グレー・ビーヴァはかいを取りあげた。が、ホワイト・ファングが邪魔になったので、腹を立ててけとばした。その瞬間、ホワイト・ファングの本性がまたさっとひらめいた。ホワイト・ファングはシカ皮の靴《くつ》をはいた足に、いきなり歯を突き立てた。

　今度の殴打《おうだ》に比べれば、さっきの打擲など物の数ではなかった。グレー・ビーヴァは恐ろしく怒った。同様に、ホワイト・ファングもびっくり仰天した。手でぶたれたばかりでなく、今度は堅い木のかいでぶんなぐられた。舟底にまたほうり出された時には、小さいからだはどこもかしこも、打撲傷のためにずきずきうずいていた。グレー・ビーヴァは今度はある目的を持って、ホワイト・ファングをけとばした。ホワイト・ファングは二度とその足を襲わなかった。束縛の教訓をもう一つ学んだからであった。どんな事情があろうと、自分を支配し自分に君臨している神に咬みつくような大胆なことを、決してしてはならないのである。君主であり、支配者であるもののからだは神聖なのだ。自分のようなものの歯でよごしてはならないのだ。それは明らかに罪の中の罪で、大目に見ることも見のがすこともできない一つの犯罪なのである。

　カヌーが岸につくと、ホワイト・ファングは横たわったまま、じっと動かないで、鼻だけくんくんならしながらグレー・ビーヴァの決意を待っていた。グレー・ビーヴァの決意はホワイト・ファングを上陸させることであった。ホワイト・ファングは岸に投げあげられた。横腹をひどくぶったので、打撲傷がまた新しく痛んだ。ふるえながらよたよたと立ちあがると、立ったまま、くんくん泣きつづけた。このなりゆきの一部始終を土手の上から見ていたリプ・リプが、まっしぐらに突っ込んできて、ホワイト・ファングを倒して咬みついた。ホワイト・ファングはからだも気力も弱りはてていたので、自分を守ることができなかった。グレー・ビーヴァが猛烈にリプ・リプをけあげて十二フィートも向こうにたたきつけてくれなかったら、ひどい目にあうところだった。人間動物は正義であったのだ。ホワイト・ファングはそんなみじめな状態になっていながらも、ちょっと感動し、感謝した。そしてよろめき歩きながら、従順にグレー・ビーヴァのあとについて、テント小屋の村に帰った。このようにしてホワイト・ファングは、神々は罰する権利を持っているが、神々に支配されている劣った動物には、神々を罰する権利がないのだということを学んだ。

その夜あたりが静かになったとき、ホワイト・ファングは母オオカミを思いだし、母オオカミをしたって嘆き泣いた。あまり大きな声で嘆いたので、グレー・ビーヴァの目をさまさせ、そしてぶたれた。だからそののち、神々があたりにいるときはそっとしのび泣いた。だが、時々ひとりで森のはずれにさまよい出ていっては、そこを悲しみのはけ口にした。大きな鼻声と泣き声をだして、悲しみが鎮《しず》まるまで泣いた。

この期間中なら、ほら穴や流れのいろいろな記憶に耳を傾けていたのだから、荒野に逃げ帰ることができた。だが、母オオカミの記憶がホワイト・ファングを引き止めた。人間動物たちが狩りに出かけていってはまたもどってくるように、母オオカミもいつか村にもどってくるにちがいないからだ。ホワイト・ファングは束縛の中にとどまって、母オオカミを待ちつづけた。

だが、それは全部が全部不幸な束縛とはいえなかった。面白いことがたくさんあった。始終何かが起こっていた。神々が際限もなく不思議なことをやるので、ホワイト・ファングはいつも好奇心にかられてそれを眺《なが》めていた。そのうえ、グレー・ビーヴァとうまく暮らしていく方法も覚えた。自分に強いられているのは、服従、それも厳格な、そつのない服従だった。そのかわり、服従さえすれば打擲をまぬがれ、自分の生存が許されるのだった。

それどころか、時々、グレー・ビーヴァ自身が一片の肉を投げてくれることがあった。そしてそれを食っている間、ほかのイヌを防いでくれた。このような肉切れは、なかなか貴いものであった。どういうものか、女の手からもらう十二片の肉切れより値うちがあった。グレー・ビーヴァは決して、かわいがったり愛撫したりしなかった。が、ホワイト・ファングにある感化を与えていた。それはその手の重みからであったかも知れないし、その正義からであったかも知れないし、その力だけからであったかも知れないし、あるいはまた、そういうものが一つになって、感化を与えていたのかも知れなかった。とにかく、ホワイト・ファングと気むずかしい主君との間に、ある種の愛着のきずなが出来かかっていた。

棒や石の力や手の殴打によるのと同時に、気もつかないような方法で、束縛のかせが、ひそかにホワイト・ファングの首にしっかり打ちつけられていた。初め、人間のたき火に近づいたオオカミ属の持っている性質は、発展可能な性質なのである。その性質がホワイト・ファングの中で発展してきていたのだ。キャンプ生活はなるほどみじめさに満ちていたが、ホワイト・ファングは知らず知らずのうちに、たえずそれを慕うようになっていた。だが、ホワイト・ファングはそれに気づいてはいなかった。知っていることといえば、キチーを失った悲しみと、キチーがもどってこないかという望みと、以前の自由な生活への飢えのようなあこがれだけだった。

のけもの

くる日もくる日もリプ・リプにまっ暗い思いをさせられるので、ホワイト・ファングは生来の性質以上に意地悪くなり、兇暴になった。残忍さはもともとその性質の一部ではあったが、そんなわけで、その残忍さは生来のもの以上に発展させられた。ホワイト・ファングは人間動物たちの間で意地悪だという評判をとった。キャンプの中でごたごたや騒動が起こった場合、つまり、けんかやいがみ合いや、女が肉切れをとられたと言って騒ぎだしたような場合にはきっと、ホワイト・ファングがそれに関係しているのが見られたし、大抵騒ぎのもとになっているように思われたからである。人間動物たちはホワイト・ファングの行為の原因を探すようなめんどうなことをしなかった。結果だけを見た。結果はよくなかった。だから、ホワイト・ファングは、空巣ねらいで、泥棒で、離間者で、もめ事の扇動者であった。いつだしぬけに飛び道具が飛んできてもかわせるように油断なく身がまえて、じっと見返しているホワイト・

ファングに面と向かって、怒った女たちはおまえはオオカミで、ろくでなしだからきっとみじめな死にざまをするだろうと言った。

ホワイト・ファングはいつのまにか、大ぜいいるキャンプ中でのけものになっていた。子イヌたちは一匹残らずリプ・リプについていた。ホワイト・ファングとの間に一つの相違があったのだ。たぶん、ホワイト・ファングの荒野育ちをかぎつけて、飼いイヌがオオカミにいだく敵意を本能的に感じたのだろう。それはともかく、子イヌたちはリプ・リプと一緒になって、ホワイト・ファングを迫害した。そして、一度宣戦を布告すると、子イヌたちは、戦いを続ける立派な理由を見つけた。時々一匹ずつ全部がホワイト・ファングの歯の猛威にあったからだ。ホワイト・ファングは受けた以上のものを仕返しして、面目をほどこした。一騎打ちでなら大抵の相手をやっつけることができた。だが、一騎打ちは許されなかった。一騎打ちが始まると、それを合図にキャンプじゅうの子イヌが走ってきて、ホワイト・ファングに突っかかった。

この、群れによる迫害から、ホワイト・ファングは重要なことを二つ学んだ。つまり、集団相手の戦いで身を守る方法と、一匹でいるイヌに最短時間に最大の損傷を与えるにはどうしたらよいか、ということを学んだ。敵集団のまん中では、いつも足を地につけていることが大切だった。だから、そのことをよく習い覚えた。ネコのように、いつも足を下にしていられるようになった。おとなのイヌが重いからだでぶつかってきたら、うしろか横へ投げとばされるかもしれないが、しかしうしろに投げられようが横へとばされようが、それとも宙をとばされようが、地をすべっていこうが、ホワイト・ファングはいつも足を下にし、母なる大地に足さきを向けていることができた。

イヌが戦う時には、いつも取っ組み合いが始まる前の予備行動を——つまり、唸ったり、毛を逆だてたり、足をこわばらせて勿体《もったい》ぶって歩いたりする。だが、ホワイト・ファングはこの予備行動をはぶくことを覚えた。ぐずぐずしていたら、子イヌたちがみんなでかかってくるからだ。さっさと仕事を片づけて立ちのかなければならなかった。そういうわけで、ホワイト・ファングは自分の意図を警告しないことにした。敵の応戦準備ができないうちに、いきなりとびついていって咬《か》みつき、途端に咬み裂いた。このように、瞬《また》くまにひどい損傷を与える方法を覚えた。また、不意打ちの値うちもさとった。ぼんやりしていて何が起こったのかもわからないうちに、肩を咬み裂かれたり、耳をリボンのようにずたずたに引き裂かれたイヌは、もう半分負けイヌだった。

さらにまた、不意を襲って相手を倒すことは、驚くほどたやすかった。一方そうして倒されたイヌは、一瞬、きまって首の裏側の柔らかいところを——つまり、生命の急所を現わした。ホワイト・ファングはその急所を知っていた。それはオオカミという狩猟族から直接伝えられた知識であった。だから、ホワイト・ファングの攻撃方法は——まず、ひとりでいる子イヌを見つけ、次に不意打ちをくらわせてひっくり返し、第三に柔らかいのどに咬みつくことであった。

まだ成長中なので、のどを攻撃して致命傷を与えるほどそのあごは大きくも強くもなっていなかったが、キャンプのまわりを歩いている子イヌのうちには、のどを咬まれて、ホワイト・ファングの意図のしるしをつけている子イヌがたくさんいた。そしてある日、森のはずれに敵のひとりがただ一匹でいるところをつかまえて、何度もおし倒してそののどを攻撃し、大動脈を咬み切って、命をとってしまった。その夜、大騒ぎが起こった。見ていたものがあって、殺されたイヌの持主に知らせたからである。一方女たちは肉を盗まれたことを全部思いだしたからである。グレー・ビーヴァは大ぜいの怒った声に取りかこまれた。だが、グレー・ビーヴァは自分のテント小屋の戸をしめ、その中に被告を入れて、仲間たちが声を張りあげて要求している復讐《ふくしゅう》を許さなかった。

ホワイト・ファングは人間にもイヌにも憎まれるようになった。この成長期間中は一瞬間も安心していられなかった。あらゆるイヌの歯が、あらゆる人間の手が、自分に向けられていたからだった。自分の種属からは唸られ、神々からはのろわれ、石をぶっつけられた。だから、緊張して暮らした。いつも気を張りつめて、油断なく攻撃態勢をとり、攻撃されないように用意し、一方突然思いがけないところから飛んでくる飛び道具にも目をくばっていた。そして冷静に、しかもとっさに、歯をひらめかしてとびつくか、おどかしの唸り声と共にとびのくかすることが出来るように用意していた。

唸ることにかけては、ホワイト・ファングはキャンプじゅうの子イヌや親イヌののどのイヌよりも、恐ろしく唸ることができた。唸る目的は、警戒するかおどかすかするためなのだから、それを使う場合を知るには判断が必要だった。ホワイト・ファングは唸り方と唸る場合を心得ていた。しかも、悪意と敵意とものすごさをこめて唸った。たえまなく鼻をけいれんさせて、のこぎりのようなしわを寄せ、周期的に毛を逆だて、舌をさっと赤いヘビのように突きだしてはまた急に引っこめ、耳をぴたりと倒し、目を憎悪《ぞうお》に燃やし、唇《くちびる》にしわを寄せ、それから牙《きば》を見せて、よだれをたらたらとたらしながら向かうと、大抵の攻撃者を一時たじろがせることができた。不意をつかれた時でも、敵のこの一時の躊躇《ちゅうちょ》が、ホワイト・ファングに次の行動を考え、決定する重大な瞬間を与えた。だが、その躊躇が長びいて、ついに敵がすっかり攻撃を中止することも、しばしばあった。そのおかげで、おとなのイヌの前から名誉の退却をしたことも、一度ならずあった。

成長半ばのイヌの群れからのけものにされたホワイト・ファングは、その兇暴《きょうぼう》な手段と異常な能力をもって、子イヌたちに迫害の代償を支払わせた。子イヌたちはホワイト・ファングに自分たちと一緒に走ることを許さなかったかわりに、群れから離れてひとりで走りまわることが出来ないという奇妙な状態になった。

今度はホワイト・ファングが許さなかったからだ。そのゲリラ戦や待ち伏せ戦術のために、子イヌたちはひとりで走ることを恐れた。リプ・リプは別だが、そのほかの子イヌは自分たちがこしらえた恐ろしい敵に対抗するために、一塊りになって互いに防衛し合わなければならなかった。子イヌが一匹で川の土手にいれば、それは死を意味し、また子イヌが苦痛と恐怖にきゃんきゃん泣いてキャンプじゅうの人間を目ざめさせれば、それは子オオカミの待ち伏せから逃げてきたのだということになった。

しかし、子イヌたちが一緒にかたまっていなければならないということをよく悟ったときでさえ、ホワイト・ファングの報復はやまなかった。子イヌが一匹でいるところをとらえて攻撃したし、子イヌたちの方でも、一かたまりになっているときホワイト・ファングを攻撃した。それも姿を見ただけで突撃してくるのだが、そういう時には、足が速いおかげで安全に逃げおおせた。だが、そういう追撃の際、仲間をかけ抜けてきたイヌこそ災難であった。ホワイト・ファングはくるっと向きなおると、群れの先頭に立っている追撃者にいきなり襲いかかり、ほかのイヌたちが到着しないうちに、相手をずたずたに引き裂くことを会得《えとく》していたからである。そういうことは実にしばしば起こった。子イヌたちは一せいに追いはじめたら最後、追跡の興奮でわれを忘れがちだったが、ホワイト・ファングは決して自分を忘れなかったからだ。走りながらちらっちらっとうしろをふり返って見ては、いつなんどきでもくるりと向きなおり、夢中になって仲間からかけ抜けてくる追撃者に襲いかかる用意をしていた。

　子イヌはきっとふざける。子イヌたちはこの危急な状況から模擬戦の形で遊びを実現した。そんなわけでホワイト・ファング狩りが、子イヌたちの主要な遊びとなった——いのちがけの、そのうえ一時も油断のならない遊びであったが。一方、ホワイト・ファングは足が速いので、どこへ行こうがこわくはなかった。母オオカミの帰りをむなしく待っていた期間中に、ものすごい勢いで追撃してくる子イヌたちを、何度も何度も近くの森へさそいこんだ。子イヌたちはきまってホワイト・ファングを見失った。すると、大騒ぎをするので、自分たちからその所在を通告しているようなものであった。一方ホワイト・ファングはたったひとり、父オオカミや母オオカミのようなやりかたで、動く影のように黙々として木々の間を走っていた。そのうえホワイト・ファングは、イヌたちよりももっと直接に荒野とつながっていたので、イヌたちより荒野の秘密と戦略をよく心得ていた。得意な手は、流れている水の中に一たん足跡を消してから近くの茂みの中に静かに横たわっていることだった。すると、うらをかかれたイヌたちが、そのまわりで大騒ぎをした。

同属と人間とに憎まれ、たえず戦いをいどまれながらも屈服せず、自分からもたえず戦いをいどんでいるのだから、その発達は早かったが片寄っていた。それは思いやりと愛情の花が咲く土壌《どじょう》ではなかった。だから、ホワイト・ファングは思いやり愛情などというものの微《かす》かな光さえも持っていなかった。学んだ法典は、強いものに服従し、弱いものを圧迫することであった。グレー・ビーヴァは神であり、強かった。だから、ホワイト・ファングは服従した。だが、自分より幼いか小さなイヌは弱かった――だから、殺してもかまわなかった。その発達は、力の方向にだけ向かった。たえまなく襲ってくるけがと死の危険に対抗するために、生物捕食の能力と防衛の能力が異常に発達した。ほかのイヌたちより動きが敏捷《びんしょう》になった。足も速く、ずるくて、執念深くなった。鉄のような筋肉と腱《けん》はいよいよ強くしなやかになり、ますます耐久力ができた。そしてますます残忍に、ますます兇暴になり、いよいよ頭の動きがよくなった。ホワイト・ファングは、どうしてもそういうもの全部を身につけなければならなかった。さもないと、自分の身を保ち、自分がおちいっている敵の包囲を切りぬけることができなかったのだ。

神々のにおい

その年の秋、日がだんだん短くなり、大気中に刺すような霜が含んできだした頃《ころ》、ホワイト・ファングは自由になれる機会を得た。数日のあいだ、村に大騒ぎがつづいた。夏のキャンプの取りこわしが始まり、人間動物は家財を一切まとめて、秋の狩猟に出かける支度をしていた。その間じゅう、ホワイト・ファングは真剣な目つきで見まもっていた。そして、テント小屋がつぶされ始め、岸にあるカヌーに荷物が積まれだしたとき、がてんがいった。もう出だしているカヌーもあったし、川下に見えなくなってしまったカヌーもいくつかあった。

よく考えたうえで、ホワイト・ファングは居残ることを決心した。そして、機会をうかがってそっとキャンプをぬけだし、森へ向かった。氷がはり始めている流れで足跡をくらました。それから深い茂みのまん中にもぐり込んで、様子をうかがっていた。時はたち、途切れ途切れに眠っているあいだに何時間か過ぎた。ホワイト・ファングはふと、自分の名を呼んでいるグレー・ビーヴァの声で、目をさまさせられた。ほかの声もしていた。グレー・ビーヴァの女房と息子のミト・サァも一緒に探しにきているのだ。

ホワイト・ファングは恐怖にふるえた。隠れ場所から這《は》い出したい衝動にかられたが、それを押しのけた。しばらくすると呼び声は消えていった。ホワイト・ファングはさらにしばらくたってから這い出して、自分の企ての成功を楽しんだ。暗やみがおりかけてきていたが、木々の間を遊びまわって、自由を心ゆくまで味わった。が、それから突然さびしくなった。すわりこんで、森の静けさに耳を傾けながら考えているうちに、その静けさにうろたえだした。動くものもなければ物音一つしないのが、不気味に思われた。目に見えない、想像もつかないような危険がひそんでいるような気がした。ぼうっと立っている大きな木や黒いその影が、あらゆる種類の危険なものを隠していはしないかと疑った。

やがて寒くなってきた。が、すりよろうにも、テント小屋のような暖かい所がなかった。足が冷たいので、前足をかわるがわるあげた。ふさふさしたしっぽを曲げて足を覆《おお》おうとした。その途端に、ホワイト・ファングはまぼろしを見た。が、別段珍しいものではなかった。心の目に、一連の記憶が絵のように映ったのである。キャンプやテント小屋や、たき火の炎が見えた。女たちのかん高い声や、男たちの無愛想な低音《バス》や、イヌの唸《うな》り声が聞こえた。腹がへったとき投げてもらった肉や魚のことも思いだした。だが、ここには肉はなかった——不気味な、食べ物にはならない沈黙のほか何一つなかった。

ホワイト・ファングは束縛された生活の結果、柔弱になっていた。人間まかせの生活のために弱くなっていた。自分の力で口すぎをする方法を忘れていた。夜がまわりであんぐりと口をあけているだけだった。キャンプの騒音と雑踏や、さまざまな光景や物音のたえまない衝撃の中で暮らしてきたので、その感覚は鈍ってしまっているのだ。どうにもやりようがなかった。何も見えなければ、何も聞こえなかった。それでもホワイト・ファングは、何か自然の静寂と不動を破るものがあったら捕えようと、感覚を緊張させていた。だが、その感覚は、自然の静止と何か恐ろしいものがさし迫っているような感じとで、おののいていた。

ホワイト・ファングははっと胆《きも》をつぶした。とても巨大な無形のものが、視界を横ぎって突進していたからだ。だが、それは顔から雲を払いのけられた月が投げている、木の影だった。その見きわめがつくと、静かにくんくん泣いた。が、それが、ひそんでいる危険の注意をひきはしまいかと心配になったので、その泣き声をおさえつけた。

夜の冷気の中にちぢまっていた木が、大きな音をたてた。しかもその音はすぐ頭の上で起こった。ホワイト・ファングはぞっとして悲鳴をあげた。恐怖と驚きとにとらえられ、気が狂ったように村へ向かって逃げだした。人間の仲間になり、その保護を求めようという圧倒的な欲望をおぼえたからである。その鼻孔の中に、キャンプの煙のにおいが感じられた。耳の中に、キャンプの物音と叫び声とが鳴り響いた。ホワイト・ファングは森をかけぬけ、影も暗がりもない、月光に照らし出されている空地に出た。だが、村は目に見えなかった。忘れていたのである。村は立ちのいてしまっていたのだ。

狂気の逃走はぴたりと止まった。逃げていくさきがなかったからだ。ホワイト・ファングはさびしそうにキャンプの跡をしのび歩いて、がらくたの山や、神々が捨てていったぼろやくずのにおいをかぎまわった。怒った女の投げつける石が、近くにバラバラと落ちてきたら、どんなにうれしいだろう。グレー・ビーヴァが怒って手で打ちすえてくれたら、どんなにうれしいだろう。ホワイト・ファングはリプ・リプや唸っている弱虫の子イヌたちをだって、喜んで迎えるにちがいなかった。

グレー・ビーヴァのテント小屋が建っていた所にきた。ホワイト・ファングは小屋跡のまん中にすわった。そして鼻を月に向けた。のどがきびしいけいれんに襲われて、口があけられ、さびしさや恐怖や、キチーをしたう嘆きや、やがて襲いかかってくる苦難と危険を思う不安や、同時に過去のすべての悲しみと苦しみなどが、傷心の叫びとなって、わきあがってきた。それは、のどいっぱいの悲しげな長い遠吠《とおぼ》えであった——ホワイト・ファングが初めてあげた遠吠えだった。

夜が明けると、恐怖は消え去ったがさびしさが増した。ついきのうまで人間やイヌがたくさんいただけに、裸になった大地は一層強くさびしさを押しつけてきた。決心するのに長い時間はかからなかった。ホワイト・ファングは森の中にとびこむと、流れの土手にそってくだり始めた。そして一日じゅう走りとおした。少しも休まなかった。永久に走りつづけているように思われた。鉄のようなからだは疲れを物ともしなかった。そして疲れがきたあとでさえ、遺伝の忍耐力が無限の努力へとはげまし、疲れを訴えているからだをかってに前へ進ませた。

川がけわしい断崖《だんがい》につきあたって曲がっているところで、ホワイト・ファングはそのうしろの高い山をのぼった。小川や流れが主流に注いでいるところは、浅瀬を渡るか、泳いで渡るかした。たびたびはり始めている川べりの氷の上を歩いては、何度も踏みぬいて氷のように冷たい流れに落ちて、いのちがけにもがいた。神々が川を離れて奥地へはいっているかも知れないので、始終神々のにおいに気をつけて歩いた。

ホワイト・ファングは同属の普通のものよりずっと利口だった。が、その知的視野は、マッケンジー川の向こう岸にも気をくばるほど広くはなかった。もし神々の足が向こう岸へ向かっていたら、どうするのだろう？ そういうことを、ホワイト・ファングは考えもしなかった。あとになって、もっと世の中を見、もっと年をとって賢くなり、野道や川のことをもっとわかるようになった時なら、そういうことのあり得ることを悟り、理解できたかも知れない。だが、そのような知力を得るのは、まだ将来のことであった。今はただ、やみくもに走っているだけだった。マッケンジー川の自分がいるほうの側だけしか、勘定にいれていなかった。

ホワイト・ファングは夜どおし走りつづけた。まっ暗なところにはいると、へまをやり、災難や障害物にぶつかって手間どったが、屈しなかった。次の日の昼までには、ぶっとおし三十時間も走りつづけたので、鉄のような肉体もさすがに力がつきてきていた。忍耐力だけで走っていた。もう四十時間も何も食っていないので、飢えのためにも弱っていた。何度も氷のような水に浸ったことも、こたえていた。きれいな毛は、その時ひきずったために、よごれていた。広い足の裏は、傷ついて血が流れていた。そして、もうよろめき歩くようになっていた。それは、時がたつにつれてだんだんひどくなった。さらに悪いことには、空の光がうす暗くなって、雪が降りだした——それは、冷たい、しめった、どろどろのくっつきやすい雪で、足がつるつるすべった。おまけに、行く先の山や野の姿を隠し、地面のでこぼこも覆ってしまったので、足の運びが一層困難になり、骨が折れた。

　グレー・ビーヴァはその夜、マッケンジー川の向こう岸でキャンプするつもりでいた。これからの狩り場は、その方角にあたっていたからだった。だが、暗くなるちょっと前、こちら岸で、水を飲みにおりてきたオオジカを、女房のクルー・クーチが見つけた。そのオオジカが水を飲みにおりてこなかったら、もしミト・サァが雪のためにカヌーの進路をまちがえていなかったら、そしてクルー・クーチがオオジカを見つけなかったら、そしてまた、グレー・ビーヴァが運よくそのオオジカを銃で射《う》ちとめていなかったら、そののちのことは全部ちがっていたであろう。グレー・ビーヴァはマッケンジー川のこちら岸にキャンプしなかっただろうし、ホワイト・ファングもまた、通りすぎて先へ行ってしまい、死んでしまうか、あるいはまた荒野のきょうだいたちのところに行って仲間入りをし、オオカミとしてその一生を終えるかしたことであったろう。

夜がきていた。雪は一層ひどく降りしきっていた。ホワイト・ファングはそっと鼻をならしながら、つまずいたり、よろめき歩いたりしていたが、ふと新しいにおいを雪の中で見つけた。それはとても新しいにおいなので、なんの足跡なのかすぐにわかった。で、一心に鼻をならしながら、そのにおいを追って川岸から木々の間へとたどっていった。キャンプの物音が聞こえてきた。たき火の炎と料理をしているクルー・クーチと、あぐらをかいて一塊りの生の獣脂をもぐもぐかじっているグレー・ビーヴァが見えた。キャンプには新鮮な肉があったのだ！　ホワイト・ファングは打《ぶ》たれるのを覚悟していた。だから、うずくまってそのことを考えながらちょっと毛を逆だてた。それから進み出した。打擲《ちょうちゃく》が自分を待ちうけていることがわかっているので、それがいやだったし、恐ろしかった。だが、それ以上に、たき火の快い楽しみや、神々の保護や、イヌたちとのつき合いが自分のものになることを知っていた――この最後のものは、敵とのつき合いなのであるが、それにもかかわらず一つのつき合いであり、群居へのあこがれを満足させてくれるものであった。

恐れすくみながら、たき火の明かりの中に這いだした。グレー・ビーヴァが見つけて、獣脂をかむのをやめた。ホワイト・ファングは恐れすくみ、ぴたりとはらばいになって、卑下と服従を表わす卑屈な恰好《かっこう》をしてそろそろと這い寄った。そしてまっすぐにグレー・ビーヴァに向かって這っていったが、一インチ進むごとにだんだんのろくなり、だんだんつらくなってきた。が、最後に主人の足もとに横たわった。ホワイト・ファングは自分から進んで、心もからだも主人の手中に投げだしたのだ。自分から選んで、人間のたき火のそばにすわり、人間に支配されるためにやってきたのである。ホワイト・ファングはふるえながら、刑罰がふってくるのを待った。頭の上で手が動いた。打たれるのを覚悟して、われ知らず身をすくめた。手は落ちてこなかった。ホワイト・ファングはそっと上をぬすみ見た。グレー・ビーヴァは獣脂の塊りを二つに裂いていた。その半分をくれようとしているのだ！　ホワイト・ファングは最初は少し疑わしそうに、そっとその獣脂のにおいをかいでいたが、それから食い始めた。グレー・ビーヴァはもっと肉を持ってきてやるように言いつけ、ホワイト・ファングが肉を食っている間、ほかのイヌを防いでくれた。そのあと感謝と喜びに浸りながら、ホワイト・ファングはぽかぽか暖かいたき火を見つめて、またたきをしたり、まどろんだりした。あすは荒涼とした森林地帯をひとりでさまよっているのではなく、今は全く頼りにしてその手に身をまかせている神々と一緒に、人間動物のキャンプの中にいるのだということをかたく信じながら。

誓約

十二月も大分進んでから、グレー・ビーヴァは旅に出て、マッケンジー川をさかのぼった。ミト・サァとクルー・クーチも一緒だった。一台の橇《そり》は自分で御し、物と交換するか借りるかしたイヌにひかせた。もう一台の小さい橇はミト・サァが御し、それには子イヌたちがつけられていた。全くままごと遊びそっくりだったが、ミト・サァは大得意だった。これからおとなの仕事に仲間入りするのだと思ったからだ。また、ミト・サァがイヌの御しかたや訓練の仕方を覚える一方、子イヌたちの方でもひき具に慣らされることになるのだった。そのうえ、その小橇に用具と食糧を二百ポンド近く積んだのだから、ずいぶん役にたった。

ホワイト・ファングはキャンプのイヌたちがひき具をつけてせっせと働いているところを見ていたので、初めてひき具をつけられてもそう不快に思わなかった。苔《こけ》をつめた首輪を首にかけられ、それが胸から背中にまわした一本の皮ひもと、二本のひき皮で連結された。そしてそのひき皮に、橇をひく長い綱がしっかりと結びつけられてあった。

その一隊には、七匹の子イヌがいた。ホワイト・ファングは生まれてからたった八か月しかたっていなかったが、子イヌたちはその年早く生まれたので、九か月から十か月になっていた。子イヌたちはみんな、一本の綱で橇につながれた。綱の長さは一本一本ちがっていた。少なくとも、イヌの胴の長さだけはちがっていた。そしてその綱は全部、橇のはなにある輪にとりつけられていた。橇はすべりのついていない、カバの木の皮で作ったトボガンだった。雪に突きささらないように、橇のはな先はめくれあがっていた。そういう構造のために、橇と積荷の重さは雪の表面に広く分散されるようになっていた。雪が結晶した粉のようで、とても柔らかいからであった。重さをできるだけ広く分散するという同じ原理に従って、綱の端につながれたイヌたちは橇のはなから扇形にひらいて出ているので、ほかのイヌの足跡を踏むということはなかった。

さらにそのうえ、扇形隊形にはほかの利点があった。綱の長さが違っているので、イヌたちは自分の前をかけているイヌを攻撃することができなかった。いきおい、ほかのものを攻撃しようというイヌは、自分より短い綱につながれているイヌに向かっていくより仕方がなかった。そういうことになると、攻撃相手のイヌには面と向かうことになるが、また御者のむちにも面と向かうことになるのだった。しかしすべてのうちでもっとも特殊な利点は、前のイヌを攻撃しようとするイヌは、橇を速くひっぱらなければならなかったし、その反面、橇を速くひっぱればひっぱるほど、攻撃されるイヌは早く逃げられるということであった。そのようなわけで、あとにいるイヌは決して前のイヌに追いつくことができなかった。あとにいるイヌが速く走れば走るほど、追いかけられるイヌも速く走り、イヌ全部がそれだけ速く走ることになるのである。それにつれて橇も速く走るのだ。人間はこのようなずるい間接的手段によって、動物への支配を強化しているのである。

ミト・サァは父親に似て、父親のような老練な知恵を持っていた。以前、リプ・リプがホワイト・ファングをいじめるところを見ていたが、その当時はリプ・リプは他人のイヌだったので、時々石をぶっつけてやるのがせいぜいだった。が、今ではリプ・リプが自分のものになっているので、復讐《ふくしゅう》してやるためにリプ・リプを一番長い綱につないだ。そのため、リプ・リプは先導犬になり、見たところ名誉であった。だが、実際には名誉を取りあげられたのである。リプ・リプは弱い者いじめでも、群れの主《ぬし》でもなくなり、反対に群れから憎まれ、迫害されることになったのだ。

というわけは、リプ・リプが一番長い綱の端を走っているので、ほかのイヌたちは自分から逃げていくリプ・リプをいつも見ていることになるからだ。しかも見えるのは、ふさふさしたしっぽと、逃げていくあと足だけだった——逆だてた首毛やきらめく牙《きば》のように、兇暴《きようぼう》でも恐ろしくもなかった。そんなものとはおよそ縁遠い眺《なが》めであった。またイヌの思考方法からいっても、リプ・リプが逃げていくのを見ると追いかけたくなるし、リプ・リプが自分たちから逃げていくのだという感じを受けた。

橇が出発した瞬間から、子イヌたちはリプ・リプを追いだし、一日じゅう追いつづけた。最初のうちリプ・リプは自分の威厳を失いやしまいかと、怒って追跡者たちにかかろうとしたが、そのたびにミト・サァがトナカイの腸で作った三十フィートもあるむちで激しく顔を打って、いやおうなしに向きなおらせて前進させた。リプ・リプはイヌたちには対抗できるとしても、むちには対抗できなかった。だから、長い綱をいつもぴんと張って、自分の横腹に仲間の歯がとどかないようにしているより仕方がなかった。

だが、このインディアンの心の奥底には、もっともっと大きなずるさがひそんでいた。ほかのイヌを刺激して一層たえまなく先導犬を追わせるために、ミト・サァはほかのイヌよりリプ・リプの待遇をよくした。その待遇は、ほかのイヌたちの嫉妬《しっと》と憎しみをかきたてた。ミト・サァはほかのイヌの前でリプ・リプに肉を与え、しかもリプ・リプにだけやった。ほかのイヌたちは、気が狂ったように怒った。ミト・サァに守られて、リプ・リプが肉を食っている間じゅう、むちのとどかないところで荒れくるっていた。ミト・サァはまた与える肉がないときは、リプ・リプだけ連れ出していってリプ・リプに肉をやるふりをした。

ホワイト・ファングは快く仕事をした。神々に身をまかせる前にイヌたちよりずっと広く世の中を見ていたから、神々の意志にそむくことの無益なことを、イヌたちよりよく知っていたのである。そのうえイヌの群れからさんざんに迫害を受けたので、物事の組立てからいっても、イヌをつまらないものと思い、人間を立派なものと思っていた。だから、つき合いの点でも、同属に頼ることを学ばなかった。それにキチーのこともほとんど全く忘れてしまっていたので、ホワイト・ファングに残されている自己の主要なはけ口は、自分から主人として認めた神々に忠誠をつくすことにあった。そういうわけで、ホワイト・ファングは一生懸命に働き、規律を学んだ。そして服従した。忠実と進んで働くこととは、その労役の特徴となった。それはオオカミや野生のイヌが飼いならされるときの主要な特徴なのだが、ホワイト・ファングはその特徴を異常なほどもっていた。

ホワイト・ファングとイヌたちとの間にもつき合いはあるにはあったが、それは戦いと憎悪《ぞうお》とのつき合いであった。ホワイト・ファングは決してイヌたちと遊ぶことがなかった。戦う方法を知っているだけだった。リプ・リプが群れのがき大将であったころの戦いで、みんなが自分に負わせた咬《か》み傷や裂き傷を、百倍にして返した。だが、リプ・リプはもはやがき大将ではなかった――綱の端につながれて、仲間から逃げ、そのあとに橇がおどりながらついていくという意味では、がき大将のように先に立っていたが。キャンプの中では、リプ・リプはミト・サァかグレー・ビーヴァかクルー・クーチのそばから離れなかった。神々から離れる勇気がでなかったのだ。今では、ほかのイヌの牙が全部自分に向けられているからだった。リプ・リプは、ホワイト・ファングのうけた迫害と同じ迫害の味を、一つ残らずなめさせられた。

リプ・リプが打倒されたので、ホワイト・ファングは自分でその気になれば、群れの首領になれた。だが、あまりに気むずかしく、孤独なので、そんなことにむかなかった。仲間をやっつけているだけだった。さもないときは無視していた。イヌたちはホワイト・ファングがくると道をあけた。いくら大胆なイヌでも、ホワイト・ファングの肉を盗もうとはしなかった。反対に、ホワイト・ファングにとられやしないかと心配して、大急ぎで自分の肉を食った。ホワイト・ファングは「弱き者を圧迫し、強き者には服従せよ」という掟《おきて》をよく心得ていた。だから、自分の分け前の肉を出来るだけ早く食った。まだ食い終わらないイヌこそ災難だった！　唸《うな》り声が起こり、牙がひらめいたが最後、自分の不幸な星まわりを憤《いきどお》り泣いている間に、ホワイト・ファングにその分け前を食われてしまうのだった。

だが、時々どのイヌかがかっとなって反抗したが、すぐさま征服されてしまうのがおちだった。こうして、ホワイト・ファングはたえず鍛練された。イヌの群れの中にいながら、自分がとじこもっている孤独を大事に守り、孤立を守りつづけるために、時々戦った。だが、そういうけんかはちょっとの間に終わった。あまりに敏捷《びんしょう》なので、イヌたちには手のだしようがなかったからだ。何が始まったのかもわからないうちに、咬み裂かれて血を流していたし、ほとんど戦い始めもしないうちにやっつけられていた。

ホワイト・ファングは神々の橇の規律のようにきびしい規律をイヌに加えていた。イヌたちに自由を許さなかった。自分に対する尊敬をたえず強《し》いていた。もっとも、イヌ同士でなら好きなことをしてもかまわなかった。それはホワイト・ファングには関係のないことだったからだ。だが、自分をひとりぼっちにしておいてくれなければ承知できなかったし、また自分がその中を歩きたくなったら道をあけ、いつも自分がイヌたちを支配しているということを、イヌたちが認めていなければ承知できなかった。足をこわばらせたり、唇《くちびる》をむいたり、毛を逆だてたりするそぶりがちょっとでも見えると、すぐとびかかっていって、無慈悲で残酷なやり方で、たちまちイヌたちのやり方がまちがっているということを思い知らせた。

ホワイト・ファングは恐ろしい暴君であった。その支配は鋼鉄のように厳格だった。弱いものをひどく圧迫した。母オオカミと自分だけで、孤立無援、それでもひけをとらず荒野の残忍な環境を生きぬいてきた子オオカミ時代に、生きるための無慈悲な闘争にさらされたことは無益なことではなかった。また自分より力のすぐれたもののそばを通るときは、そっと足音をしのばせて歩くことを覚えていたのもむだではなかった。ホワイト・ファングは、弱いものは圧迫したが、強いものを尊敬した。だから、グレー・ビーヴァと一緒に長い旅行をしている途中で出あった、見知らぬ人間動物のキャンプにいるおとなのイヌの間を歩くときは、そっと歩いた。

何か月も過ぎた。それでもグレー・ビーヴァの旅はまだつづいていた。ホワイト・ファングの力は、この長時間の野道の歩行と、橇をひく不断の労役のためにさらに強くなった。知的発育もほとんど完成したように思われた。自分の住んでいる世界を全くよくわかるようになった。その見方はきびしく実利的だった。見た世界は、すさまじく、残忍だった。あたたか味がなかった。愛撫《あいぶ》や愛情や明るい美しい心などの存在しない世界だった。

ホワイト・ファングはグレー・ビーヴァに愛情をもっていなかった。なるほど、グレー・ビーヴァは神ではあったが、とても野蛮な神だった。その支配力を認めるのにやぶさかではなかったが、それはすぐれた知性と残酷な力にもとづいた支配力であった。ホワイト・ファングの素質の中には、なにか、その支配を待ち望むものがあった。そうでなかったら、荒野からもどってきて忠誠をつくさなかっただろう。その本性の中には、だれも探ってみたことのない深みがあったのだ。グレー・ビーヴァが親切な言葉を一言でもかけ、やさしく撫《な》でてやったら、それらの深みを探りあてたかも知れなかった。だが、グレー・ビーヴァは愛撫もしなければ、親切な言葉もかけなかった。そういうことは流儀でなかったからだ。その本性は残酷であった。そして残酷に支配した。棍棒《こんぼう》でもって正義を行ない、殴打《おうだ》の苦痛で罪を罰し、功績に報いるには恩恵をもってではなく、殴打をさしひかえることによって報いた。

だから、ホワイト・ファングは自分の天国が人間の手の中にあるかもしれないということに、全然気づかなかった。そのうえ、人間動物の手を好きでなかった。いつも手を疑っていた。なるほど、手は時々肉をくれるが、それよりもけがをさせるほうが多かったからだ。だから、手は近寄らないようにしておくべきものだった。手は石を投げ、棒や棍棒やむちを振りまわして、たたいたり、ぶんなぐったりするばかりか、さわると、ずるくて、つねったり、ひねったり、ねじ曲げたりして、痛い思いをさせるのである。初めて行った村で子どもの手に出あったとき、子どもたちの手でさえ残酷で、痛い目にあわせるということを知った。また、よちよち歩いている幼い子どもに、あやうく片目をえぐり出されそうになったこともあった。こういう経験から、すべての子どもたちを疑うようになった。子どもたちに、鷹揚《おうよう》にしていられなくなった。だから、子どもたちが不吉な手を持って近づいてくると、立ちあがった。

それはグレート・スレイブ湖のほとりの、ある村でのことであった。人間動物の手の害悪を憤っている間に、ホワイト・ファングは、グレー・ビーヴァから学んだ掟――神々のうちのひとりでも咬んだら、それは許されない罪であるという掟を修正することになった。この村でも、ほかの村々のすべてのイヌたちのならわしどおりに、ホワイト・ファングは食糧探しに出かけた。男の子がひとり、凍ったオオジカの肉を斧《おの》で切っていて、その切れっぱしが雪の中にとび散っていた。ホワイト・ファングは肉を探して歩いている最中だったから、立ちどまってその切れっぱしを食い始めた。男の子が斧をおいて、太い棍棒を取りあげるのが見えた。ホワイト・ファングはとびのいて、ふってくる棍棒をあやういところでのがれた。男の子は追いかけてきた。知らない村だったので、二つのテント小屋の間に逃げこむと、いつか高い土手ぎわに追いつめられていた。

のがれようがなかった。唯一《ゆいいっ》の逃げ道は二つのテント小屋の間だったが、そこは男の子が守っていた。追いつめた獲物をたたきつけようと、棍棒をかまえてじりじりと迫ってきた。ホワイト・ファングはかっとなった。毛を逆だて、唸りながら男の子に立ち向かった。正義感が踏みにじられたからだ。ホワイト・ファングは食糧探しの掟を知っていた。凍った切れっぱしのような肉のくずは全部、それを見つけたイヌのものなのだ。だから、悪いことをしたのでもなければ、掟を破ったわけでもなかった。ところが、この男の子は自分を打とうとしているのだ。ホワイト・ファングは何をしたか、ほとんど夢中だった。かっとなってやったまでだった。しかもあっと思うまにやってのけたので、相手の男の子さえそれに気づかないほどだった。男の子が気づいたことといえば、どういうふうにしてころんだのか、とにかく雪の上にひっくり返り、棍棒を握っていた手をホワイト・ファングに咬み裂かれていたということだけだった。

だが、ホワイト・ファングは神々の掟を破ったことを知っていた。神々のひとりの神聖な肉に歯を突きたてたのだから、恐ろしい罰を覚悟した。グレー・ビーヴァのもとに逃げ帰り、咬まれた男の子とその家族のものがやってきて復讐を要求したとき、グレー・ビーヴァの足もとにうずくまって保護を求めた。かれらは復讐をとげずに帰っていった。グレー・ビーヴァがかばってくれたからだ。ミト・サァとクルー・クーチもかばってくれた。ホワイト・ファングは言葉の戦いをきき、怒った身ぶりを見守りながら、自分のやったことが正当だと認められたことを悟った。そのようなわけで、神々のほかに、また神々のあることを知った。つまり、自分の神々ともう一つの神々があって、二つの神々のあいだには、一つの相違があるのだ。正義でも不正でも、どちらもすべて自分の神々から受けとらなければならないのだ。ほかの神々の不正は、強いられても受けとる必要がないのだ。それに歯をむいて怒ることは、自分の特権なのだ。そしてまた、それが神々の掟なのである。

この日が終わらないうちに、ホワイト・ファングはその掟についてもっと学ぶことになった。ミト・サァがひとりで森で薪《まき》を集めていると、咬まれた男の子に出会った。相手にはほかの男の子たちがついていた。はげしい言葉がかわされた。それから全部でミト・サァに襲いかかった。ミト・サァがあぶなくなりかけた。四方八方から殴打の雨がふった。ホワイト・ファングは初めは眺めていた。それは神々の出来事で、自分にはかかわりがないからであった。だが、じきにミト・サァは自分の神々のうちのひとりで、しかもそのミト・サァがいじめられているのだということがはっきりわかった。といって、ホワイト・ファングがこの時やったことは、道理にもとづいた衝動からではなかった。狂気のような怒りにかられて、けんかのまん中にとびこんでいったのだ。五分のちには、四方八方に逃げて行く男の子が見え、多くの子どもらが雪の上に血をたらしていた。それはホワイト・ファングの牙が遊んでいなかったしるしだった。キャンプに帰ったとき、ミト・サァがその話をすると、グレー・ビーヴァはホワイト・ファングに肉をやれと言った。もっとやれと命じた。ホワイト・ファングは腹が一杯になり、たき火のそばでうとうとしながら、掟が正しかったことを知った。

それらの経験と一致しているところから、ホワイト・ファングは財産の掟と財産を守る義務を知るようになった。自分の神々のからだを守ることから、自分の神々の所有物を守ることへは一歩だったので、その一歩をまたいだのだ。自分の神々の物は、世界全部を向こうにまわしても——たとえ、ほかの神々に咬みついても守らなければならなかった。そういう行為は、事実神聖をけがすばかりでなく危険に満ちていた。神々は全能だから、イヌはその敵ではなかったが、ホワイト・ファングはほかの神々に立ちむかうことを学んだので、すごく好戦的で、恐れを知らなかった。義務感が恐怖感にまさったのである。盗む神々はグレー・ビーヴァの財産には手をつけないほうがいいということを覚えた。

ホワイト・ファングはそれと結びついて、もう一つのことを急速に学んだ。それは盗む神は大抵臆病《おくびよう》な神で、警戒の音を聞くと、ふつうは逃げてしまうということだった。また、警戒の音をたてると、ちょっとの間にグレー・ビーヴァが応援にくるということもわかった。泥棒《どろぼう》が逃げていったのは、自分が恐ろしいからではなく、グレー・ビーヴァがこわいからだということもわかるようになった。ホワイト・ファングは吠《ほ》えて警告をしなかった。決して吠えなかった。まっすぐに侵入者に突進していき、出来れば歯を突き立てる方法をとった。気むずかしくて、孤独で、ほかのイヌたちとはなんのかかわりも持っていなかったので、自分の支配者の財産を守るのにはうってつけだった。グレー・ビーヴァからも、そういうふうに励まされ、訓練された。その一つの結果として、ホワイト・ファングは一層兇暴に、一層不屈に、そしていよいよ孤独になった。

何か月かすぎた。その間に、人間とイヌとのあいだの誓約はますます強く結ばれていた。それは荒野からきた最初のオオカミが、人間と結んだ昔の誓約だった。そして、それにつづいて同じことをしたすべてのオオカミや野生のイヌのように、ホワイト・ファングは自分自身でその誓約を結んだ。条件は簡単だった。血と肉をそなえた神の所有物と、自分の自由を交換したのだ。ホワイト・ファングは神の食い物とたき火と、保護と交わりを受け取った。そのかわり神の財産の見張りをし、神のからだを守り、神のために働き、そして神に服従した。

神をもてば奉仕がいる。ホワイト・ファングの奉仕は、義務と恐れと驚きの奉仕であって、愛情の奉仕ではなかった。愛がどういうものかを知らなかった。愛についての経験を持っていなかったからだ。キチーの記憶も遠のいてしまったのだ。そのうえ人間に身をまかせたときに、荒野と同属を捨てたばかりでなく、誓約の条件は、たとえまたキチーとめぐり合っても、神を捨てて母オオカミと一緒に行かない、ということになっていた。人間への忠誠は、ホワイト・ファングの身にとっては、どうやら、自由への愛や、自分の同種同属への愛より大きい掟のように思えた。

飢《き》　饉《きん》

グレー・ビーヴァがその長い旅を終えたのは、その年の春近くだった。村に橇《そり》をひきいれ、ミト・サァにひき皮をとってもらったのは四月で、ホワイト・ファングはまる一歳になっていた。一人前にはまだまだほど遠いが、村ではリプ・リプについで大きな一年子だった。父オオカミとキチーからその背たけと力を受けついでいたので、一人前になったイヌたちに並べても見おとりがしなかった。だが、からだはまだ引きしまってはいなかった。細くて、足がひょろ長かった。その強さはがっちりしているというよりも、筋ばった感じがした。毛は本当のオオカミ色の灰色で、どう見ても本物のオオカミだった。キチーから受けついだ四分の一のイヌの血は、その性質にこそ一役演じていたが、からだにはなんのあとも残していなかった。

ホワイト・ファングは村じゅうを歩き回り、長い旅に出る前に知ったいろいろな神々を見て、すっかり満足した。それからイヌたちもいた。子イヌたちは自分と同じように大きくなっていたが、おとなのイヌたちは記憶に残っていたほど、大きくも恐ろしくも見えなかった。だから、以前のようにびくびくしないで、のんきに、気安くその中を歩きまわった。それは楽しい、初めての経験だった。

白い毛のまじっているバシークという年寄りイヌがいて、今より若かった頃《ころ》には、牙《きば》をむかれただけで、ホワイト・ファングは足がすくみ、うずくまったものであった。そして自分のみじめさをいやになるほど思い知らされたものであるが、今度はその同じ年寄りイヌから、自分がどんなに変わり、どんなに発展したかを知らされることになった。バシークが年のせいで弱くなってきている間に、ホワイト・ファングは、若いのでだんだん強くなってきていたのである。

ホワイト・ファングがイヌの世界と自分との関係の変わったことを悟ったのは、とりたてのオオジカが解剖されたときのことであった。ホワイト・ファングはかなり肉のついている蹄《ひづめ》と脛骨《けいこつ》の一部をとった。そしてイヌたちの奪い合いから離れ――茂みのかげの見えないところで――自分の獲物を食っていた。すると、バシークがとびかかってきた。ホワイト・ファングはとっさに夢中で、侵入者を二度咬《か》み裂いて、さっと遠くへとびのいた。バシークは相手の無鉄砲さと攻撃のすばやさに、びっくりした。そこで、立ったまま、生の赤い脛骨をはさんで、まぬけたようにホワイト・ファングを眺《なが》めた。

バシークは自分の年とったことや、昔自分がいじめたイヌたちが日増しに強くなってきているということを、とうに知っていた。にがいことではあったが、バシークはいやおうなしに、それを耐えしのび、それに対抗するために、ありったけの知恵をしぼった。昔なら、正義の怒りにたけりたってホワイト・ファングにとびかかっていくところだった。だが、今では力がおとろえてきているので、そういうことは許されなかった。バシークはすさまじく毛を逆だて、恐ろしい顔をして、脛骨ごしにホワイト・ファングをにらみつけた。すると、ホワイト・ファングは昔の恐れと尊敬を大分思いだし、しょげてちぢみあがり、小さくなって、あまり不名誉にならない退却法を工夫しているように見えた。

　ところが、ここでバシークは間違いをやった。恐ろしい不気味な顔でにらみつけるだけで満足していたなら、万事はうまくいったのであった。ホワイト・ファングは退却しようとしていた間際《まぎわ》だったのだから、そのままだったら肉を置きっぱなしにして退却していったであろう。だが、バシークは待ちきれなかった。自分が勝ったものと思いこみ、肉の方に歩み寄った。そして不注意にも肉のにおいをかぐために頭をさげたので、ホワイト・ファングはちょっと毛を逆だてた。この時でも、バシークが形勢を挽回《ばんかい》するのに遅くはなかった。肉の上に立ちはだかって、頭をあげ、こわい顔をしていさえすれば、ホワイト・ファングは結局、こそこそと逃げていっただろう。だが、新鮮な肉に強く鼻孔を刺激され、食い意地にまけて、一口咬みとった。

　それは、ホワイト・ファングにとってはたえられないことであった。ここ何か月ものあいだ仲間を支配してきたので、自分の肉をほかのものが食っているのを、むなしくそばに立って見ていることは、なんとしても我慢できなかった。ホワイト・ファングは自分の流儀に従って、警告なしに、いきなりとびかかった。最初の一撃で、バシークの耳はリボンのように引き裂かれた。バシークはその不意打ちに胆《きも》をつぶした。

しかも、もっとほかのことが、もっとつらいことが、同じように突然起こっていた。足をはらわれてぶったおされ、のどに咬みつかれたのだ。立ちあがろうともがいている間に、若イヌに二度も深く肩に歯をたてられた。そのすばやいことといったら、面くらうほどだった。バシークは怒りに燃えて、虚空《こくう》を咬みながらホワイト・ファングにとびかかろうとしたが無益だった。次の瞬間、鼻を引き裂かれて、よろよろと肉から退いていた。

形勢は逆転した。今度は、ホワイト・ファングが毛を逆だてておどかしながら、脛骨の上に立ちはだかった。一方バシークは少し離れたところに立って、退却の準備をしていた。この若いいなずまのようなやつと一かばちか戦う気にはなれなかったのだ。つらいことだが、またもや自分の老衰を思い知らされたからである。自分の威厳を保とうとするバシークの企ては、英雄的だった。そんなものは取るに足らない、考える値うちもないものだというように、平然と若イヌと脛骨に背を向けてゆうゆうと歩き出した。そして敵の目からすっかり見えない所にくるまで、血の流れている傷をなめようともしなかった。

この結果、ホワイト・ファングはいよいよ自信が強くなり、誇りも高くなった。おとなのイヌたちのあいだを歩くにも、これまでほど足音を忍ばせなくなったし、その態度もこれまでほど妥協的でなくなった。だからといって、わざわざ事を求めて歩いているわけではなかった——そんなつもりは毛頭なかった。ただ、自分の邪魔にならないように、相手に考慮を求めただけであった。ほかのイヌたちにわずらわされずに自分の道を行き、どんなイヌにも道をゆずらないという自分の権利を主張したのだ。自分を考慮に入れておいてもらうことを主張しただけだった。子イヌたちの立場がそうであり、また自分の橇ひき仲間の子イヌたちの立場が将来もそうであるように、ホワイト・ファングは軽蔑《けいべつ》され無視されるのはもはやごめんだった。子イヌたちは、相変わらずおとなのイヌたちの邪魔にならないように道をあけたし、無理をしかけられると肉をゆずった。だが、ホワイト・ファングは孤独で気むずかしくて、つき合いにくく、めったにあたりをふり向きもしないで、恐ろしく無愛想な顔をし気持も遠くかけ離れていたので、年上のとまどいしたイヌたちは、ホワイト・ファングを同等に取り扱った。そういうイヌたちは、ホワイト・ファングをそっとしておくにかぎるということをじきに悟ったので、大胆な敵対行動をとらなかったが、そのかわり友達づき合いの申しこみもしなかった。そっとほっておいてさえやれば、ホワイト・ファングも自分から手出しをしてこないからだった——二、三度衝突したのち、イヌたちはそうしているに越したことはないと悟った。

真夏の最中に、ホワイト・ファングはあるにがい目にあった。狩人《かりゅうど》たちについてオジカ狩りに出かけている間に、村のはずれに新しいテント小屋が一つ建っていたので、例のとおり足音も立てずに調べに出かけていくと、全く偶然キチーと出合った。ホワイト・ファングは立ちどまって、キチーを見つめた。記憶はぼんやりしていたが、確かにキチーを覚えていた。だが、キチーの方ではそうはいかなかった。キチーは、歯をむいて唸《うな》っておどかした。それがむかしのままだったので、ホワイト・ファングははっきり思いだした。忘れていた子オオカミ時代のことや、なつかしいその唸り声から連想されるさまざまのことが、突然一時によみがえってきた。神々を知る前には、キチーこそ、自分の世界の中心だったのだ。その頃の感情がなつかしくよみがえり、ホワイト・ファングのうちに波のように押し寄せた。だから、喜んでキチーのところへとんでいった。ところが、鋭い牙でほおを骨まで深く咬み裂かれた。ホワイト・ファングはわけがわからなかった。途方にくれ、うろたえながらあとずさった。

だが、それはキチーの過ちではなかった。オオカミの母親は、一年も前の自分の子を記憶しているようにつくられてはいなかった。だから、ホワイト・ファングを覚えていなかった。ホワイト・ファングは見も知らない動物であり、侵入者であった。今いる一腹《ひとはら》の子が、そういう侵略に対して怒る権利を与えていたのだ。

一匹の子イヌがホワイト・ファングのほうによちよちと這《は》ってきた。お互いに父親ちがいのきょうだいであった。だが、お互いにそれを知らなかった。ホワイト・ファングは物珍しそうに子イヌのにおいをかいだ。すると、キチーが突進してきて、また顔に深い傷をつけられた。ホワイト・ファングはさらに遠くへ引きさがった。なつかしい記憶と連想は、何もかもふたたび薄れていき、それが復活してきた墓場の中に消えていった。見ると、キチーは子イヌをなめながら、時々やめてはこっちに向かって唸っていた。自分にとっては、キチーはなんの値うちもなくなったのだ。自分は、母オオカミなしにもやっていくことを覚えていたはずだ。母オオカミなどいなくてもなんともないのだ。キチーの中にホワイト・ファングを入れる場所がなくなっているように、ホワイト・ファングの考えの中にも、自然キチーを入れる場所がなくなった。

忘れられた記憶をあやしみながら、途方にくれ、まがぬけたように立っていると、キチーが三度目の攻撃をしてきた。このあたりから、すっかり追っぱらってしまおうとしているのだ。ホワイト・ファングはキチーに追われるままに遠くへ逃げた。キチーは同族の牝《めす》だし、牡《おす》は牝と戦ってはいけないというのが同族の掟だからである。だが、ホワイト・ファングはこの掟のことを何一つ知っているわけではなかった。自分の考えから割りだすことはもちろん、この世界の経験からも、まだそのようなものを得られなかったからだ。ただ、秘密の暗示として、本能の衝動として知っているだけだった——夜々、月や星に向かって遠吠えさせたり、死と未知のものを恐ろしがらせる、同じ本能の衝動として。

いく月かすぎた。ホワイト・ファングはいよいよ強くなり、そのからだもますます重くなり、そして肉がひきしまってきたが、一方その性質も遺伝と環境に従って発展していた。その遺伝は粘土にもたとえられる、生命の材料であった。さまざまな違った型に形づくることのできる多くの可能性を持っていた。環境はその粘土を象《かたど》って、ある特殊な型をあたえる役目をした。だから、もし人間のたき火のそばにやってきていなかったら、荒野は、ホワイト・ファングを本当のオオカミに作りあげていただろう。ところが、神々が荒野とは異なった環境を与えたから、かなりオオカミらしいところのあるイヌに形づくられていた。イヌであって、オオカミではなくなっていた。

そんなわけで、粘土のような生来の性質と環境の圧力にしたがって、ホワイト・ファングの性質はある特殊な形に作りあげられた。それはどうすることも出来ないものだった。ホワイト・ファングは一層気むずかしく、つき合いにくくなり、いよいよ孤独に、ますます兇暴《きょうぼう》になった。だからイヌたちは、ホワイト・ファングとけんかするよりは、事を起こさないほうが利口だということを、ますますよく知るようになった。

またグレー・ビーヴァは一日増しにいよいよホワイト・ファングを大切にするようになった。

ホワイト・ファングには、あらゆる能力が充実してきているように見えたが、それでもたえず一つの欠点につきまとわれて苦しんでいた。笑われることが、我慢ならなかったのだ。人間の嘲笑《ちょうしょう》が憎かった。人間たちが自分には関係のない、何かほかのことで面白がって笑っているのなら、なんでもなかった。だが、笑いが自分に向けられた途端に、かっとなって怒りにふるえた。落ち着いていて、いかめしくて、陰気なホワイト・ファングが、一度笑われたとなると途方もないほど狂乱するのだ。とても憤慨し、気も転倒してしまい、何時間かは悪魔のようにふるまっていた。こんな時にけんかしたイヌこそ災難だった。しかし、掟をよく知っていたので、グレー・ビーヴァに怒りちらすようなことはしなかった。グレー・ビーヴァのうしろには、棍棒と神格がひかえているからだ。だが、イヌたちのうしろには、空地のほか何もひかえていなかった。だから、笑われて逆上したホワイト・ファングを見ると、イヌたちはその空地に逃げこんだ。

ホワイト・ファングが生まれてから三年めに、マッケンジーのインディアンたちは大飢饉におそわれた。夏には、魚がとれなかった。冬には、トナカイが例年の通り路《みち》を通らなかった。オオジカも少なく、ウサギはほとんど姿を消し、狩りをして生きている食肉動物は死にたえた。いつものように食糧が手にはいらないので、飢えに屈し、互いに攻撃し合って共食いをした。強いものだけが生き残った。ホワイト・ファングの神々もまた狩りをして生きている動物であった。年寄りや弱い者は、飢えのために死んだ。村の中には、泣き声がたえなかった。女や子どもたちは、むなしく肉を追って森の中を歩いている、やせて目の落ちくぼんだ狩人たちの腹に、残っている食べ物を少しでも入れてやるために、自分たちは何も食べないで我慢した。

神々は極度に追いつめられると、柔らかになめしたシカ皮の靴《くつ》や手袋を食べた。一方イヌは背中のひき具をはずして食った。むちまでも食った。また、イヌは共食いをし、神々もイヌを食った。弱いイヌや使いものにならないイヌが、最初に食われた。生き残っているイヌは、それを見て悟った。もっとも大胆でもっとも賢い何匹かのイヌは、今は流血の場に変わった神々のたき火を見捨てて森の中に逃げこんだが、しまいにそこで飢え死にするか、オオカミに食われるかした。

この困窮のあいだに、ホワイト・ファングもこっそりと森の中へ逃げこんだ。森の中の生活は、ほかのイヌよりもずっとホワイト・ファングの身についていた。子オオカミ時代の訓練が手引きになったからだ。特に小さな生き物に忍びよるのが上手になった。何時間も隠れていて、用心深いリスの一挙一動を目で追いながら、今苦しんでいる飢えにも劣らない忍耐をしてじっと待っていると、しまいにリスは地面におりてくるのだった。そうなってもホワイト・ファングは、早まったことはしなかった。リスが木に逃げのぼらないうちに、リスをやっつける確信がつくまで待っていた。それから初めて、灰色の弾となって信じられない速さで、ぱっと隠れ場所からとび出していくので、決して的をはずすことはなかった――逃げるのが早いリスも、それほど速くは逃げられなかった。

リスをとるのは上手になったが、しかしリスだけを食って生き、そして太ることはむずかしかった。リスがそんなにたくさんいなかったからだ。だから、もっと小さいものまであさらなければならなかった。時々飢えがはげしくなると、ホワイト・ファングは地中の穴から木ネズミを掘り出すこともいとわなかった。また自分と同じように飢え、何倍も兇暴になっているイタチと戦うことも辞さなかった。

飢饉のもっともひどいさかりに、ホワイト・ファングは神々のたき火のところへ、そっとまいもどった。だが、たき火には近寄らなかった。見つけられないように森の中にひそんでいて、時たま獲物が罠《わな》にかかったとき、その獲物を盗んだ。グレー・ビーヴァが衰弱やら息切れやらで、時々すわってては休みながらふらふらと森の中をよろめき歩いているとき、グレー・ビーヴァがかけておいた罠にかかったウサギを奪いさえした。

ある日ホワイト・ファングは、飢饉のためにひょろひょろやせこけて関節のがたがたにゆるんだ若いオオカミに出あった。飢えていなかったら、相手と一緒になって荒野のきょうだいたちのところへ行き、最後にはその群れの仲間にはいっていたかも知れなかった。だが、飢えていたので、その若いオオカミを追いつめ、殺して食ってしまった。

ホワイト・ファングは運に恵まれているように見えた。食い物にひどくつまってくると、きまって何か殺すものを見つけた。また自分が弱っているときには、幸いにも自分より大きな肉食動物に出あわなかった。そんなわけで、飢えたオオカミの群れが全速力で追いかけてきたときには、二日のあいだに一匹のオオヤマネコを食ったあとだったので、体力がでていた。なかなかやまない残酷な追跡だったが、ホワイト・ファングのほうが栄養がよかったので、しまいにオオカミの群れをひき離した。ひき離したばかりでなく、大回りをしてもとの跡にまいもどり、追跡で疲れ切っていた一匹のオオカミをとらえた。

そののちホワイト・ファングはその地方を離れ、長い旅をして、自分の生まれた谷へもどった。すると、もとのオオカミ穴でまた偶然キチーに出あった。キチーもまたむかしの癖がでて、待遇の悪くなった神々のたき火からのがれ、もとの隠れ家にもどってきて、子どもを産んでいたのであった。だが、ホワイト・ファングがいきあわせたときには、この一腹の子たちはたった一匹しか生き残っていなかった。しかもその一匹も長生きできるように運命づけられていなかった。このような飢饉のときには、幼い生命が生きながらえる見込みはほとんどなかった。

キチーは、大きくなったむすこを見ても、なんの愛情も示さなかった。だが、ホワイト・ファングは気にもしなかった。あきらめよく、くるりと向きを変えてとっとと流れをさかのぼり始めた。そして、二またになっているところで左へ曲がった。そこで母オオカミとふたりでずっと前に戦ったオオヤマネコのほら穴を見つけた。で、からになっているそのほら穴で、ゆっくりと一日休んだ。

夏の初め、飢饉も終わりに近づいたある日、やはり森に逃げてきてかろうじて生きのびていたリプ・リプに出あった。全く思いがけなく出あったのだ。二匹は高い断崖《だんがい》のふもとにそって、反対の方向から駆けていたのであった。岩の角をまわった途端、顔と顔をつき合わせていた。二匹はびっくりして立ちどまり、互いにうさんくさそうに眺め合った。

ホワイト・ファングはからだの調子が上々だった。獲物に恵まれ、ここ一週間腹一杯食っていたからだ。ことに、最後に殺した獲物で食いあきていた。だが、リプ・リプを見た瞬間、ホワイト・ファングの毛は背中じゅう、端から端まで逆だった。われ知らず毛が逆だったのではあるが——それは、むかしリプ・リプにいじめられ迫害されるたびに起こった精神状態に、いつも伴っていた肉体的状態であった。ホワイト・ファングはむかしリプ・リプを見ると毛を逆だてて唸ったように、今度も無意識に毛を逆だてて唸った。そして一刻の猶予《ゆうよ》もしなかった。事は手っとりばやく、徹底的にかたづけられた。リプ・リプは退却しようとしたが、ホワイト・ファングは体当たりをくらわせた。リプ・リプはひっくり返り、仰向けにころがった。やせこけたそののどに、ホワイト・ファングは歯を突き立てた。すると、死のもがきが始まった。その間じゅうホワイト・ファングは、足をこわばらせ、よく注意しながら、そのまわりを歩いていた。それから自分の予定のコースに従い、断崖のふもとにそって、とっとと走りだした。

それからそう遠くないある日、ホワイト・ファングは森のはずれにやってきた。そこから狭い空地が、マッケンジー川まで坂になってつづいていた。前にきたときには、空地には何もなく裸のままだったが、今度は一つの村ができていた。ホワイト・ファングは木の間に隠れたまま、立ちどまって、注意深く様子をうかがった。見える物も物音もにおいも、みな自分の知っているものばかりであった。むかしの村がこの新しい土地に移ってきただけのことだった。だが、見える物も物音もにおいも、自分が逃げ出したときの、最後に見たり聞いたりかいだりしたものとは違っていた。もうすり泣く声も泣き声も聞こえなかった。のんびりした音が、耳に聞こえた。女のどなり声も聞こえてきたが、それは一杯にふくれている腹から出てくるどなり声だった。空気には魚のにおいがただよっていた。食べ物があるのだ。飢饉は去ったのだ。ホワイト・ファングは思いきって森から出ると、とっととキャンプの中にかけこみ、まっすぐグレー・ビーヴァのテント小屋に行った。グレー・ビーヴァはいなかったが、クルー・クーチが歓声をあげて迎え、取りたての魚を全部だしてくれた。で、ホワイト・ファングは横たわって、グレー・ビーヴァの帰りを待った。

4　同属の敵

たとえどんなにかすかにしろ、ホワイト・ファングの本性の中に同属と親しくなる可能性がいくらかあったとしても、その可能性は、橇《そり》ひきの先導犬にされたときに取り返しのつかないほど破壊されてしまった。というわけは、イヌたちがホワイト・ファングを憎んだからだ——ミト・サァがホワイト・ファングにだけ余分に肉を与えるから憎んだ。ホワイト・ファングだけが実際にかわいがられ、またかわいがられていると思ったから憎んだ。いつも自分たちの先に立って逃げていくから憎んだ。そしてふさふさしたしっぽを振りながらたえず逃げていく尻《しり》を見ているイヌたちの目は、終始たけり狂っていた。

ホワイト・ファングの方でも、同様にはげしくイヌを憎み返した。橇の先導犬になるということは、全く愉快なことではなかった。三年のあいだ征服し支配してきたイヌのわめき声をうしろにして逃げなければならないのだから、とても辛抱しきれそうもなかった。だが、耐えしのばなければならなかった。拒めば死しかなかった。しかし内にある生命は、死ぬことを望まなかった。ミト・サァが前進を命じた瞬間は、一団のイヌが一心になって激しく叫びたてながら、ホワイト・ファング目がけてとび出してくる瞬間だった。

ホワイト・ファングには防ごうにも防ぎようがなかった。イヌたちに向きなおろうものなら、ミト・サァから刺すように痛いむちの一撃を顔にくらうからだった。逃げるより仕方がなかった。しっぽと尻だけでは、吠《ほ》えたてているイヌを迎えうつことができないからだ。そういうものは、大ぜいの無慈悲な牙《きば》に対抗するには、武器としてはほとんど役にたたないのだ。だから、ホワイト・ファングは逃げた。一とびごとに、自分の本性と誇りをはずかしめながら終日とびつづけた。

本性の暗示にそむけば、本性は必ず内へ向かってはね返るものである。このようなはね返りは、からだから外へ向かって生えるようになっている毛が、不自然に、その成長の方向を変えてからだの内側に向かって伸びていくようなもので――化膿《かのう》する傷のようにずきずきとうずく。ホワイト・ファングの場合もそうであった。生命の衝動は、うしろで叫んでいるイヌの群れにとびかかっていくように強《し》いているのだが、神々の意志でそれができなかったからだ。しかも神々の意志の背後には、トナカイの腸で作った三十フィートのむちの痛打がひかえていて、その意志を押しつけているのだ。だから、ホワイト・ファングはひと知れずに苦しみ、その憎悪《ぞうお》と悪意だけが、生来の兇暴《きょうぼう》さや不屈さと同様に発達した。

もし同属の敵になった動物がいるとしたら、ホワイト・ファングがその動物だった。ホワイト・ファングは慈悲を求めなかったが、また与えもしなかった。たえずイヌたちの歯にかかって大小の傷を受けたが、自分もたえずイヌたちに歯のあとをつけ返した。大抵の先導犬は、キャンプが張られイヌたちが解き放されると、神々の近くに寄りそって行って保護を求めるものだが、ホワイト・ファングはそういう先導犬たちと違い、保護を受けることを軽蔑《けいべつ》した。大胆にキャンプのまわりを歩き回り、夜のうちに昼間うけた苦しみの仕返しをした。ホワイト・ファングが先導犬にされる以前は、イヌたちはホワイト・ファングに道をゆずったものだった。だが、今ではそうはいかなかった。一日じゅうホワイト・ファングを追っていたことに興奮し、逃げていくホワイト・ファングの姿がたえず頭に浮かんできては、その潜在意識に影響され、そのうえまた一日じゅう楽しんできた支配感に支配されて、イヌたちは道をゆずろうとしなかった。ホワイト・ファングがイヌの間に現われると、いつもせり合いが起こった。そして、その行くところには、必ず唸《うな》り声と咬《か》みつく音と吠え声が起こった。だから、ホワイト・ファングの呼吸する空気は憎悪と悪意にみちていて、それがいよいよホワイト・ファングの憎悪と悪意をつのらせるばかりだった。

ミト・サァが大きな声でイヌたちに停止を命じると、ホワイト・ファングはそれに従った。そのために最初のうちは、イヌたちの間にごたごたが起こった。イヌたちが全部一緒に、憎い先導犬にとびかかろうとするからだったが、その形勢はいつも逆転した。ホワイト・ファングの背後には、ミト・サァがひゅっひゅっと大きなむちを鳴らしながらひかえていたからだ。だから、イヌたちは命令によって止まったときは、ホワイト・ファングに手だしをしないほうがいいということを悟った。だが、ホワイト・ファングが命令なしに止まったときには、とびかかっていくことはもちろん、できれば殺してもかまわなかった。数度そんな目にあったのち、ホワイト・ファングは命令なしには決して立ち止まらなかった。すぐ悟ったのだ。自分にさずけられた生命におわされている、異常にきびしい条件を生き抜くためには、当然悟りが早くなければならなかった。

だが、イヌたちは、キャンプにいるときはホワイト・ファングに手だしをしてはならないという教訓を、どうしても覚えることができなかった。来る日も来る日も、戦いをいどんで騒ぎたてながらホワイト・ファングのあとを追っているので、前の晩の教訓を忘れてしまっているのだ。そしてその夜もまた教えなおされるのだが、それもじきに忘れてしまうのだった。そのうえイヌたちの憎悪には、もっともっと根強いものがあった。イヌたちは、ホワイト・ファングとの間の種の相違を悟っていた――それは、それだけでもりっぱな敵意の原因だった。イヌだって飼いならされたオオカミではあった。しかし、何世代にもまたがって飼いならされてきていた。大概の野性は失われていた。だから、イヌたちにとっては、荒野は、未知のもの、恐ろしいもの、いつもおどしつけ、始終戦いをしかけるものであった。ところが、ホワイト・ファングの外観や行動や衝動には、荒野がつきまとっていた。ホワイト・ファングは荒野を象徴し、荒野の化身であった。だから、イヌがホワイト・ファングに歯をむきだした時は、森の陰やキャンプのたき火の向こうの暗やみの中にひそんでいる破壊力から、自分たちを守っているのであった。

だが、イヌたちも一つの教訓を学んだ。それは一緒にかたまっているということだった。ホワイト・ファングがあまりに恐ろしいので、どのイヌだって自分だけでたち向かうことができなかったからだ。イヌたちは集団隊形をつくって、ホワイト・ファングに対抗した。そうしないと、一晩のうちに一匹また一匹と殺されてしまうだろう。そういうわけで、ホワイト・ファングはなんとしてもイヌたちを殺す機会に恵まれなかった。イヌの足をはらってころがしても、追いつめてのどに最後の一撃を加えないうちに、ほかのイヌたちが襲ってくるからだった。けんかのきざしが見え次第、イヌたちは全群一塊りになってたち向かった。もちろん仲間同士でけんかすることもあったが、しかしホワイト・ファングとの間に争いが起こると、仲間同士のけんかなどきれいさっぱりと忘れた。

これに反してイヌたちはどんなにやってみたところで、ホワイト・ファングを殺すことはできなかった。あまりに敏捷《びんしょう》で、あまりに恐ろしく、あまりに賢くて、及びがつかなかったからだ。ホワイト・ファングのほうでも、身動きのできないような所には近寄らなかった。そういう所で包囲されそうになると、いつも手をひいた。ところで、ホワイト・ファングの足をはらおうということになると、イヌたちの中にはそんな早業のできるイヌは一匹もいなかった。ホワイト・ファングの足は、ホワイト・ファングが生命にかじりついているような粘り強さで、しっかりと大地にすがりついていた。事実、イヌたちとの果てしない戦いにおいては、生命と足とは同義語であった。

ホワイト・ファングはだれよりもよくそのことを知っていた。

そういうわけで、ホワイト・ファングは、同属の敵となった。イヌも、もともとは飼いならされたオオカミなのであったが、人間のたき火のためにおとなしくされ、人間の力に守られていたために弱くなっていた。ホワイト・ファングは無情で執念深かった。その粘土は、そう象《かたど》られていたからだ。ホワイト・ファングはすべてのイヌに、交互復讐《ふくしゅう》を宣言した。そして、その交互復讐をあまりむごたらしくやったので、グレー・ビーヴァさえ、自分の兇暴さや野蛮さを忘れて、ホワイト・ファングの兇暴さに胆《きも》をつぶしたほどだった。このような獣にあったのは初めてだ、と断言した。よその村々のインディアンたちも、ホワイト・ファングが殺したイヌの話をきくと、同様に断言した。

ホワイト・ファングがもうまもなく五歳になろうとしているとき、グレー・ビーヴァはまたもホワイト・ファングを連れて長い旅にでた。そして、マッケンジー川にそってロッキー山脈を越え、ポーキュパイン川をくだってユーコン川に行く途中の多くの村々で、その村々のイヌを相手にしてホワイト・ファングが巻き起した大虐殺《だいぎゃくさつ》は、長く人々の記憶に残った。ホワイト・ファングは同属に加える復讐を、ひどく楽しみにした。相手は、平凡な疑うことを知らないイヌたちだった。だから、敏捷で単刀直入、警告なしの攻撃に対しては、なんの準備もしていなかった。ホワイト・ファングがどういうものであるかということ、つまり電撃的大量虐殺者であるということを知らなかった。毛を逆だて、足をこわばらせて挑戦《ちょうせん》している間に、ホワイト・ファングは念のいった予備行動の手間をはぶき、鋼鉄のばねのような行動に移っていた。そして、相手が何が起こったかもわからず、不意打ちの痛みにもがいている間に、そののどを咬み切って殺していた。

ホワイト・ファングはけんかの名人になった。力をもっともよく利用した。力のむだ遣いは決してしなかった。だから、組み打ちを決してしなかった。ひどく敏捷なので、組み打ちをする必要もなかった。ねらいがはずれるようなことがあると、さっととびのいていた。オオカミは相手との接近戦をきらうものだが、ホワイト・ファングは異常なほど接近をきらった。相手のからだと長いこと接触していることが、我慢できなかった。接触には危険が伴いがちだからだ。接触していると気が狂いそうになった。生き物とふれ合わないように離れていて、自分の足で立ち、自由になっていなければならなかった。野性がまだからみついていて、それが現われているのだ。この感情は子オオカミの時代から世の憎まれ者として暮らしてきたために、一層強められていた。接触には危険がひそんでいるのだ。接触は、罠《わな》なのだ。しかも永久の罠であった。接触への恐れは、ホワイト・ファングの生命の奥底深くにひそんでいて、その繊維の中に織りこまれていた。

その結果、ホワイト・ファングに初めて出あったイヌには、勝ち味は全然なかった。ホワイト・ファングはたくみに相手の牙をかわした。相手をやっつけるか、うまくいかないときはとびのくかしていた。いずれにしても、自分のからだに相手を触れさせなかった。もちろん例外はあった。数匹のイヌがぶつかってきて、逃げることができないうちにひどい目にあわされたことは度々あった。また時々、一匹の相手に深傷《ふかで》をおわされたこともあった。だが、そういうことは偶然の出来事だった。ホワイト・ファングは概してとても実力のある闘士になったので、傷を受けないでやっていけた。

ホワイト・ファングのもう一つの強味は、時間と距離を正確に判断する力を持っていることだった。と言って、意識的にその判断をしたのではなかった。そのようなことは考えもしなかった。全部が無意識的だった。目は正確にものを見、神経はその有様を正確に脳に伝えた。つまり、からだの各部分が普通のイヌの場合より、ずっとよく調節されていた。同時にずっとなめらかで、着実に働いた。神経と知能と筋肉とが協働し、しかも非常にうまくいっていたのだ。目がある一つの行動の姿を脳に伝えると、脳は意識的な苦労もせずに、その行動を制限する空間と、その行動をやりとげるために必要な時間を見分けた。このようなわけで、相手がとびかかってくるのやその歯の打ちこんでくるのを避けることができたし、またその同じ瞬間に、ほんのあいまをとらえて相手を逆襲することができた。からだと頭のからくりが、ずっとよく出来ていたのだ。だからといって、賞賛するまでのことではなかった。自然は、普通の動物たちへより、ホワイト・ファングに惜しみなく余計に与えたまでのことだったから。

ホワイト・ファングがユーコン交易市場に着いたのは、夏になってからであった。グレー・ビーヴァは前の年の冬のうちに、マッケンジー川とユーコン川の間にある大《だい》分水嶺《ぶんすいれい》を横ぎり、その春はロッキー山脈から西へ延びている支脈のあいだで狩りをしていたのである。そしてポーキュパイン川の氷が割れてしまってから、カヌーを造り、その流れが北極圏の真下《ました》でユーコン川と合流しているところまで漕《こ》ぐくだった。そこに、ハドソン湾会社の交易市場が建っていた。インディアンもたくさんいた。食料も豊かだった。そのうえ空前の活況を呈していた。それは一八九八年の夏のことで、何千という金《きん》の探求者たちがユーコン川をさかのぼり、ドーソンやクロンダイク川へとおしかけていたからである。多くのものは、ここまでくるのに一年もかかっていたにもかかわらず、その目的地まではまだ数百マイルあった。かれらは、少ないものでも五千マイルは旅をしてきていたし、中には世界の反対側からきたものもあった。

グレー・ビーヴァはここで腰を落ち着けた。金鉱熱のうわさを耳にしたので、幾梱《いくこり》もの毛皮と、ほかに腸で作った厚手の手袋とシカ皮の靴《くつ》を一梱持ってきたのだ。ぼろい儲《もう》けを見込まなかったら、思いきりよくこんな長い旅には出てこなかっただろう。ところで、かれが見込んでいた儲け高など、実際にあげた儲け高に比べたら、ものの数ではなかった。これまでどんなにきばつな夢をえがいたところで、儲けが百パーセントを越したことはなかったが、今度は千パーセントの儲けをあげた。そして品物を売りさばくためには、夏じゅうはもちろん、なんのかのと冬までかかろうとも、ゆっくり用心深く商売しようと、本当のインディアンらしく腰をすえた。

ホワイト・ファングはユーコン交易市場で初めて白人を見た。これまで知っていたインディアンに比べると、白人は別種属の生き物、つまり一段と高級な神々であった。白人は一段とすぐれた力を持っているという強い感じを受けたのだ。神であるということは、その力によって定まるからである。ホワイト・ファングはそれを理論的に考えたわけでもなければ、また白い神々が一段と強いということを、いろいろなことから敏感に考えだしたのでもなかった。それは感じであって、感じ以上のものではなかった。けれども、強い感じであった。子オオカミ時代に、人間の建てた、のしかかってくるような大きなテント小屋が力の現われとして感じられたように、今度は全部ががっちりとした丸太で建てられた家や巨大な交易市場に、同じように心を打たれたのである。ここには力があるのだ。白い神々は強いのだ。これまで知っていた神々より、白い神々はずっと大きな、ものを支配する力を持っているのだ。これまではグレー・ビーヴァが一番強い神であった。ところが、そのグレー・ビーヴァでさえ、白い皮の神々の中にはいると、まるで子ども神のようだった。

いうまでもなく、ホワイト・ファングはそういうことをただ感じただけであった。意識したのではなかった。だが、動物は考えて行動するよりも、感じで行動する方が多いのだ。ホワイト・ファングの行動も、今度は一つ一つ、白人は一段と高級な神々だという感じにもとづいて行なわれた。第一にホワイト・ファングは白い神々をひどく疑った。白い神々がどんな未知の恐ろしいものを持っているか、また、どんな未知のけがをさせるか、わからないからである。白い神々を念入りに観察したかったが、白い神々から注視されることを恐れた。だから、最初の数時間はこそこそ歩きまわって、安全な距離から白い神々を見守っていた。そして白い神々がその近くにいるイヌになんの危害も加えないことを見きわめてから、少し近づいていった。

今度は、ホワイト・ファングの方が白い神々の好奇の的になった。オオカミのような外観が、すぐに白い神々の目をとらえたのだ。白い神々はお互いにホワイト・ファングを指さし合った。この仕草でホワイト・ファングは警戒した。神々が近づくと、歯をむいて退いた。だから、だれも手をふれ得たものはなかったが、さわらなくて幸いだった。

ホワイト・ファングはまもなく、こういう神々がごくわずか――十二人以上はこの場所に住んでいないことを知った。二、三日ごとに、汽船（もう一つの巨大な力の現われ）が川岸に着いて、数時間止まった。それらの汽船から白人たちがおりてきたが、またその汽船に乗って去っていった。こういう白人の数はかぞえきれないように思われた。最初の一日二日のうちに、ホワイト・ファングはこれまで見てきたインディアンの数より多くの白人を見た。いく日たっても、白人たちはやはり引きつづいて川をさかのぼってきて、一時立ち寄り、それからまた川をさかのぼっていって見えなくなった。

だが、白い神々が全能であったにしても、そのイヌたちは大したものではなかった。その主人たちと一緒にあがってきたイヌたちと交わってみて、ホワイト・ファングはすぐそのことを発見した。形や大きさはさまざまだった。あるイヌは足が短く――それも極端に短かった。またあるイヌは長い足をし――それもばか長かった。そして毛皮のかわりに毛をからだにつけ、しかもその毛もほんの少ししか生えていないイヌもいくらかいた。戦い方を知っているものは、全然いなかった。

　同属の敵として、そういうイヌたちと戦うのはホワイト・ファングの本領であった。で、戦ったが、じきに相手をひどく軽蔑するようになった。ふにゃふにゃしていて力がなく、やたらに大騒ぎをするからである。そしてホワイト・ファングなら手ぎわよく巧妙にやってのけられることでも、精一杯の力を出してやろうとして、ぶざまに、じたばたともがいた。それに、大声で吠えながらつっかかってきた。ホワイト・ファングはわきへとびのいた。すると、イヌたちにはホワイト・ファングがどうなったのかわからなかった。その瞬間に、ホワイト・ファングは相手の肩を打ってころがし、そののどに例の一撃を加えていた。

　時々この一撃が成功して、やっつけられたイヌが泥《どろ》の中にころがると、待っていたインディアンのイヌたちがとびかかっていって、八つ裂きにした。ホワイト・ファングは賢かった。神々がそのイヌを殺されると怒ることを、ずっと前から知っていた。白人もその例外ではなかった。だから、白人のイヌを倒してそののどを大きく引き裂いたら、それで満足してあとに引きさがり、イヌの群れが寄っていって残酷な仕上げをするのにまかせていた。そのころになってから、白人が怒って駆けつけてきてイヌたちにひどい罰を加えるのだが、ホワイト・ファングはそれをまぬがれた。少し遠く離れたところに立って、石や棍棒《こんぼう》や斧《おの》やそのほかいろいろな武器で仲間が打たれるのを眺《なが》めていた。

だが、ホワイト・ファングは全く利口だった。ホワイト・ファングの仲間もそれ相応に賢くなったが、ホワイト・ファングは、その点でも仲間に劣らず賢くなった。自分たちが面白いことができるのは、汽船が岸につながれたばかりの時だ、ということを悟った。白人たちは最初の二、三匹のイヌがやっつけられると、自分たちのイヌを船に追い返し、それから犯罪者たちに兇《きょう》暴《ぼう》な復讐を加えた。目の前で自分のセッター（イヌの種類）が八つ裂きにされるのを見た白人は、拳銃《けんじゅう》を抜きだした。そして、つづけざまに六回発砲した。すると、群れのイヌが六匹、死んだり、死にかけたりした――それは、もう一つの力の現われであって、ホワイト・ファングの意識に深く刻みこまれた。

ホワイト・ファングはその一部始終を面白がって見ていた。同属を愛していなかったし、自分は抜けめなくけがをまぬがれたからである。初めのうちは、白人のイヌを殺すのは一つの気ばらしであった。しばらくすると、それが自分の仕事になってきた。別にしなければならない仕事がなかったからだ。グレー・ビーヴァは商売や金儲けに忙しかった。だから、ホワイト・ファングは評判の悪いインディアン犬の一味と一緒になって、荷揚げ場をうろつきながら汽船を待っていた。汽船が到着すると同時に、面白いことが始まった。数分ののち、白人たちの驚きが静まるころには、悪党たちは退散していた。そして次の汽船がくるまで、その楽しみはおあずけだった。

だが、ホワイト・ファングがこの悪党の一員だとはいえなかった。一味とは交わらなかったし、いつもひとり離れていたからだ。しかも一味から恐れられてさえいた。だが、いっしょに仕事をしたことは事実だった。一味が待っている間に、見知らないイヌにけんかをふきかけた。そしてそのイヌを倒すと、一味がやってきてその仕上げをしたからだ。だが、その時はもうホワイト・ファングは退いていて、怒った神々の罰を一味に負わせていたということも、また事実だった。

そういうけんかをふっかけるのは、たいして骨はおれなかった。見知らないイヌが上陸してきたとき、姿を見せさえすればよかった。イヌたちはこっちの姿を見た途端に突進してきた。それは本能であった。イヌたちは火の近くにちぢこまってその本能を作り変え、その出身地でありながら、見捨て、裏切ってきた荒野への恐怖を学んでいた。ところが、ホワイト・ファングは原始世界の火のまわりの暗やみの中をうろついている未知の、恐ろしい、いつも自分たちをおどしている荒野のものであった。イヌたちの荒野への恐怖は、世代から世代へと、あらゆる世代を通じてその本性に刻みつけられていた。何世紀ものあいだ、荒野は恐怖と破壊の現われであった。その間いつも、イヌたちは、荒野のものを殺してもよいという許可証を、その主人たちから与えられてきた。そして、荒野のものを殺すことによって、自分たち自身と、自分たちを同志としてあつかってくれる神々を守ってきたのだった。

そのようなわけで、温暖な南の世界から初めてきたイヌたちが、とっとと踏み板を渡り、ユーコン川の岸におりた途端にホワイト・ファングを見たのでは、なんとしてもホワイト・ファングにとびかかり、殺してしまいたいという衝動に襲われるのも無理はなかった。都会育ちのイヌであったにしろ、荒野への本能的恐怖を持っていることは同じだったからだ。目の前に立っているオオカミのような動物を、明るい光で、その目で見たからばかりではなかった。先祖の目でも見ていた。そして受けつがれてきた記憶で、ホワイト・ファングをオオカミだと知り、むかしの宿敵を思いだしたのである。

そういうことすべてのために、ホワイト・ファングの日々は楽しかった。見知らないイヌが自分を見てつっこんでくればくるほど、ホワイト・ファングにとってはますますそれだけ仕合せであった。だが、イヌたちにとっては、それだけ不仕合せなことであった。イヌのほうでは、ホワイト・ファングを正当な餌食《えじき》だと見なしているし、ホワイト・ファングのほうでもまたイヌを正当な餌食と見なしていたのだ。

さびしいほら穴の中で初めて日の光を見、最初からライチョウやイタチやオオヤマネコと戦ったのは、決してむだではなかった。またリプ・リプやほかの子イヌたちみなに迫害され、つらい子オオカミ時代をすごしたことも決してむだではなかった。そういうことがなかったら、ホワイト・ファングは違ったものになっていたであろう。リプ・リプがいなかったら、子オオカミ時代を子イヌたちと一緒にすごし、もっとイヌらしく育ち、もっとイヌが好きになっていたかもしれない。もしまた、グレー・ビーヴァが愛情の測深鉛を持っていたなら、ホワイト・ファングの本性の深さを測って、あらゆる種類のやさしい性質を、その表面に育ててあげていたかもしれない。だが、事実はそうではなかった。ホワイト・ファングの粘土の型づけは——気むずかしくて孤独で、非情で兇暴で、すべての同属を敵とするように作られてしまっていたのである。

狂った神

ユーコン交易市場に住んでいる白人は、ごくわずかだった。これらの白人たちは、ここにきてから長い年月がたっていた。かれらは、自分たちをサワ・ドウズ（すっぱいねり粉――アラスカの探鉱者がサワ・ドウズ――つまり生のイースト種を持ち歩いて、いたる所でパンを焼いたところから、古参者をいう）と呼び、大きな誇りをもって、自分たちをほかの者から区別していた。そしてこの土地に新しく来た人々を軽蔑《けいべつ》していた。汽船からあがってくる人々は新参者であった。そういう人たちは、チェチャコーと呼ばれ、そのあだ名で呼びかけられるといつもしょげた。チェチャコーたちは、パン粉でパンを作った。これは、チェチャコーとサワ・ドウズとの間の、いまいましい相違だった。が、実のところ、サワ・ドウズたちはパン粉がないので、すっぱいねり粉でパンをこしらえていたのであった。

だが、それはたいした問題ではなかった。交易所の人々は、新参者を軽蔑し、かれらが災難に遭うのを見て面白がった。ことに、ホワイト・ファングと評判の悪いその一味が、新参者のイヌたちの間にまき起こす大虐殺《だいぎゃくさつ》を見て面白がった。だから、汽船が着くと、きっと川岸に出ていって、その慰みものを見物した。かれらはインディアンのイヌたちと同様な期待を持って、それを待ちうけた。そしてまもなく、ホワイト・ファングのやる兇暴でたくみな役割を楽しむようになった。

こういう連中の中に、特別この娯楽を楽しみにしている男がいた。その男は、汽船の最初の汽笛が聞こえるとすぐ、駆けだしてくるのだった。最後の戦いが終わって、ホワイト・ファングとその一味が散ってしまったあとだったりすると、いかにも残念そうな顔をして、のろのろと市場にもどっていくのだった。また時々は、南の国の弱いイヌがぶっ倒されて、一味の牙《きば》の下で死の叫びをあげていることがあったりすると、その男はじっとしていられなくなって、とびあがったり、歓喜の叫び声をあげたりするのであった。そしていつも鋭い目で、ホワイト・ファングをもの欲しそうに見ていた。

その男は、交易所の人々から「ビューティ」と呼ばれていた。名前を知っているものはいなかった。ビューティ・スミスという名で、この地方全体に通っていた。だが、とんでもない美男だった。呼び名とは正反対だった。すごい醜男《ぶおとこ》であった。造化の神は、この男にけちだったのである。まず第一に小男だった。貧弱な胴体の上に、それよりもひどく貧弱な頭がのっていた。頭のてっぺんは、針先にたとえてもよかった。それ事実、仲間からビューティというあだ名をもらわない以前、つまり子どものころは「針頭《ピンヘッド》」と呼ばれていた。

後頭部は、頭のてっぺんから首すじにかけて、坂のようになっていた。前の方も思いっきりよくそげて、低い、だだっぴろい額につづいていた。造化の神は、自分のけちくささを後悔したみたいに、額を手始めに、顔の道具だてを気前よく広げていた。

目は大きく、目と目との間は、目が二つもはいるほどあいていた。ほかの部分と比べて、顔がばかでかかった。造化の神は、必要な広さを現わすために、途方もなく大きな、突きでたあごも恵んでいた。それは、広くて大きくて、そとに突きでているばかりでなく、胸にのるように下へたれさがっていた。たぶん、かぼそい首が疲れて大きな荷をうまく支えきれなくなったので、こういうことになったのであろう。

このあごは、はげしい決断力の印象を与えた。だが、何かが欠けていた。たぶん、それは過度からきているのだろう。大きすぎたのだった。とにかく、あごからくる印象は見かけだおしだった。ビューティ・スミスは、大弱腰の弱虫で、泣き虫の臆病者《おくびょうもの》として、遠くまで知れ渡っていた。その人相の仕上げをすると、歯が大きくて黄色で、しかも、ほかの歯より大きな二本の犬歯が、薄い唇《くちびる》の間から牙のようにのぞいていた。目は、造化の神が絵具をきらしてしまって、持っているだけのチューブからかすをしぼり合わせて塗ったように、黄色くてにごっていた。髪も同じようだった。まばらで、不ぞろいで、にごった汚い黄色い毛が、風に吹きよせられた穀草のように思いもよらない房や茂みになって、頭の上に伸びたり、顔にはえたりしていた。

要するに、ビューティ・スミスは怪物だったが、その責めはどこかほかの所にあった。かれには責任がなかった。かれの粘土が、作製中にそう象《かたど》られてしまったのだ。

かれは、交易所の人々のために料理や皿洗いや、骨のおれる仕事をしていた。人々はかれを軽蔑しなかった。むしろ人間らしいひろい心で、寛大に取りあつかった。人間は不恰好《ぶかっこう》に作られた創造物を大目に見るものなのである。それにまた人々はかれを恐れてもいた。臆病者を怒らせたら、卑怯《ひきょう》にも、うしろから一発見舞われるか、コーヒーに毒をもられやしないかと恐れていた。だが、誰かが料理しなければならなかった。ほかにどんな欠点があろうとも、とにかくビューティ・スミスは料理ができた。

ホワイト・ファングを見て、その兇暴で勇敢な行為が気に入り、ホワイト・ファングを手に入れたがっているのは、この男だった。かれは最初からホワイト・ファングを手なずけようとしていた。ホワイト・ファングは初めはそれを無視していた。のちに、かれが一段としつこくなってくると、毛を逆だて、歯をむきだして、あとずさった。この男をきらいだったからだ。感じが悪かったのだ。その男のうちにある悪をかぎつけたので、さし出されている手や、やさしい言葉で話しかけてこようとする様子を恐れた。そういうことのために、その男を憎んだ。

単純な動物には、善と悪が簡単に理解されるものなのである。安易と満足と、苦痛の休止とをもたらすものは、すべて善なのである。だから善はすかれるのだ。悪は不快とおどかしと危害を伴っているから、憎まれるのである。ビューティ・スミスについての、ホワイト・ファングの感じは悪かった。ゆがんだからだとねじけた心から、不可思議にも、毒気のある沼地から立ちのぼるもやのように、身うちにある不健康なものが発散していた。推理したわけではもちろんないが、五感からばかりでなく、ほかの、どこか遠く所在のわからない感覚からも、この男は不吉で害悪をはらんでいるという感じを受けた。で、悪いものであるから、憎んだほうが利口だと思った。

ビューティ・スミスが初めてグレー・ビーヴァをたずねてきたとき、ホワイト・ファングはテント小屋の中にいた。遠くのかすかな足音を聞いただけで、誰がくるのか姿を見ないうちにわかったので、毛を逆だて始めた。とてもいい気持で寝ていたのであったが、すぐ立ちあがり、その男がはいってくるのと同時に、本物のオオカミらしい様子をしてそっとテントの端にしりぞいた。人間たちがどんなことを言っているのか、もちろんわからなかったが、その男とグレー・ビーヴァが話し合っているのが見えた。一度その男が自分の方を指さしたので、五十フィートも離れていたにもかかわらず、その手が自分の上に落ちかかってきているように、ホワイト・ファングは唸《うな》り返した。すると、その男は笑った。ホワイト・ファングは注意深くふり返って見ながら、地をすべるようにしてそっと森の中へ逃げて隠れた。

グレー・ビーヴァはイヌを売ることを断った。商売で金持ちになっていたし、何も欲しいものがなかったからだ。それにホワイト・ファングは大切な動物だった。これまでに飼った橇《そり》イヌのうちでもっとも強く、またもっともすばらしい先導犬だった。さらにまた、マッケンジー川とユーコン川のほとりには、これほどのイヌは一匹もいなかった。ホワイト・ファングはけんかが上手で、人間が蚊を殺すように、そうさなくほかのイヌを殺した（そう聞くと、ビューティ・スミスは目を輝かし、もの欲しそうな舌で、うすい唇をなめた）。そうだ、いくら金を積まれたって、ホワイト・ファングを売らない、とグレー・ビーヴァは言った。

だが、ビューティ・スミスはインディアンのくせを知っていた。だから、ときどきグレー・ビーヴァのテント小屋をたずねた。外套《がいとう》の下には、いつも黒い瓶《びん》を一本かくしのばせていた。ウィスキーの力の一つは、かわきをおぼえさせることである。グレー・ビーヴァはそのかわきに取りつかれた。熱をもった粘膜とやけた胃とは、焼けつくようなその液体をますます多く要求し始めた。一方、頭はなれない刺激物のためにゆがめられてしまい、それを手に入れるためには、どんな手段でも許すようになった。毛皮や手袋やシカ皮の靴《くつ》を売って儲《もう》けた金はへり始めた。しかもへり方はだんだん速くなり、金袋がとぼしくなればなるほど、グレー・ビーヴァの気が短くなった。

しまいに、金も品物もいい気分も、すっかりなくなった。かわきだけが残っていた

——それは、途方もなく大きな財産で、酒気のない息をするたびに、かわきはますます大きくなった。その機会に、ビューティ・スミスがまたホワイト・ファングを売らないかと言いだした。そして今度は、代金は金ではなく、ウィスキーで払おうと話した。グレー・ビーヴァは、いつもより一心に耳を傾けた。

「あんたがつかまえられるなら、連れてってもいいや」と、最後にグレー・ビーヴァは言った。

ウィスキー瓶は渡された。だが、二日たつと「おい、イヌをつかまえてくれ」と、ビューティ・スミスがグレー・ビーヴァに言った。

ある晩、ホワイト・ファングはこっそりテント小屋の中にはいると、ほっと満足げなため息をついてすわった。気にしていた白い神が来ていなかったからだ。ここ数日、白い神はなんとかして自分に手をかけようと、いよいよしつこくなってきていたので、その間じゅうホワイト・ファングは小屋に寄りつかないようにしていたのであった。しつこいその手からどんな災いが起ころうとしているのかは、もちろん知らなかった。ただ、ある種の災いが起きてきそうなことだけは悟っていた。だから、その手の届かない所にいるのが一番よかった。

ところが、横になるかならないうちに、グレー・ビーヴァがよろめきながら寄ってきて、首に皮ひもを結びつけた。そして片手でその皮ひもの端をにぎったまま、ホワイト・ファングのそばにすわりこんだ。もう一方の手には瓶をもっていて、それを時々顔の上でさかさまにして、ごくごくという音をたてた。

一時間ばかりそうしていると、地面を踏む足音が響いてきた。誰かが近づいてくるのだ。ホワイト・ファングは最初にそれを聞きつけ、相手がわかったので、毛を逆だてた。だが、グレー・ビーヴァはばかみたいに、こくりこくりやっていた。ホワイト・ファングは、皮ひもをそっと主人の手から抜きとろうとした。ところが、ゆるんでいた指がかたくしまり、同時にグレー・ビーヴァが目をさました。

ビューティ・スミスは大またで小屋の中にはいってくると、おおいかぶさるようにホワイト・ファングのそばに立ちどまった。ホワイト・ファングは鋭く手の動きを見上げながら、その恐ろしいものに低く唸った。片手がのびて、頭の上におり始めた。低い唸り声は、はげしく荒々しくなった。手はそろそろとおりつづけてきた。ホワイト・ファングはその下にうずくまったまま、敵意をもってそれをにらみつけた。唸り声は、呼吸がせわしくなると共にいよいよ短くなり、その絶頂に達した。突然、牙がヘビのようにおそいかかった。だが、手はぐいとひっこみ、歯は鋭い音をたてて空《くう》をかんだ。ビューティ・スミスは驚き、そして怒った。グレー・ビーヴァは横面《よこつら》をはった。ホワイト・ファングはすっかりおとなしくなって、ぴたりと地面にちぢこまった。

ホワイト・ファングは疑わしそうな目で、あらゆる動きのあとを追った。ビューティ・スミスは出ていったが、すぐ丈夫な棍棒を持ってもどってきた。すると、グレー・ビーヴァが、皮ひもの端を渡した。ホワイト・ファングはそれに抵抗した。ビューティ・スミスは歩きだした。皮ひもがぴんと張った。ホワイト・ファングはそれに抵抗した。グレー・ビーヴァが左右からぶんなぐって、立たせ、ついていかせようとした。ホワイト・ファングはそれに従ったが、しかし突撃していった。自分を引っ張っていこうとしている、よその男にとびかかっていったのだ。ビューティ・スミスはとびのかなかった。それを待ちかまえていた。棍棒をはげしく振りまわして、突撃を中途ではばみ、ホワイト・ファングを地べたにたたきのめした。グレー・ビーヴァは笑って、それでいいと言うようにうなずいた。ビューティ・スミスはまた皮ひもを引っ張った。ホワイト・ファングはそのあとから、よろめきながらふらふらと歩きだした。

ホワイト・ファングは二度ととびかからなかった。一度なぐられただけで、この白い神も棍棒の使いかたを知っているということが、よくわかったからだ。それにのがれられないものと戦うほどばかではなかった。で、しっぽをまたの間にはさみ、むっつりとして、ビューティ・スミスのあとについていったが、しかし聞きとれないような低い声で唸っていた。ビューティ・スミスは油断なく目をくばり、いつでもぶんなぐれるように棍棒をかまえていた。

市場につくと、ビューティ・スミスはホワイト・ファングをしっかりつないでから床にはいった。ホワイト・ファングは一時間じっとしていた。それから皮ひもに歯をあて、十秒のちには自由になっていた。彼はあっと思うまに歯を使ったのだ。嚙《か》み切る必要など、全然なかったからだ。皮ひもはナイフで切ったようにきれいに、ななめに切れていた。ホワイト・ファングは市場を見上げ、同時に毛を逆だてて唸った。それからくるりと向きを変えて、グレー・ビーヴァのテント小屋に駆けもどった。この恐ろしいよその神に、忠誠をつくさなければならない義務がなかったからだ。グレー・ビーヴァに身をささげたのだから、自分はまだグレー・ビーヴァのものだと考えていた。

だが、前と同じことがくり返された——しかし、相違はあった。グレー・ビーヴァはまた皮ひもでつなぎ、朝になってからビューティ・スミスに渡した。すると、ここで前との違いが起こった。ビューティ・スミスがぶんなぐったのだ。ホワイト・ファングはしっかりしばりつけられていたので、むなしく怒るだけで、罰をたえ忍ぶより仕方がなかった。棍棒でぶんなぐられたり、むちでたたきつけられたりした。こんなにひどくぶたれたのは、生まれてから初めてだった。子オオカミ時代にグレー・ビーヴァから受けた、あのきびしい打擲《ちようちやく》だって、これに比べたら寛大なものであった。

ビューティ・スミスはこの仕事を面白がった。打《ぶ》つのが楽しいのである。かれは犠牲者を小気味よさそうに眺《なが》めた。むちか棍棒を振りまわして、ホワイト・ファングの苦痛の叫び声や、絶望的な泣き声や唸り声に聞きいりながら、目をにぶく燃やしていた。ごたぶんにもれず、ビューティ・スミスの残忍さは、臆病者の残忍さからきているのだった。人間の打擲や怒り声にへいへいし、泣き声をたてているかわりに、自分より弱い動物に向かってその無念をはらしているのだ。すべての生命は力を好むが、ビューティ・スミスもその例外ではなかった。自分の同族の間で力を現わすことが許されないので、自分より弱い動物を攻撃して、自分のうちにある生命を示しているのである。しかし、自分で自分を造ったのではないから、その責任をビューティ・スミスに負わせることは出来ないのだ。ビューティ・スミスは、奇怪な恰好のからだと野獣の知性を持って、この世に出てきたのである。そしてそれがかれの粘土の本質であった。かれの粘土は、世界によってやさしく象られていなかった。

ホワイト・ファングはなぜ打たれるのか知っていた。グレー・ビーヴァが自分の首に皮ひもを結びつけ、その端をビューティ・スミスの手に渡したとき、自分がビューティ・スミスについていくことが自分の神の意志だということをわかっていた。また、ビューティ・スミスが市場のそとにつないでいったとき、自分がそこにとどまっていることがビューティ・スミスの意志であるということもわかっていた。それにもかかわらず、両方の神の意志に従わなかったから、罰を受ける結果になったのだった。ホワイト・ファングは前に、イヌたちの所有者が代わるのを見ていたし、また逃げたイヌが、自分が打たれたと同じように打たれたのも見ていた。賢いとはいっても、ホワイト・ファングの本性の中には、知恵よりも大きな、さまざまな力があった。その力の一つは忠誠であった。グレー・ビーヴァを愛しているのではないが、自分の意志と怒りにさからってまでも、グレー・ビーヴァに忠誠を守っているのだ。それは、どうすることもできないものだった。この忠誠はホワイト・ファングを作っている粘土の特質だった。それは、ホワイト・ファングの同属が特に持っている特質であり、その種属をほかの種属から区別している特質であった。この特質があるからこそ、オオカミと野生のイヌが荒野からやってきて、人間の伴侶《はんりよ》になれたのであった。

打たれたのち、ホワイト・ファングはまた市場にひいていかれた。ビューティ・スミスは今度は棒しばりにした。神を見捨てるのは容易なことではないが、ホワイト・ファングの場合もそうだった。グレー・ビーヴァはかれの特別な神だったので、その意志にそむいて、グレー・ビーヴァにすがりつき、そして見捨てようとはしないのだった。裏切られ、見捨てられながらも、そんなことに何一つ影響されなかった。からだも心もグレー・ビーヴァにささげているのは、理由のないことではなかった。ホワイト・ファングの方にはなんの心おきもなかったのだから、そのきずなはやすやすとは断ち切れなかった。

だから、夜になって市場の人々が寝静まると、ホワイト・ファングは自分をおさえている棒に歯をあてた。棒は枯れてかわいていたし、おまけにすぐ首の近くに結ばれていたので、容易に歯をかけられなかった。それでも、無理やり筋肉を働かして首をねじ曲げ、歯をかけることに成功したが、それもくわえたというだけだった。そしてそれから何時間も異常な辛抱強さで働きつづけ、ようよう棒を嚙み切った。それはイヌの仕業とは思われないようなことだった。前例がなかった。だが、ホワイト・ファングはそれをやりとげたのである。そして首に棒の端をぶらさげたまま、朝早く、市場から逃げだした。

ホワイト・ファングは賢かった。だが、賢いだけだったなら、二度も裏切ったグレー・ビーヴァのところにもどっていかなかったであろう。忠誠というものがあったためにもどっていったのだが、三たび裏切られた。グレー・ビーヴァから、またも首に皮ひもを結びつけられることになった。そしてまたビューティ・スミスが受け取りにきた。しかも今度は前より一層ひどくぶたれた。

グレー・ビーヴァは白人がむちをふるっている間、ぼんやりと見ていた。ちっとも助けてくれなかった。もはや自分のイヌでなかったからだ。殴打が終わったとき、ホワイト・ファングはぐあいが悪くなっていた。柔弱な南国のイヌだったら、この刑罰で死んだにちがいなかったが、ホワイト・ファングは死ななかった。その生命の学校はきびしかったので、ホワイト・ファング自身はそれだけ強い要素でできていたからだ。すばらしい活力を持っていた。生命への執着力が非常に強かった。だが、とてもぐあいが悪かった。最初は足をひきずって歩くことさえ出来なかったので、ビューティ・スミスは半時間も待っていなければならなかった。それから、ホワイト・ファングは目がくらんだまま、よろよろしながら、ビューティ・スミスのあとについて市場にもどった。

だが、今度は鎖でつながれたので、歯が役にたたなかった。そこで丸太に打ちこんである留め金を引き抜こうとしていきなりとびだしてみたが、むだだった。破産し、酔いもさめたグレー・ビーヴァは、数日ののち、ポーキュパイン川をさかのぼり、マッケンジー川への長い旅に旅立った。ホワイト・ファングは、半分以上狂い全く獣のようになっている人間の財産として、ユーコン川のほとりに居残った。しかしイヌが人間の狂気を感づいたところで、何がわかるだろう？　ホワイト・ファングにとっては、たとえ恐ろしくても、ビューティ・スミスはやはり神であった。いくらよく見たところで、狂った神であったが、しかしホワイト・ファングは狂気のことは何も知らなかった。この新しい主人の意志に従い、そのでき心や気まぐれのままにならなければならないということを知っているだけだった。

憎悪《ぞうお》の支配

狂った神の後見の下で、ホワイト・ファングは悪魔になった。鎖で市場の裏手にあるおりにつながれ、そこで、ビューティ・スミスがつまらない責苦で、ホワイト・ファングをさいなみ、いらだたせ、狂乱させた。この男は、ホワイト・ファングが笑いに敏感なことをじきに発見し、いたましいほどだましいろいろなことをしたのち、きまって笑いとばした。この笑いは、騒々しくて冷笑的だった。同時にこの神は、あざけるようにホワイト・ファングを指さした。こういう時は、ホワイト・ファングは理性を失った。怒り狂っているうちに、ビューティ・スミスよりも余計正気を失った。

以前のホワイト・ファングは、同属の敵であるにすぎなかった――兇暴《きょうぼう》な敵ではあったが。ところが、今ではあらゆるものの敵になった。しかもこれまでよりずっと兇暴になった。ひどい責苦を受けたので、かすかな理性のひらめきさえ失い、むやみやたらに憎んだ。自分をしばっている鎖を憎み、おりの細い格子《こうし》板《いた》からのぞきこむ人間たちを憎み、さらに人間についてきて、どうすることもできない自分に向かって唸っているイヌを憎んだ。自分をとじこめているおりの木材さえ憎んだ。そして、あとにもさきにも、何よりも一番ビューティ・スミスを憎んだ。

だが、ビューティ・スミスはある目的のために、ホワイト・ファングにさまざまなことをやっているのであった。ある日、大ぜいの人々がおりのまわりに集まった。ビューティ・スミスは棍棒を持っておりの中にはいってくると、ホワイト・ファングの首から鎖をはずした。ホワイト・ファングは解き放されたので、主人が出ていくと、おりの中で荒れまわり、外にいる人間に襲いかかろうとした。すさまじい形相だが、すばらしかった。身長はたっぷり五フィートあり、高さは肩のところで二フィート半はあった。そして、同じくらいの大きさのオオカミよりずっと重かった。九十ポンド以上あった。それは母オオカミからイヌの血を割合いに多く受けていたためだったが、脂肪はもちろん、贅肉《ぜいにく》一オンスなかった。すべてが筋肉と骨と腱《けん》で——それは、もっともすばらしい条件を備えた闘士型の肉体であった。

おりの戸が、またあけられた。ホワイト・ファングは立ちどまった。何か異常なことが起ころうとしていたからである。ホワイト・ファングはじっと待ちかまえていた。戸はもっと広くあけられた。それから大きなイヌがおし入れられ、そのうしろで戸がぴしゃりとしまった。ホワイト・ファングはこのようなイヌを見たことがなかった（それは、マスティフであった）。だが、侵入者の巨大なからだや獰猛《どうもう》なつらがまえを見て、たじろぎはしなかった。木でも鉄でもなく、自分の憎悪をたたきつけてやれる相手なのだ。ホワイト・ファングは牙《きば》をひらめかしてとびかかっていき、マスティフの首の片側を引き裂いた。マスティフは頭を振って、荒々しい声で吠《ほ》えると、ホワイト・ファングにとびかかった。だが、ホワイト・ファングは、自由自在に、始終身をかわして相手をさけた。そして、とびこんでいっては深く牙で切りつけると、その途端にとびのいて相手の仕返しをのがれた。

外にいる人々は、大声で叫んだり歓声をあげたりした。一方ビューティ・スミスはホワイト・ファングが相手を咬《か》み裂いたり、めった切りにしたりするのを眺めて、有頂天になってほくそえんでいた。マスティフには初めから勝ち目がなかった。からだが重すぎて動作がにぶかった。しまいにビューティ・スミスが棍棒でホワイト・ファングを追いのけている間に、マスティフは飼い主の手で引きずり出された。それから賭《か》け金《きん》が支払われ、ビューティ・スミスの手の中で金がジャラジャラと音をたてた。

ホワイト・ファングはおりのまわりに人が集まってくるのを、一心に待ちうけるようになった。それは戦うことだったからだ。そしてまた、自分のうちにある生命を現わすために、今自分に与えられているたった一つの手段だったからだ。いじめられ、憎悪心をかきたてられながら、おりの中にとじこめられているので、主人が折を見てほかのイヌと立ち向かわせてくれる時以外に、その憎しみをはらす方法がなかったのだ。ビューティ・スミスはホワイト・ファングが必ず勝つので、よほど強いものと判断した。そこである日、三匹のイヌがつづけざまにけしかけられた。荒野からつかまえてきたばかりの一人前のオオカミが、おりの戸口から押し入れられた日もあった。また別な日には、二匹のイヌが同時に向けられた。ホワイト・ファングはこんな苦しい戦いをしたことはなかった。相手を二匹とも殺しはしたけれども、自分も半殺しにされていた。

その年の秋、初雪が降って川にどろどろの氷が流れだすと、ビューティ・スミスはホワイト・ファングを連れて汽船に乗り、ユーコン川をさかのぼってドーソンへ向かった。ホワイト・ファングは、もうこの地方では評判になっていた。「けんかオオカミ」として遠くまで知れわたっていたので、汽船の甲板に置かれたおりのまわりには、物好きな人々がたえず寄り集まった。ホワイト・ファングは荒れまわって、唸《うな》った。さもなければ、静かに横になったまま、冷たい憎悪の目でじっと眺めていた。一体なぜ、人間を憎んではいけないのだろう？　ホワイト・ファングは決してそのような疑問を自分に向けたことはなかった。憎むことだけを知っていた。そして、憎むことだけに夢中になっていた。だから、その生活は地獄になった。ホワイト・ファングは人間の手で厳重にとじこめられて我慢している野獣には作られていなかった。だが、実際はそのように取りあつかわれた。人々はホワイト・ファングを見つめ、格子の間から棒をつっこんで唸らせ、そして嘲笑《ちょうしょう》した。

このような人々に取り巻かれているので、ホワイト・ファングの粘土は造化の神がもくろんでいたよりずっと兇暴なものになってきた。それにもかかわらず、造化の神はホワイト・ファングに適応性を与えた。ほかの大抵の動物だったら死ぬか勇気をくじかれてしまう場合でも、それに順応して生きつづけ、勇気を失わなかった。大悪魔で、拷問者《ごうもんしゃ》のビューティ・スミスなら、たぶんホワイト・ファングの勇気をくじくことができるだろうが、今のところかれでさえそれに成功する見込みはなかった。

もしビューティ・スミスが身うちに悪魔を持っていたとすれば、ホワイト・ファングもまた別な悪魔を持っていた。そして悪魔同士がたえず怒り合った。以前には、ホワイト・ファングは棍棒を持った人間にはちぢこまって屈従する分別を持っていたが、今ではその分別もなくなっていた。ビューティ・スミスをひと目見ただけで、夢中になって怒りだした。近づいてきて棍棒で撃退されても、牙をむいて、いがんだり唸ったりした。決してねをあげなかった。どんなにひどくぶたれても、きっと唸り返した。ビューティ・スミスがあきらめて引きあげると、うしろから挑戦《ちょうせん》するように唸った。さもないときはおりの格子にとびつき、憎悪にみちた大きな声で吠えたてた。

汽船がドーソンに着くと、ホワイト・ファングは上陸した。だが、やはりおりの中にとじこめられたまま、物見だかい人々に取りまかれて見せ物として暮らした。「けんかオオカミ」として見せ物に出され、人々は砂金で五十セントずつ払って見物した。ホワイト・ファングは全然休む暇を与えられなかった。眠ろうとして横になると、とがった棒でつつき起こされた。見物人たちを入場料金分だけ堪能《たんのう》させるためだった。そのうえ見せ物を面白くするために、始終怒らせられた。しかし、それよりももっと悪いのは、その日常の環境であった。ホワイト・ファングはもっとも兇暴な野獣と見なされた。人々のその考えは、おりの格子を通してホワイト・ファングに伝わった。

人間のあらゆる言葉や一つ一つの用心深い行動から、自分が恐ろしく兇暴なものだという印象を受けとった。この印象は兇暴という炎に、たくさん薪《まき》をくべたしたことになった。だから、その結果は一つよりあるはずがなかった。ホワイト・ファングの兇暴さは、そのためにいよいよはげしくなった。それはホワイト・ファングの粘土の適応性、つまり環境の圧力によって形を作られていく能力の、もう一つの実例であった。

ホワイト・ファングは見せ物にされているばかりか、本職の闘う獣でもあった。闘犬の手はずが整うと、日をきらわず、いつでもおりから引き出されて、町から数マイル離れた森の中に連れていかれた。それも地方騎馬警官の干渉をさけるために、大抵夜中に連れて行かれた。数時間待ってから夜が明け始めると、見物人やけんか相手のイヌが到着した。このようにして、ホワイト・ファングはあらゆる種類のあらゆる大きなイヌと戦った。そこは未開の地であった。人間は残酷だった。だから、戦いは大抵死ぬまで行なわれた。

ホワイト・ファングは、やはり戦いつづけているのだから、いうまでもなく死んだのは相手のイヌだった。ホワイト・ファングは決して負けることがなかった。リプ・リプや子イヌの群れ全部を相手にして戦った幼いころの鍛練が、とても役に立った。足はねばり強く大地にすがりついていた。どんなイヌにだって、足場をさらわれることがなかった。まっ正面から、あるいはまた不意に方向を変えて突撃していき、肩で相手を打ってぶっ倒すのは、オオカミ種属得意の巧みな業であった。相手のマッケンジーの猟犬や、エスキモー犬やラブラドール犬や、ハスキー犬やマレミュート犬も――みんなホワイト・ファングにその手を使ってみたが、全部失敗した。ホワイト・ファングは足場を失ったためしがなかった。人々はそのことを話し合い、今度こそはとけんかのある度に期待したが、ホワイト・ファングはいつも人々を失望させた。

その時ホワイト・ファングは、いなずまのように敏捷《びんしょう》であった。そのため敵よりずっと有利だった。イヌたちがどんなにけんかの経験を持っていたところで、ホワイト・ファングのように敏捷に動くイヌに出合ったことは一度もなかった。それにまた、その速攻法も考えに入れなければならなかった。大抵のイヌは唸ったり、毛を逆だてたり、吠えたりする予備行動をしなれているので、まだけんかを始めないうちか驚きがおさまらないうちにぶっ倒されて、やっつけられていた。そういうことがたびたび起こったので、しまいに、相手のイヌが予備行動が終わって用意ができるか、さらに最初の攻撃を加えるまでホワイト・ファングをおさえておくのが習慣になった。

しかしホワイト・ファングの利益になった最大の強味は、なんといってもその経験だった。ホワイト・ファングは自分に立ち向かってくるどのイヌよりも、けんかのことを知っていた。相手より余計に戦ってきているので、さまざまな業や方法に立ち向かう手を、相手より余計に知っていたし、自分独特の業もたくさん持っていた。その方法は、もうほとんど改良の余地がなかった。

時がたつにつれて、戦いの数がだんだん少なくなった。人々は対等のものを取り組ませることをあきらめてしまったのだ。だから、ビューティ・スミスは、ホワイト・ファングをオオカミと戦わせるより仕方がなかった。そのためわざわざインディアンに頼んで、罠《わな》でオオカミをつかまえさせた。ホワイト・ファングとオオカミの戦いは、きまって群衆をひきつけた。成長し切った牝《めす》オオヤマネコがつかまってきたことが一度あった。その時だけは、ホワイト・ファングもいのちがけで戦った。オオヤマネコの敏捷さや獰猛さは、ホワイト・ファングに劣らなかった。しかもホワイト・ファングは牙だけで戦うのに、オオヤマネコは歯はもちろん、鋭い爪《つめ》のついた足まで使って戦ったからだ。

だが、このオオヤマネコとの戦いののち、ホワイト・ファングのけんかはおしまいになった。もはやホワイト・ファングと戦わせる動物がいなくなったからだ――少なくともけんか相手になれるだけの動物がいないと考えられたのだ。それで、ホワイト・ファングは春まで見せ物になっていた。ところが、春になると、ティム・キーナンというファロウ賭博《とばく》（「親」が「銀行」となってやる一種の賭けトランプ）師が、この土地にやってきた。その男はブル・ドッグを連れていた。それはクロンダイク川にはいってきた最初のブル・ドッグだった。このイヌとホワイト・ファングが取り組まされるのは必然だった。戦いの前の一週間、町の一角の話題はその勝負の予想で持ちきりだった。

しがみつく死神

ビューティ・スミスは、ホワイト・ファングの首の鎖を解くと、うしろにさがった。ホワイト・ファングは今度だけは、すぐに襲いかからなかった。ぴんと耳を前に立てて警戒しながら、じっと立ったまま、自分に立ち向かっている不思議なイヌを物珍しげに眺《なが》めていた。このようなイヌを一度も見たことがなかったからだった。ティム・キーナンは、「さあ、やっつけてやれ」と言うと、ブル・ドッグを前へ押しだした。せいの低い、ずんぐりしたその動物は、ぶざまな恰好《かっこう》でよたよたと闘技場のまん中へ向かって進み出た。そして、立ちどまると、ホワイト・ファングに向かって目をしばたたかせた。

群衆の中から叫び声が起こった。「かかれ、チェロキー。やっつけろ、チェロキー。そんなもの、食っちまえ！」

だが、チェロキーは戦いたがっているように見えなかった。今度は叫んでいる連中の方に顔を向けて目をしばたたかせ、同時に短いしっぽを愛想よく振った。しかし、恐れているのではなかった。無精なだけだった。それに目の前にいるイヌと戦わされるのだということをわかっていないらしかった。このような種類のイヌとは戦いつけていないので、本当のイヌを連れてくるのを待っているのだった。

ティム・キーナンは闘技場にはいっていって、チェロキーの上にかがみこむと、両肩の毛を少し両手で逆さにこすって、ちょっと押しだすようにした。それにはいろいろな暗示が含まれていた。いらだたせる効果もあった。というわけは、とても低いが、のどの底でチェロキーが唸りだしたのだ。唸り声と人間の手の動きとの間には、相応的な律動《リズム》の関係があった。のどの奥から起こってくる唸り声は、前へ押す手の動きが絶頂に達するたびにそれと一緒に高くなるが、やがて低くなり、また次の押す運動が始まると同時に新しく起こってくるのであった。そして、その運動の一つ一つの終りが律動《リズム》の強音符だった。運動が急に止まると、唸り声はぐんと高まりだした。

それは、ホワイト・ファングにも影響しないわけではなかった。首から肩にかけての毛が逆だち始めた。ティム・キーナンは最後の一押しを与えると、またあとずさった。チェロキーは押されたはずみがなくなると、今度は自発的に弓なりに曲がった足で速く前へかけ進んだ。その時、ホワイト・ファングが襲いかかった。あっと、驚嘆の叫びが起こった。ホワイト・ファングがイヌというよりもネコのように、遠くからとびこんでいったのだ。そして同様にネコのような速さで、相手を牙にかけてからとびのいた。

ブル・ドッグは、太い首に受けた裂き傷のために、片方の耳のうしろから血を流していた。だが、なんの身ぶりもしなかったし、唸りさえしなかった。ホワイト・ファングの方に向きなおって、そのあとを追いだした。この二つの見せ物、つまり、一方の敏捷さと相手の着実さは、群衆の党派心をかきたてた。人々は新しく賭をしたり、もとの賭け金をふやしたりした。二度、三度と、ホワイト・ファングはとびこんでいって咬み裂いて、相手にさわらせもせずにとびのいた。だが、奇妙な敵は、相変わらず追いかけてきた。あまり急ぐでもなく、そうかといってのろくさくもなく、まるで事務的に、落ち着いて断固として迫ってくるのである。このブル・ドッグのやり方には、目的があった——何物にもさまたげられず、どんなことをしてもやりとげようと思っているあることを、やりとげようとしているのだった。

ブル・ドッグのすべてのふるまい、あらゆる動きには、その目的が刻みこまれていた。ホワイト・ファングはまどわされた。このようなイヌに出合ったのは初めてだった。毛に守られていないのだ。柔らかくて、すぐ血が流れた。これまでに同属のイヌに咬みついたときに邪魔になったような、厚い毛のもつれがないのである。咬みつくたびに、牙はぞうさもなく柔らかい肉に突きささったが、相手はそれを防ぐことができないように見えた。もう一つ当惑させられたことは、これまで戦ったイヌのように、相手が叫び声一つあげないことであった。吠えたりふうふう鼻をならしたりしないで、黙って攻撃を受けていた。しかも、決して追求の手をゆるめないのだ。

チェロキーはのろのろしているのではなかった。かなり速く向きを変えたり、ぐるりと回ったりすることができるのだが、向きなおった所に決してホワイト・ファングがいなかったのだ。チェロキーもとまどった。取っくみ合うことのできない相手と戦ったことがなかったからだ。必ずお互いに取っくみ合いたがるものなのに。ところが、このイヌときたら、はねまわりながらあっちへこっちへと身をかわして、いつもある距離だけ遠のいているのだ。しかも、自分に咬みついた時でもそのまま くいさがっていないで、すぐ放してとびのいてしまうのだ。

だが、ホワイト・ファングは相手ののどの下の柔らかいところに咬みつくことができなかった。ブル・ドッグはとてもせいが低いばかりか、大きいあごが一層のどの守りをかたくしているからだった。ホワイト・ファングはとびこんでいっては、とびのいていた。微傷も負わなかった。一方、チェロキーの傷はそのたびにふえていった。首の両側や頭が、引き裂かれたり、深い傷を受けていた。そして血がたらたら流れていたが、チェロキーは血を気にしているような様子を全然見せなかった。こつこつと、追求しつづけていた。ただ一度だけ、ちょっとまごついてぴたりと立ちどまったが、観衆に向かってまばたきをし、短いしっぽを振って闘志を示した。

　その瞬間にホワイト・ファングはとびつき、ちょんぎられた片耳の残りを咬み切ってとびのいた。チェロキーはかすかに怒りを現わして、また追求し始めた。そしてホワイト・ファングがえがいている円の内側を走りながら、ホワイト・ファングののどにしっかり咬みついて、命をとろうとして一生懸命だった。だが、ブル・ドッグは間一髪のところでねらいをはずした。ホワイト・ファングが急角度に身をかわし、反対側にとびのいて危機を脱したからだ。賞賛の叫びがどっと起こった。

　時がたっていった。ホワイト・ファングは、やはり身をひるがえしたり、急にかわしたり、とびついたり、とびはなれたりしながら、たえず損傷を与えつづけていた。

だが、ブル・ドッグもやはり不屈の確信をいだいて、こつこつと相手を追いつづけた。おそかれはやかれ、目的をとげ、相手に咬みついて、戦いを勝ちとろうとしているのである。それまでは、相手のあらゆる刑罰を受けてもやむを得ないのだ。両方の耳がふさのようになり、首と肩は二十か所も裂かれ、唇《くちびる》さえ咬み切られて血が流れていた――それはみな、予想することはもちろん、防ぐことも出来ない、いなずまのような相手の攻撃のために受けたのだった。

時折ホワイト・ファングは、チェロキーを突きころばそうとしたが、せいの高さがあまりにちがっていた。チェロキーはとてもずんぐりして、ぴたりと地面についているのだ。それにもかかわらず、ホワイト・ファングはその手を使いすぎた。急に身をかわして、逆まわりしたとき、その機会がきたように思えた。チェロキーが自分よりのろく回りながら、頭を向こうに向けているのが目についたのだ。肩をさらけ出しているのだ。ホワイト・ファングはそこを襲った。だが、相手より肩が高いばかりか、すさまじい勢いでぶつかっていったので、そのはずみで相手のからだの上を乗り越えてしまった。人々はホワイト・ファングがけんかで足場を失うのを初めて見た。からだが半分とんぼがえりをした。空中でネコのようにからだをひねって足を下に向けようとしなかったなら、仰向けに落ちるところだった。だが、からだをひねったものの、横腹をひどくぶった。それでも次の瞬間立ちあがっていたが、しかしその瞬間にチェロキーの歯がのどに咬みついていた。

それは、ずっと下のほうの胸に近いところだったから、いい咬みつき方ではなかった。だが、チェロキーは放さなかった。ホワイト・ファングはブル・ドッグのからだを振りはなそうとして、はねあがったり、むやみやたらにあばれまわったりした。重い相手にしがみつかれひっぱられるので、血迷った。動きがにぶり、思いのままにならなかった。それは、まるで罠であった。ホワイト・ファングの全本能が憤《いきどお》って、それに反抗した。それは狂気の反抗であった。数分間はどうみたって気が狂ったようになっていた。身うちにある根本生命に支配されたのである。肉体の生存意欲がからだじゅうにあふれてきた。肉体への生命の愛情だけに支配された。知力はすっかりなくなっていた。まるで頭を持っていないみたいだった。生きていて動き、どんな危険を冒しても動き、動きつづけたいという肉体の盲目的な熱望に、理性が打ちまかされたのだ。動くことは、肉体の生存の現われだからだ。

ホワイト・ファングはのどで五十ポンドの重さを引きずったまま、ぐるぐる回ったり、向きを変えたり、逆まわりしたりして、歩き回り、それを振り放そうとした。ブル・ドッグはただくいついているだけで、ほとんど何もしなかった。時々、ごくまれに、どうにか足を地につけて、勢いよくホワイト・ファングに向かうこともあったが、それもちょっとの間だけだった。次の瞬間、また足が浮き、ホワイト・ファングの狂気の旋回にぐるぐると引きずり回されていた。だが、チェロキーは本能と一体になっていた。くいさがっているのが正しいことだと知って、くいさがっているのだった。いい気持になって、少しぞくぞくさえした。そんな瞬間には、目をつぶり、相手のなすままにからだを振りまわさせ、そのためにどんなけがをしようが何をしようが、気にもかけなかった。けがくらいなんでもないからだ。くいさがっていることが大切なのだ。だから、あくまでくいさがっていた。

ホワイト・ファングは疲れきったときだけ休んだ。何もすることができなかったし、第一、なんのことかわからなかった。これまでのけんかでは、こんなことは一度も起こったことがなかった。今までのけんか相手とは、こんなふうに戦わなかった。咬《か》みついて、引き裂いてはとびのき、咬みついて、引き裂いてはとびのきしたのだった。ホワイト・ファングは片側に倒れかかってふうふうあえいだ。チェロキーはくいさがったまま、ホワイト・ファングを押しつけて、完全に倒そうとした。ホワイト・ファングは抵抗した。相手のあごがちょっとゆるんではまた咬んで、嚙みこなす動作をしながら、咬みつき場所をかえているのがわかった。そして咬みかえるごとに、だんだんのどに近づいてきた。ブル・ドッグのやり方は、咬みついたところにくいさがり、機会に恵まれ次第さらに深くくいこむことであった。だから、ホワイト・ファングがじっと動かないでいるときが機会だった。ホワイト・ファングがもがいているときは、チェロキーはくいさがっているだけで満足していた。

ホワイト・ファングの牙《きば》のとどくのは、チェロキーのからだのほんの一部分、首の背のふくらんでいるところだけであった。それで、首が肩についているつけ根に咬みついた。だが、ホワイト・ファングは、嚙みこなし方を知らなかったし、あごがそれに適していなかった。発作的にちょっとの間、牙で咬み裂くだけだった。それもじきに位置が変わったので、咬みつけなくなった。ブル・ドッグは、なんとかホワイト・ファングを仰向けにころがすと、のどに咬みついたままその上にのりかかった。ホワイト・ファングはネコのように下半身を弓なりに曲げて、上にのっている相手の腹に足を突きたててひっかき、相手に長い裂傷を負わせ始めた。チェロキーは咬みついたまますばやく回りこみ、ホワイト・ファングのからだと自分のからだを直角にしなかったら、はらわたをすっかりかき出されたかも知れなかった。

咬みついているあごから、なんとしてものがれようがなかった。それは悪運そのもののようであった。冷酷無比だった。あごは頸動脈《けいどうみゃく》にそって、徐々に咬みのぼってきた。ホワイト・ファングを死から救っているのは、首のだぶだぶしている皮と、それをおおっている厚い毛だけだった。だぶだぶの皮は、チェロキーの口の中に大きな巻き物になって詰まり、その厚い毛はよく歯を防いでいるからだった。だが、機会のくるごとにチェロキーは、一咬みまた一咬みと少しずつ、だぶだぶの皮と毛をますますくわえこんだ。その結果、だんだんホワイト・ファングののどを絞めつけることになった。ホワイト・ファングの呼吸は刻一刻と、いよいよ苦しくなった。

もう戦いは終わったかのように見え始めた。チェロキーに賭けた人々は大喜びで、途方もない賭けましを申し込んだ。ホワイト・ファングに賭けた人々は、それとは反対に元気がなくなり、もう十対一、二十対一に落とした賭さえ受けつけなかった。それでも五十対一で賭けた、むちゃな男がひとりいた。それはビューティ・スミスだった。かれは闘技場の中に一歩踏みこんで、ホワイト・ファングを指さした。それから、さげすみあざけるように笑いだした。すると、望みどおりのききめが現われた。ホワイト・ファングは怒りで逆上した。残っているだけの力をふりしぼって、立ちあがった。そして首で五十ポンドの敵を引きずりながら、闘技場をじたばた駆けまわっていたが、そのうちに怒りは、恐怖と狼狽《ろうばい》に変わった。根本の生命が再び全身を支配し、知力は生きようとする肉体の意志の前から消え去った。ホワイト・ファングはよろめいたり、倒れたり、起きあがったりしながら、ぐるぐる回り、あるいはまたあともどりしたり、時にはうしろ足で立ちあがって、敵を空中に持ちあげたりして、しがみついている死神を振りきろうともがいた。だが、むだだった。

ついにホワイト・ファングは力つきて、うしろによろめきながら倒れた。チェロキーはすかさず咬み場所を変えて、一層深く咬みついた。そして毛皮につつまれた皮をますます咬みきざみ、一層ひどくホワイト・ファングののどを絞めつけた。勝者への賞賛の叫びが起こった。「チェロキー!」「チェロキー!」と、多くの者が叫んだ。チェロキーは勢いよく短いしっぽを振って、それに応《こた》えた。しかしその賞賛のあらしに気を散らされるようなことはなかった。しっぽと大きなあごとの間には共感関係がなかったからだ。しっぽはふっていても、あごはホワイト・ファングののどにきつく咬みついていた。

この時、見物人たちはよそに気をとられた。鈴の音がリンリンと聞こえてきたのだ。犬橇《いぬぞり》の御者たちの叫び声も聞こえてきた。ビューティ・スミス以外の者はひとり残らず、不安そうな顔をした。警官がやってきたのだと思い、ひどく恐れたのだ。だが、見ると、野道の下手へではなく、こっちへ向かって、ふたりの男がイヌに橇をひかせながら走ってくるのだった。きっと金鉱でも見つけて川をくだってきたのだろう。かれらは人ごみを見ると、その興奮の原因を見たくなり、イヌを止めて見物人のところにやってきた。犬橇の御者は、口髭《くちひげ》をはやしていた。だが、もうひとりは背の高い若い男で、きれいに髭をそっていた。その皮膚は血の高鳴りと、霜をふくんだ冷たい空気の中を走ってきたため、ばら色になっていた。

ホワイト・ファングは事実上もがくのをやめていた。時折発作的に抵抗したが、それは無益だった。ほんの少ししか呼吸が出来なかったし、その少ししか吸えない空気も、無慈悲な歯がますますのどを絞めつけてくるので、だんだん少なくなっていた。毛皮の鎧《よろい》を着ているにしても、最初に咬みつかれたところが実際には胸といってもいいほど下でなかったなら、のどの大きな血筋はとうに咬み破られていたことであろう。チェロキーは咬みあげてくるのに長い時間かかった。あごの動きが、毛とだぶだぶの皮にひどく邪魔されたからだ。

そうこうしているうちに、ビューティ・スミスの中にある底なしの獣性がその頭にのぼってきて、いくらよく見てもかれが持っていたわずかばかりの正気を征服しだした。かれはホワイト・ファングの目がどんよりしてきたのを見ると、間違いなくけんかに負けたことを知った。そこで、かれはとび出していった。そしてホワイト・ファングにとびかかって、むごたらしくけり始めた。観衆の中から、シッシッと言って制しようとする声や、抗議の叫び声が起こったが、それまでのことだった。まわりがとめようとしているにかかわらず、ビューティ・スミスはホワイト・ファングをけりつづけていた。そのうちに、人々の間に動揺が起こった。さっき来た背の高い若い男が、遠慮会釈《えしやく》もなく肩で人々を左右に押しのけながら、群衆の中を突きぬけようとしていた。その男が闘技場の中に割りこんだ時、ビューティ・スミスはホワイト・ファングをもう一けりしようとしていた。重みが全部片足にかかっているので、からだはようやくつり合いを保っているだけだった。その瞬間、新来者のげんこつがビューティ・スミスの顔にまともにはいった。ビューティ・スミスのもう一方の足も地を離れ、仰向けにひっくり返って雪の上に倒れるとき、からだ全体が宙に浮いたように見えた。新来者は群衆に顔を向けた。

「この、卑怯者《ひきようもの》どもめ！」と、かれは叫んだ。「きさまらは、けだものだぞ！」

かれは怒っていた――正気で怒っているのだった。灰色の目が群衆に向かってひらめくとき、それは金属のように、そして鋼鉄のように見えた。ビューティ・スミスは立ちあがって、鼻をすすりながらおずおずと近づいていった。新来者には、それがなんのことかわからなかった。相手が卑劣な臆病者《おくびようもの》だと知らなかったからだ。仕返しに来たのだと思った。だから、「この、人でなしめ！」と叫ぶと、また顔に一発くらわせて、ビューティ・スミスを仰向けに張り倒した。ビューティ・スミスは雪が自分に一番安全な所だと思いさだめると、倒れた所に横になったまま、起きあがろうとしなかった。

「おい、マット。手をかせ」新来者は、一緒に闘技場の中にはいってきていた犬橇の御者にそう呼びかけた。

ふたりはイヌの上にかがんだ。マットはホワイト・ファングをつかまえ、チェロキーのあごがゆるんだとき引き放そうと、身がまえた。若いほうの男はブル・ドッグの両あごを両手でつかんで押し広げようとした。が、無益な企てであった。あっちへ引っぱり、こっちへ引っぱり、ねじまげたりしながら、一息つく度に、「ちくしょうどもめ！」と、どなっていた。

群衆は騒ぎ始めた。せっかくの慰みを台なしにした相手に、抗議する者もでてきた。だが、新来者がちょっと手を休めてじろりとにらみ渡すと、黙ってしまった。

「罰あたりの、ちくしょうどもめ！」しまいにそうどなると、かれはまた仕事にとりかかった。

「むだですよ、スコットのだんな。そんなこっちゃ、あけられやしませんや」と、ついにマットが言った。

ふたりは、手を休めて、からみ合っているイヌたちを眺《なが》めた。

「そうひどく出血しちゃいませんね」と、マットは知らせた。「まだ、すっかりくいこんでないんですよ」

「しかし、今にやるよ」スコットはそう答えた。「そら！　わかったろう？　咬み場所を少し移したじゃないか」

若い男はますますやきもきし、ホワイト・ファングを一層気づかった。かれはチェロキーの頭のあたりを何度もはげしくぶった。だが、あごは離れなかった。チェローは短いしっぽを振って、なぐられた意味はわかったが、自分のやっていることは正しく、咬みついて自分の義務をはたしているだけだ、ということを示した。

「だれか、手を貸してくれないか」と、スコットは必死になって群衆に叫びかけた。だが、手伝おうと言い出すものはなかった。反対に、声援をおくって、ふざけきった忠告をした。

「てこを持ってこなきゃ」とマットが忠告した。

相手は、腰の拳銃袋《けんじゅうぶくろ》に手をやって、拳銃を抜き出し、ブル・ドッグのあごの間にその銃口を押しこもうとした。何度も強く押してやると、しまいにくいしばった歯に鋼鉄のきしる音がはっきり聞こえた。ふたりはひざをついて、イヌの上にかがみこんでいた。ティム・キーナンが大またで闘技場の中にはいってきた。スコットのそばに立ちどまると、その肩に手をかけてうす気味悪い声で言った。

「歯をいためるんじゃねえぜ、よそのお方」

「そいじゃ、首でも折ってやろうか」スコットは銃口を無理やり押しこもうとしながら、そう言い返した。

「わしは歯を折っちゃいけねえって、言ってるんだぜ」と賭博師《とばくし》は、前より一層不気味な声で、もう一度言った。

おどすつもりで言ったのかも知れないが、しかしなんのききめもなかった。スコットは手を止めようとしなかった。ひややかに見上げて、

「おまえのイヌか」と、きいた。

賭博師は何かぶつぶつと言った。

「そいじゃ、ここに来て、こいつの口をあけてくれ」

「だがね、よそのお方」と、相手はかんしゃくを起こしながらも、ゆっくりと言った。「言っとくが、こいつはわしが仕くんだことじゃねえんだ。だから、どうしたらいいのか、わしにはわからねえよ」

「そいじゃ、どいてて、邪魔をしないようにするんだ。こっちは仕事中なんだから」

それが答えだった。

ティム・キーナンは、おおいかぶさるようにして立ちつづけていたが、スコットは相手のいることなどもう気にもしなかった。なんとか銃口をあごの片側にさしこむと、今度は向こう側のあごまで差しこんでやろうとしていた。そしてそれが成功すると、拳銃をてこにして、そっと、注意深く、少しずつあごをこじあけた。一方マットはそのたびに、ずたずたになっているホワイト・ファングの首を少しずつ引きはなした。

「イヌを受けとる用意をしろ」スコットはチェロキーの持ち主にきびしく命じた。

賭博師はおとなしくしゃがんで、チェロキーをしっかりつかんだ。

「そらっ！」と、スコットは拳銃で最後のてこ入れをしながら警告した。

イヌは引き放された。ブル・ドッグはさかんにあばれた。

「向こうへつれて行け」と、スコットが命じた。すると、ティム・キーナンはチェロキーをひきずって群衆の中にもどった。

ホワイト・ファングは三、四回起きあがろうとしたが、むだな努力だった。それでも一度だけ立ちあがったが、足がひどく弱っているのでからだを支えきれなかった。しだいに力がぬけていって、また雪の上にのめった。目は半分とじられ、どんよりしていた。あごもひらいていて、その間から舌がだらりとたれさがっていた。どう見ても絞め殺されたイヌそっくりだった。マットは注意してホワイト・ファングを調べた。

「すっかり疲れきってますね」と、かれは告げた。「だが、息づかいは、しっかりしてますよ」

さっきから立ちあがっていたビューティ・スミスが、ホワイト・ファングを見に近づいてきた。

「いい橇イヌは、いくらぐらいするんだい、マット」と、スコットがたずねた。

ひざまずいて、まだホワイト・ファングの上にかがみこんでいた犬橇の御者は、ちょっと頭をひねった。

「三百ドルってとこでしょう」と、かれは答えた。

「そいじゃ、こいつのように、すっかり咬まれたイヌは、いくらぐらいするんだ?」と、スコットはホワイト・ファングを足でさしながらたずねた。

「まず、半値ってとこで」御者は、そう判断して答えた。

スコットはビューティ・スミスのほうに向きなおった。

「聞いたな、けだもの君? おれは、きさまのイヌをもらっていくつもりなんだ。その代わり、百五十ドルやろう」

かれは紙入れをあけて、札をかぞえて抜き出した。

ビューティ・スミスは両手をうしろにまわし、出された金に手をふれようとしなかった。

「おれは、売らねえよ」と、かれは言った。

「いや、売るんだ」と、相手は断言した。「おれが買うんだからな。ほら、金を渡すぜ。イヌはこっちのもんだ」

ビューティ・スミスは両手をうしろにまわしたまま、あとずさった。

スコットはこぶしを振りあげながら、とび出した。ビューティ・スミスはなぐられるものだと覚悟して、ちぢみあがった。

「権利は、ちゃんと、おれにあるんだ」と、かれは鼻声になって言った。

「きさまには、そのイヌを持つ権利は、とうになくなってるんだ」と、スコットは言い返した。「さあ、金を受け取るかい。それとも、もう一発、お見舞い申そうか」

「わかりましたよ」と、ビューティ・スミスはこわくなってあわてて言った。「金はもらっときます。でも、抗議つきです。そのイヌは金袋なんだから。巻きあげられるわけにゃいかねえんです。人間には権利がありまさあ」

「そのとおりだ」と、スコットは金を渡しながら言った。「人間には権利がある。しかし、きさまは人間じゃない。けだものだ」

「おれがドーソンに帰るまで待ってるがいいや。訴えてやるから」と、ビューティ・スミスはおどした。

「ドーソンに帰ってから、そんな口をきいてみろ。きさまを町から追いだしてやるぞ。わかったな？」

ビューティ・スミスは何かぶつぶつと答えた。

「わかったか」と、突然、相手は荒々しくどなった。

「へえ」ビューティ・スミスは、そうつぶやいてしりごみした。

「へえ、だけか」

「へえ、だんな」と、ビューティ・スミスはうなった。

「気をつけろ！　そいつは咬みつくぞ！」誰かがそう叫ぶと、どっと大笑いが起こった。

スコットは相手に背中を向けると、ホワイト・ファングの手当をしている犬橇の御者の手助けにいった。

人々のうちにはもう帰っていった者もあったが、ほかの者たちはところどころにかたまって、なりゆきを眺めながら話し合っている者もいた。ティム・キーナンはその一かたまりの人々の中にはいりこんだ。

「あのあほうは、誰なんだい」と、かれはたずねた。

「ウィードン・スコットだよ」と、誰かが答えた。

「ところで、そのウィードン・スコットって、一体何者なんだ？」と、賭博師はきき返した。

「うん、腕ききの鉱山師のひとりだよ。えらいとことは、みんな知り合いなんだ。めんどうな事にかかわりたくねえなら、あいつを避けたほうがいいってことさ。役人たちとも、ちゃんとやってるんだ。それに金山監督官とは、特別に仲がいいんだ」

「相当なやつに違いないとは、おれも思ってたよ」と、賭博師は言った。「だから、初めからやつから手をひいたんだ」

不屈なもの

「望みがないな」と、ウィードン・スコットは白状した。

かれは小屋のあがり段に腰をおろして、じっと犬橇の御者に目を注いだ。御者は肩をすくめてみせて、同様に絶望を表わした。

ふたりが一緒に見ている前で、ホワイト・ファングは、つながれている鎖をありったけ引っ張り、毛を逆だて、兇暴《きょうぼう》に唸《うな》りながら、橇イヌたちにかかろうとしていた。橇イヌたちはさんざんマットから棍棒《こんぼう》で説教をくらったので、ホワイト・ファングをかまわないことを学んでいた。だから、少し遠くに横たわって、ホワイト・ファングのいることなど忘れているようなふうをしていた。

「もともとオオカミなんだから、飼いならしようがないんだよ」と、ウィードン・スコットは言った。

「いや、そいつはいちがいには言えませんよ」と、マットは反対した。「だんなはそうおっしゃるが、あいつには、イヌらしいところがたくさんあるようですぜ。こいつだけは、絶対間違いねえと思えるふしが、一つだけあるんですが」

犬橇の御者は、そこでちょっと口をつぐみ、ムーズハイト山の方に向かって自信ありげにうなずいた。

「おい、知ってるんなら、言いしぶらなくてもいいじゃないか」と、スコットは、適当な間合いをおいてから、強く言った。「言っちまえよ。どんなことだい」

犬橇の御者は、おや指をそらせて、ホワイト・ファングを指さした。

「オオカミにしろ、イヌにしろ、そんなことは同じこってすが——こいつは、もうならされてますぜ」

「まさか！」

「いや、ほんとです。ひき具にならされてますよ。よくごらんなさい。胸にそのあとが横についてるのがわかりませんか」

「なるほど、おまえの言うとおりだよ、マット。すると、そいつは、ビューティ・スミスの手にはいる前は、橇イヌだったってわけだな」

「ですから、また橇イヌになれないわけが、全然ないこともないじゃありませんか」

「おまえは何を考えてるんだ？」スコットは一心になって、そうたずねた。が、じきに、希望は消えた。かれは首を振りながら言いたした。「あいつを手にいれてから、もう二週間になるんだが、どうにもこうにも荒くなるばかりじゃないか」

「彼にチャンスをやるんです」と、マットは相談を持ちかけた。「しばらく放してみて」

相手はいぶかしそうに見返した。

マットは話しつづけた。「そうですとも。だんながやってごらんになったことは、わかってますよ。だが、だんなは棍棒をお持ちにならなかった」

「じゃ、おまえがやってみるさ」

犬橇の御者は、棍棒を握って、鎖につながれているイヌのところに寄っていった。ホワイト・ファングは、おりにいれられたライオンが猛獣使いのむちを見るようなまなざしで、棍棒を見守った。

「ごらんなさいよ、棍棒から目を離しませんぜ」と、マットは言った。「いい徴候ですよ。こいつはばかじゃありませんや。棍棒を持ってるかぎり、とびついてきやしませんよ。まるっきり狂ってるんじゃないんですよ、確かに」

人間の手が首に近づいてくると、ホワイト・ファングは毛を逆だて、唸りながらうずくまった。だが、近づいてくる手を見守りながらも、同時にもう一方の手に握られている棍棒の動きから目を離さないようにしていた。おどかすように自分の頭の上にぶらさがっているからだった。マットは首から鎖をはずしてやると、あとずさった。

ホワイト・ファングは自分が自由になったのだとはなかなか信じられなかった。ビューティ・スミスのものになっていた何か月もの間、ほかのイヌと戦うために解き放された以外には、ちょっとの間も自由になったためしがなかったからだ。戦いが終わるとすぐ、いつでもまたとじこめられたのだった。

ホワイト・ファングはどう考えたらいいか、わからなかった。たぶん、神々の新しいいたずらが自分に仕かけられているのだろう。ホワイト・ファングはいつ襲撃されてもいいように身がまえて、注意しながらゆるゆると歩きだした。どうしたらよいのか、わからないのだ。全く先例のないことだったからだ。見守っているふたりの神々から離れているにこしたことはないと思った。だから、用心しいしい、小屋のすみへ歩いていった。何も起こらなかった。ホワイト・ファングはすっかりとまどってしまった。で、またもとへもどり、ふたりから十二フィートばかり離れた所に立ちどまって、一心にふたりを眺めた。

「逃げないだろうな？」と、新しい所有者がたずねた。

マットは肩をすくめた。「ばくちですよ。見きわめるよりほかに道がないんですから」

「かわいそうになあ」と、スコットは哀れむようにつぶやいた。「こいつには、人間の愛情が必要なんだよ」かれはそう言い加えてから、小屋の中にはいっていった。

そして肉を一切れ持ってくると、ホワイト・ファングに投げてやった。ホワイト・ファングはさっととびのくと、遠くから疑い深そうにそれを眺めた。

「おいこら、メイジャ！」マットがそう叫んで注意したが、まにあわなかった。

メイジャは肉にとびついていた。そしてあごを肉に近づけた途端に、ホワイト・ファングが襲いかかった。メイジャは投げ倒された。マットははねとんでいったが、ホワイト・ファングの方がそれより速かった。メイジャはよろよろと立ちあがったが、のどからふき出す血が、雪を赤くそめてだんだん広がっていた。

「ひどすぎるが、当然の報いだ」と、スコットは、せきこんで言った。

この時マットの足は、ホワイト・ファングをけろうとして宙におどり出していた。跳躍と、牙のひらめきと、かん高い叫び声が、ほとんど同時に起こった。一方マットはかがみこんで、自分の足を調べた。ホワイト・ファングははげしく唸りながら数ヤードあとにさがった。

「見事にやられましたよ」マットは、裂かれたズボンと下着と、だんだん広がってくる血のしみを指さしながら言った。

「だから、望みがないって言ったじゃないか、マット」と、スコットはがっかりしたような声で言った。「おれは、こんなことを考えたくもなかったが、ときどき考えてたんだ。しかし、とうとうその時期がきたよ。それより仕方がないんだ」

スコットはそう言いながら、気のすすまなそうな様子で拳銃を抜きだすと、弾倉をひらいて弾がはいっているかどうか調べた。

「ちょいと、スコットのだんな。こいつは地獄をくぐってきたイヌですぜ。すぐにまっ白に輝いてる天使を望んでも、望むほうが無理と言うもんでさあ。彼にチャンスをやって下さい」

「メイジャを見ろよ」と、相手は答えた。

犬橇の御者は手負いのイヌを眺《なが》めた。メイジャは自分の血で染まった雪の中に倒れ、明らかに断末魔のあえぎをしていた。

「当然の報いだって、だんなはおっしゃったじゃありませんか、スコットのだんな。あいつは、ホワイト・ファングの肉をとろうとしてやられたんですぜ。初めっからわかりきってたことなんです。自分の肉をとられまいとして戦わないイヌになど、わたしは金輪際、鼻もひっかけやしませんよ」

「しかし、自分のことも見るといいよ、マット。イヌのことはいいとしても、どっかでけじめをつけなきゃならないんだ」

「わたしのだって、当然の報いでさあ」と、マットは強情に言い張った。「なんだって、わたしはあいつをけとばそうとしたんでしょう？　だんなが、あいつのやったことは当然だっておっしゃったのに。わたしにはける権利がなかったんです」

「殺してやったほうが慈悲だよ」と、スコットは主張した。「飼いならすことなど出来やしないんだから」

「ですがね、スコットのだんな。このかわいそうなやつがどんな気を起こすか、チャンスをやって下さいよ。まだ、そんなチャンスに恵まれたことがないんですからね。地獄から出てきたばかりで、放されたのは今度が初めてなんです。公平なチャンスを与えてやるんですよ。もし期待にそむいたら、わたしが自分の手で殺してやります。いいですね」

「こいつを殺すことも、こいつが殺されることも、おれが願ってないことは、神さまがご存じだよ」スコットは拳銃をしまいながら、そう答えた。「解きっぱなしにしておいて、大切にしてやって、その結果を見てみよう。さあ、さっそく試してみるぜ」

スコットはホワイト・ファングのそばによっていって、やさしい、穏やかな声で話しかけた。

「棍棒を持ってるほうがいいですよ」と、マットが注意した。

スコットは、頭を振った。そしてホワイト・ファングに信頼心をもたせようとして、話しつづけた。

ホワイト・ファングは疑いを持っていた。何かがさし迫っていると感じた。自分はこの神のイヌを殺したばかりでなく、仲間の神を咬《か》んだのだ。恐ろしい刑罰よりほかに、なんの期待がもてよう？　だが、ホワイト・ファングはそれに屈せず、立ち向かった。毛を逆だて、歯をむき、油断なく目をくばって、全身で警戒し、どんなことが起こってもよいように身がまえた。神は棍棒を持っていなかった。だから、ごく近くにくるまで我慢した。神の手が伸びて、頭の上におりてきた。ホワイト・ファングはちぢこまり、緊張しながら、その下にうずくまった。危険が——裏切りか何かが迫っているのだ。ホワイト・ファングは神々の手のことを知っていた。つまり、証明ずみの支配力や、けがをさせるずるさを知っていた。それに、もともとさわられるのが好きでなかった。だから、一層おどしつけるように唸りながら、もっと低くうずくまったが、手はやはりおりつづけていた。ホワイト・ファングは、その手に咬みつきたくなかった。そこでその危険を我慢していたが、しまいに本能が身うちに波だってきて、あくことを知らない生命への熱望に支配された。

ウィードン・スコットはホワイト・ファングが咬みついてこようが、くらいついてこようが、大丈夫さけられると信じていた。ホワイト・ファングの異常な素速さを知らなかったからだ。ホワイト・ファングは、とぐろを巻いていたヘビのような正確さと敏捷《びんしょう》さで咬みついた。

スコットはびっくりして鋭い叫び声をあげ、咬まれた手をもう一方の手で握って、しっかりとおさえた。マットは大きな声でどなって、そばにとんできた。ホワイト・ファングはうずくまったままあとずさったが、毛を逆だて、牙《きば》をむきだし、目を敵意にもやしていた。そして今度こそ、ビューティ・スミスから受けたどんな殴打《おうだ》よりもひどい殴打を覚悟していた。

「おい！　何をするんだ？」と、突然スコットは叫んだ。

マットが小屋の中に駆けこんでいって、銃を持ち出してきたからである。

「なんでもありませんよ」マットは、ことさら無頓着《むとんじゃく》そうな冷静を装いながら、ゆっくりと言った——「自分の約束をはたそうとしているだけでさあ。そういう時がきたら、わたしがやるって言ったとおり、わたしが、こいつを殺すときが来たと思いますんでね」

「やっちゃいけない！」

「いいえ、やりますよ。見ててくださいよ」

マットが咬まれたとき、マットがホワイト・ファングの命ごいをしたように、今度はウィードン・スコットが命ごいをする番だった。

「おまえは、あいつにチャンスを恵んでやれって言ったじゃないか。そうだ、恵んでやれよ。おれたちは始めたばかりじゃないか。始めてすぐやめるわけにはいかないよ。今度は、おれが当然の報いを受けたんだ。それに——おや、あいつを見ろ！」

ホワイト・ファングは小屋のすみの、ふたりから四十フィートも離れた所で、スコットにではなく犬橇の御者に、血も凍るような敵意をこめて唸っていた。

「おやおや、わたしは、永久にのろわれることになりましたな！」と、マットはあきれかえったように言った。

「あいつの頭のよさを見てやってくれ！」と、スコットはせきこんで話しつづけた。「あいつは、人間同様、銃のことを知ってるんだ。あいつには、知力があるんだよ。あの知力にチャンスを与えてやらなきゃ。銃をしまってみたまえ」

「ええ、そうしましょう」マットは同意すると、銃を薪《まき》の山にたてかけた。

「おや、見てごらんなさいよ、あいつを！」と、マットはつぎの瞬間叫んだ。

ホワイト・ファングが静かになって、唸るのをやめたのだ。

「こいつは、よく調べる値うちがありますね。いいですか、見てて下さい！」

マットは銃に手を伸ばした。途端にホワイト・ファングが唸り出した。マットが銃から離れると、ホワイト・ファングはむいていた唇《くちびる》をとじて歯をかくした。

「今度は、ほんの冗談ですが」

マットはそう言って、銃を手に取ると、ゆるゆると肩へあげ始めた。ホワイト・ファングは、銃の動きと共に唸り始め、銃が肩に近づくにつれて唸り声はますます大きくなった。そして、銃のねらいが定まる一瞬まえ、横にとんで小屋のすみに隠れた。

マットは、ホワイト・ファングがとびのいたあとの雪のところをじっと眺めながら、立ちつくしていた。

犬橇の御者はおもおもしく銃をおろすと、くるりと向きをかえて雇主に目を向けた。

「ご意見に賛成しますよ、スコットのだんな。あんな賢いイヌは、とても殺せやしませんよ」

愛の主人

ウィードン・スコットが近づいてくるのを見ると、ホワイト・ファングは毛を逆だてて唸り、罰には屈しないぞということを示した。包帯をし、出血を止めるためにつり包帯でつっている、その手を咬み裂いてから二十四時間たっていた。ホワイト・ファングは過去の経験から、ずっとあとになってから罰を受ける場合のあることも知っていた。だから、今そういう罰が加えられようとしているのではないかと恐れた。どうして罰がこないはずがあろう？　自分は冒瀆《ぼうとく》行為を犯したのだ――神の、それも皮膚の白い高級な神の神聖な肉に牙を突きたてたのだ。神々とのつき合いの上では、必然的に、何か恐ろしいことが待っているはずだった。

　神は数フィート離れたところに腰をおろした。なんの危険も見受けられなかった。神々が刑罰を加えるときは、いつも立っていたからだ。それにこの神は、棍棒もむちも銃も持っていなかった。さらにそのうえホワイト・ファング自身は、自由だった。鎖にも棒にもつながれていないのである。神が立ちあがる間に、安全な所にのがれることができるのだ。だから、ホワイト・ファングはそれまでじっとして見ていようと思った。

　神はじっと静かにしたまま、身動き一つしなかった。ホワイト・ファングの唸り声は、だんだん低くなっていがみ声にかわり、そしてのどの奥にひいていき、やがてぴたりとやんだ。すると、神が話しだしたが、その声の最初の響きで、ホワイト・ファングの首の毛は逆だち、いがみ声がのどからほとばしってきた。だが、神は何一つ敵意のある動きをしなかった。静かに話しつづけていた。ホワイト・ファングはしばらくの間、神の声に合わせて低い声でいがんでいた。すると、いがみ声と話し声の間に、律動《リズム》の相応関係ができあがった。神ははてしなく話しつづけた。それはホワイト・ファングがこれまで聞いたこともない話しぶりだった。穏やかで、慰めるような話し方で、なんとなく、どこかホワイト・ファングの心にふれるようなやさしさを持っていた。ホワイト・ファングはちくちく刺すような本能の警告にもかかわらず、いつのまにかこの神を信頼し始めた。これまでの人間との関係では、とても信じられない安全感を感じた。

ずいぶん長い間たってから、神は立ちあがって小屋にはいっていった。ふたたび出て来たとき、ホワイト・ファングは、不安そうにじろじろと見まわした。だが、むちも棍棒も武器も持っていなかった。けがをしていないほうの手をうしろにまわしていたが、その手も何も持っていなかった。神は前のように、数フィート離れた同じ場所に腰をおろした。そして小さい肉切れをさし出した。ホワイト・ファングは耳をぴんと立てて、疑わしそうに肉切れを調べた。そして肉切れと神を同時に眺めながら、あらゆる行動を警戒して、からだを緊張させ、敵意が見えたら途端にとびのけられるように身がまえていた。

しかし刑罰はまた繰り延べられた。神は一切れの肉を鼻の近くにさしだしているだけであった。その肉には何も不都合なところがないように見えた。それでもホワイト・ファングは疑った。誘うように、手を少しさしのべてすすめられたが、肉にふれなかった。神は全く賢いからだ。見たところなんの害もなさそうな一片の肉のかげに、どんな巧妙な裏切りがひそんでいるか、わかったものではなかった。過去の経験からいうと、ことにインディアンの女たちとのつき合いでは、肉と刑罰が、不幸にもしばしば関係を持っていた。

しまいに神は、ホワイト・ファングの足もとの雪の上に、その肉を投げた。ホワイト・ファングは用心しながらそのにおいをかいだが、肉には目を向けなかった。においをかぎながら、目を神に注いでいた。何も起こらなかった。ホワイト・ファングは肉を口に入れてのみこんだ。それでも何も起こらなかった。神はまたもう一切れの肉をさし出していた。ホワイト・ファングは今度もそれを手からとることを拒んだ。神はまた投げてよこした。このようなことが、何度も何度もくり返された。だが、しまいに神は肉を投げることを拒んだ。手に持ったまま、しきりにすすめた。

それはうまい肉だった。それにホワイト・ファングは腹をすかしていた。そこで異常なほど用心しながら、ほんの少しずつ手に近づいていった。そして最後に、手から肉をとって食おうと決心した。が、決して神から目を離さなかった。耳をぴたりとうしろに背おい、無意識に毛を逆だて、ことに首の毛をまっすぐに高く逆だてて、頭を前へつき出した。また同時に低いいがみ声が、のどの中で鳴っていた。もてあそんだら承知しないぞと警告しているようだった。こうしてホワイト・ファングは肉を食ったが、何事も起こらなかった。一切れ、また一切れと、あるだけの肉を食ったが、やはり何も起こらなかった。刑罰はまた延ばされたのだ。

ホワイト・ファングはあごをなめ、それからじっと様子を見ていた。神は話しつづけた。その声の中にはやさしさがこもっていた――それはホワイト・ファングが一度も経験したこともないことであった。身うちには、これまでに感じたこともない感情が起こっていた。そして、何か必要なものが満たされたような、また自分のうちにある空間が満たされたような、ある不思議な快さをおぼえた。ところが、この時また本能の合図と過去の経験の警告が起こった。神々はとても悪だくみにたけていて、その目的をとげるために思いもよらない手段を使うからだ。

ああ、考えたとおりだった！　とうとうやってきた。たくみに苦痛を与える神の手が伸びて、頭の上におりてきだした。だが、神は話しつづけている。その声は穏やかで、なだめすかしているようであった。手がおどかしているにかかわらず、声は信頼を起こさせた。そして声が安心させているにかかわらず、手は不信を起こさせた。ホワイト・ファングの中で、感情と衝動が争ってあばれまわった。そのために、からだがきれぎれになって吹きとびそうな気がした。互いに相手を支配しようとして身うちで争っている二つの相反する力を、いつにない不決断さで、一つに統一しようとするのは並大抵の努力ではなかった。

ホワイト・ファングは妥協した。毛を逆だて、耳をぴたりと背おったまま唸《うな》っていた。だが、咬みつきもしなければ、とびつきもしなかった。手はおりてきた。だんだん、だんだん近づいてきた。逆だっている毛のさきにふれた。ホワイト・ファングは手の下ですくんだ。すると、手も一緒におりてきて、ますます近づいてきた。ホワイト・ファングは、ちぢみあがり、ほとんどふるえながら、ようよう自分をおさえていた。からだにふれて本能を犯すその手は、一つの責苦であった。人間の手で仕向けられた、これまでのすべての災いを一日で忘れてしまうことが出来なかったからだ。だが、ふれることが、今度の神の意志であったので、ホワイト・ファングはそれに従うように努力した。

手はあがったが、またおりてきて、軽くたたいたり撫《な》でたりした。そしてそれがくり返しくり返しつづけられた。手があがるたびに、その下で毛が逆だった。そして、手がおりるたびに、耳はぴたりとうしろに背おわれ、うつろないがみ声がのどにわきあがった。ホワイト・ファングはいがみつづけて、たえず警告した。いがむことで、少しでも危害を受けたら仕返しをする用意が出来ているということを知らせた。神の真意は、いつ現われるかわからないのだ。穏やかな信頼を起こさせるような声が、いつ怒号にかわらないともかぎらないし、また、やさしく撫でている手が、いつ万力のようにがっちりと自分をつかまえて、刑罰を加えるかも知れないのだ。

だが、神は穏やかに話しつづけていた。手はやはりあがったりさがったりして、軽くたたいているが、敵意はなかった。ホワイト・ファングは二つの感情を経験した。本能にとっては、手は不快なものであった。自分をおさえつけ、自由を望む意志にさからうからである。だが、からだには全然苦痛ではなかった。それどころか気持さえよかった。ぱたぱたと軽くたたく動作は徐々に、注意深く、耳のつけ根のあたりをこする運動にかわった。肉体の快感は、そのため少しまさってきさえした。だが、ホワイト・ファングはやはり恐れつづけていた。二つの感情のうちのどちらかが高まってきて、ゆさぶられるたびに苦しんだり楽しんだりしながら、不測の災いを予想して警戒していた。

「おやおや、こいつはあきれた!」

袖《そで》をまくりあげ、皿を洗ったよごれ水を入れた鍋《なべ》をさげて小屋から出てきたマットは、ウィードン・スコットがホワイト・ファングの頭をぱたぱたたたいているのを見ると、鍋をあけかけた手をとめて、そう言った。

その声が静けさを破った途端に、ホワイト・ファングはとびさがって、マットに向かってはげしく唸った。

マットは、非難をこめた目で、悲しげに雇主を見つめた。

「わたしの気持を遠慮なくしゃべらせてもらえや、スコットのだんな、あなたは、十七通りの大ばかでさあ。それも、一つ一つみんなちがったばかで、しかもみんな相当の大ばかで」

ウィードン・スコットはもったいぶってほほえむと、立ちあがってホワイト・ファングに近づいていった。そしてなだめすかすように話しかけたが、今度は長くは話しかけていなかった。じきに手をさしのべて、ホワイト・ファングの頭の上にのせ、中断していた愛撫《あいぶ》をまたやり始めた。ホワイト・ファングは、それをじっとこらえながら、自分を撫でている人間にではなく戸口に立っている人間に、疑わしげな目を向けていた。

「だんなは、第一流の、とびっきりの鉱山師かも知れませんが、いや、そのとおりですとも、全く。しかしね、子どものとき逃げだしてサーカスにはいらなかったのは、一生の不覚でござんしたよ」と、犬の御者は神託のような意見をはいた。

ホワイト・ファングはその声を聞くと唸ったが、今度は、撫でなだめている手の下からとびのかなかった。頭から首すじにかけて、すうっすうっと撫でられるままになっていた。

それは、ホワイト・ファングにとっては、大団円《だいだんえん》の最初のきざしであった——古い生活と憎悪《ぞうお》の支配が終わろうとしているのである。そして新しい想像もつかないような穏やかな生活が明けそめてきていた。それを仕上げるためには、ウィードン・スコットのよく行きとどいた思考と、限りない辛抱が必要であった。またホワイト・ファングにとっては、革命そのものが必要であった。本能と理性の強い衝動を無視し、経験にさからい、さらに生命そのものをあざむかなければならなかったからだ。

ホワイト・ファングがこれまで経験した生命には、今度知っただけのことをいれる余地がなかったばかりでなく、すべての流れは、今度身をまかせた流れとは逆に流れていた。つまり、すべてのことを考え合わせると、自分から進んで荒野から出てきて、グレー・ビーヴァを支配者として仰いだ時に成しとげた順応よりも、今度は、はるかに大きな順応をしなければならなかったのだ。あの頃《ころ》はほんの子オオカミで、生まれてまもないので、型にはまっていなかった。環境という親指が、いつでも細工できるようになっていた。だが、今は事情が違っていた。環境の親指が、細工を仕上げすぎてしまっているのだ。ホワイト・ファングは兇暴《きょうぼう》で執念ぶかく、冷たくて愛嬌《あいきょう》のない「けんかオオカミ」という堅い型にはめられていた。この型を変えることは、生存の逆流に等しかった。というわけは、ホワイト・ファングはもう若さの適応性を持っていなかったからだ。からだの繊維は、かたくなって節くれだっていた。そのたて糸とよこ糸は、ホワイト・ファングをざらざらした手ざわりの悪い、堅固無比な織物に仕上げていた。そしてまた、精神の表面は鉄のようになり、すべての本能と原則は、固定した掟《おきて》と警戒と嫌悪《けんお》と欲望とにかためられていたからである。

けれども、今度の順応で、また環境の親指が押したり突いたりして、堅くなっていた型を柔らかにして、もっときれいな型に造りかえた。ウィードン・スコットが実にその親指であった。ホワイト・ファングの本性の奥深くはいっていき、おとろえてほとんど死にたえそうになっていた生命のいろいろな潜在力に、やさしくふれたのである。このような潜在力の一つに、愛があった。そしてその愛は、このところのウィードン・スコットとのつき合いで、ホワイト・ファングをもっとも感動させていた感情「好き」にとってかわった。

しかし、この愛は、一日で現われたのではなかった。まず「好き」になり、それから徐々に発展したのであった。ホワイト・ファングは解き放しにしておかれたが、逃げなかった。新しい神を好きになったからである。それに、今度の生活は、いうまでもなくビューティ・スミスのおりの中で暮らした生活よりよかったし、また誰かを神に持つことが必要でもあったからだ。つまり、ホワイト・ファングの本性は、人間の支配を求めていたのである。この人間依存の刻印は、荒野に背を向け、ぶ打たれることを予期しながら打たれるためにグレー・ビーヴァの足もとに這《は》いよった、あの幼かった日にすでに押されていたのであった。それにまた、飢饉《ききん》が終わってグレー・ビーヴァの村にふたたび魚があるようになったので、二度目に荒野からもどってきたとき、その刻印は消すことができないほど深く、再びホワイト・ファングの上に押されていた。

そんなわけで、神が必要であったし、またビューティ・スミスよりウィードン・スコットのほうが好きだったから、ホワイト・ファングは居残った。忠誠のしるしに、主人の財産の護衛を引き受けることにした。そして橇《そり》イヌたちが眠っている間、小屋のまわりをさまよっていたので、最初の夜間訪問者は、ウィードン・スコットが救いに出るまで、棍棒をふるってホワイト・ファングを追いのけていなければならなかった。だが、まもなくホワイト・ファングは、泥棒《どろぼう》と正直な人間との間に相違のあることを学んだ。歩きぶりや身ごなしの本当の意義の見分けかたを悟ったのだ。高い足音をたてて、まっすぐに小屋の入口に歩いていく人間は、そのままにしておいた。けれども、戸があいて主人が出迎えるまでは、油断なく見張っていた。また、まわり道をしたり、用心深くのぞいたり、こそこそ隠れたりして、そっと歩いている人間——そういう人間は、ただちにホワイト・ファングから判決を受け、あわてふためいて、威厳をなくして逃げていった。

ウィードン・スコットはホワイト・ファングの罪のあがない――というよりはむしろ、人間がホワイト・ファングに加えた罪過をあがなう仕事にとりかかっていた。それは、道義と良心の問題であった。ホワイト・ファングを虐待《ぎゃくたい》したことは、人間がホワイト・ファングから負った負債であるから、償わなければならない、とかれは感じたのだ。だから、めんどうをしのんで、この「けんかオオカミ」に特にやさしくした。毎日、きっとホワイト・ファングを撫でさすって、愛撫した。それも長い時間をそうしていた。

最初のうちは疑いと敵意を持っていたホワイト・ファングも、やがてこの愛撫が好きになってきた。だが、どうしても抜けきれないことが一つあった――それは、唸ることであった。愛撫が始まった瞬間から終わるまで、唸りつづけているのだった。だが、この唸り声には、新しい一つの声色が含まれてきた。しかし、知らない人間は、この声色を聞きとることはできなかった。そういう知らない人間にとっては、ホワイト・ファングの唸り声は、神経を引き裂き、血を凍らせる、原始的な兇暴さを示すものであった。しかしホワイト・ファングののどは、子オオカミ時代、ほら穴の中で最初の耳ざわりな小さな怒り声を出して以来ずっと何年もの間、たけだけしい音を出しつづけてきたために、素質が荒くなってしまっていた。だから、今自分が感じているやさしさを表わそうとしても、のどの音を和らげることができなかった。それでも、ウィードン・スコットの耳と同情心は、荒々しさにほとんど消されているこの新しい声色を敏感に聞きとっていた――その声色は、聞きとれるかとれないほどの、満足のかすかな唸り声なので、かれのほかは誰にも聞きとれなかった。

日がたつにつれて、「好き」から「愛」への発展の速度が速くなった。ホワイト・ファング自身も、それに気がつくようになった。といって、愛のなんであるかを意識して知っているわけではなかった。それは、自分の存在の中にある一つの空所となって現われ――その空所は、満たされようとしてあこがれ、飢えているように痛んだ。それは苦痛であり、不安であった。そしてそれは、今度の神にふれることによってのみ和らげられた。空所を愛で満たされた時は、楽しかった――強烈な、わくわくするような満足を覚えた。だが、神から離れると、苦痛と不安がもどってくるのだった。空所が現われてきて、その空虚感に圧迫され、渇望《かつぼう》にたえまなく咬《か》みつづけられるのであった。

ホワイト・ファングは自己発見の過程にあった。年からいってもとうに成熟し、またその型も兇暴な堅いものに造りあげられていたにかかわらず、その本性はまた発展し始めていたのである。ホワイト・ファングのうちには、不思議な感情と、これまでにない衝動が芽ばえてきていた。古い行動の法典は変化していた。以前は安楽と苦痛の休止をこのみ、不快と苦痛をきらった。だから、それに従って自分の行動を加減した。だが、今は違っていた。というわけは、自分のうちに芽ばえてきた新しい感情が、たびたび神のために不快と苦痛をしのぶことを選んだからだ。で、朝早く、食い物をさがしてうろつきまわったり、安全なすみっこに隠れて寝ていたりしないで、不愉快な小屋のあがり口で、何時間も神の顔が現われるのを待っていた。また夜になってから神が帰ってきたときには、愛想よくぱたぱたと指でたたいて話しかけてもらうために、雪の中に掘った居心地のよい寝床から出ていくのであった。そのうえ、神と一緒にい、神の愛撫を受けたり、また町へ一緒につれていってもらうためには、肉を、肉そのものさえ捨てることがあった。

「好き」が「愛」にいれかえられていたのだ。その愛は、「好き」がこれまで一度も達したことのない、ホワイト・ファングの奥底深くにおろされたおもりであった。すると、その奥底から答えがあって、新しいもの——愛が出てきた。ホワイト・ファングは自分に与えられたものに報いたのである。それは、ほんとうに神であった。愛の神、暖かく輝く神であった。その光の中で、ホワイト・ファングの本性は花が太陽のもとでひらくようにひらいた。

だが、ホワイト・ファングは感情を表わさなかった。あまりに年をとり、型があまりに堅く固まりすぎていたので、新しい方法で自分の感情をうまく表わすことができなかった。それは、あまりに冷静に、強く孤独を守りとおしてきたためであった。また、あまりにも長い間、無口で無関心で無愛想にしてきたためだった。これまでに吠《ほ》えたことなど一度もなかった。今さら、神が近づいてきたとき、吠えて歓迎することを覚えるわけにはいかなかった。だから自分の愛を表わすために、わざとらしいことや大げさなことや、ばかばかしいことを一度もしなかった。神を出迎えるのに、走ってさえいかなかった。ある距離をおいて待っていた。しかしいつも待っていたし、いつもそこで待ち合わせていた。その愛は無言の、口に出さない崇拝――つまり、礼讃《らいさん》の性質をおびていた。ただ神をじっと見ていることや、神の動きをたえず目で追っていることによって、自分の愛を表わした。また神が自分を見て話しかけたときに、時折、ぶざまに自己意識を示すこともあった。それは自分の表現しようとする愛と、その愛を表わすことの出来ない肉体の争いが引き起こしているぶざまさだった。

ホワイト・ファングはいろいろな点で、今度の生活様式に適応していくことを覚えた。主人のイヌたちをそっとしておいてやらなければならないということを胆《きも》に銘じた。それでも支配的本能の自己主張のために、まずイヌたちを打ち負かして、自分の優越と指導権を認めさせないではいられなかった。それを成しとげると、イヌたちとのいざこざはほとんどなくなった。イヌたちはホワイト・ファングが行ったり来たりして歩きまわるとき、道をゆずったたし、またその意志を主張すると、それに従ったからだ。

同様に、ホワイト・ファングはマットを――主人の所有物の一つとして、寛大に扱うようになった。主人が自分の手で食い物をくれることは、めったになかった。食い物はマットがくれた――それがマットの仕事だったからだ。だが、ホワイト・ファングは自分が食っているのは主人の食い物であり、主人は代理を使って自分に食い物を与えているのだということを察していた。マットはホワイト・ファングにひき具をつけ、ほかのイヌと一緒に橇をひかせようとした。だが、失敗した。ウィードン・スコットがひき具をつけて仕事をさせるまで、マットの言うことをきかなかった。その時になって初めて、マットが主人のほかのイヌを御して働かせるのと同じように、自分を御して働かせるのが主人の意志だということがわかった。

クロンダイクの橇はマッケンジーのトボガンと違い、下にすべりがついていた。それに、イヌの御しかたも違っていた。イヌを扇形につながなかった。一列縦隊に並び、二本のひき皮で引くのである。ここクロンダイクでは先犬《さきいぬ》は本当に先導犬であった。一番強いと同様に一番賢いイヌが先導犬になるのだった。組みのイヌたちは先導犬に服従し、先導犬を恐れた。ホワイト・ファングが早速その地位につくようになることは、当然さけられなかった。マットはさんざん手をやいたり、やっかいな目にあってからわかったのだが、ホワイト・ファングはそうでなければ満足しなかった。ホワイト・ファングは自分でその地位を選んだのだ。マットは実地にためしてみてから、ホワイト・ファングの判断の正しかったことを、力強い言葉でうらづけた。ところで、ホワイト・ファングは昼間橇で働いたからといって、夜主人の財産を守ることをやめはしなかった。これまでと同様に油断なく忠実に、始終仕事にあたっていた。だから、一番貴重なイヌであった。

「わたしの心ん中にあることを遠慮なく言えやね、だんな。あれだけの金でこのイヌを買っただんなは、全く利口ですよ。ビューティ・スミスのつらをぶんなぐってやったうえに、きれいにまきあげたんですからね」と、ある日マットが言った。

ウィードン・スコットの灰色の目に、あの時の怒りがまたひらめいた。「あの畜生め！」と、かれは激しくつぶやいた。

春の末近くになってから、ホワイト・ファングにひどく困ったことが起こった。予告なしに愛の主人がいなくなったからだ。いや、予告はあったのだが、ホワイト・ファングはそのようなことに慣れていなかったので、スーツケースの詰めこみの意味がわからなかったのである。スーツケースの詰めこみは、主人のいなくなる前に行なわれたということを、あとになってから思い出した。だが、その時は何一つ不審に思わなかった。だから、その夜も主人の帰りを待っていた。夜なかになると、身を切るような風が吹いてきたので、小屋のうしろに行って風をよけた。そして、そこでうたた寝をしたが、なつかしい足音が今聞こえてくるか今聞こえてくるかと耳をそばだてていたので、半眠りしていただけだった。しかも朝の二時になると、心配のあまり表の冷たい上り段に出ていって、そこにうずくまって待っていた。

だが、主人は帰ってこなかった。朝になると戸があいて、マットが外に出てきた。ホワイト・ファングは物思わしげにマットを見つめた。自分の知りたいと思っていることを教えてもらう共通の言葉がなかったからだ。幾日も日は明け日は暮れていったが、主人は帰ってこなかった。ホワイト・ファングはこれまでに一度も病気にかかったことがなかったが、病気になった。それも重い病気になった――あまりひどいので、しまいにマットは小屋の中に連れこまなければならなかった。そのうえ、雇主へ手紙を書いたとき、ホワイト・ファングのことを追伸に書いた。ウィードン・スコットはサークル市でその手紙を読んでいくうちに、次の文句に出あった――

「あのオオカミめは仕事をしません。ものを食べません。すっかり元気がなくなりました。イヌどもにやっつけられっぱなしです。だんながどうなったのか知りたがっていますが、わたしは教えてやる方法を知りません。たぶん死ぬんでしょう」

マットの書いたとおりだった。ホワイト・ファングは物を食わなくなって、元気を失い、どのイヌにもやっつけられっぱなしだった。小屋の中でストーブの近くの床にねたまま、食い物にも、マットにも、生命にさえ関心を失っていた。マットはやさしく話しかけたり、どなってみたりしたが、同じことだった。ぼんやりした目を向けるが、すぐにまた顔を前足の上のいつもの場所におろすだけだった。

それからまもないある晩のこと、マットが口をもぐもぐさせながら本を読んでいると、ホワイト・ファングが低いあわれっぽい声を出して鼻を鳴らしたので、びっくりした。ホワイト・ファングは立ちあがると、入口のほうに向かって耳を立て、一心になってききすましていた。じきにマットも足音をききつけた。戸があいて、ウィードン・スコットがはいってきた。ふたりの男は握手をした。それからスコットは部屋じゆうを見まわした。

「オオカミは、どこにいるんだ？」と、かれはきいた。

そのとき、ストーブの近くのさっきまで寝ていた所に、ホワイト・ファングが立っているのを見つけた。ホワイト・ファングはほかのイヌのようにとびついていかなかった。立ったまま、じっと見つめながら待っていた。

「うわあ、あきれた！　ほら、しっぽを振ってますぜ！」と、マットは叫んだ。

ウィードン・スコットはホワイト・ファングを呼びながら、大またに部屋を半分横切っていった。ホワイト・ファングは一とびにとびついてはこなかったが、急いで寄ってきた。内気のためにぎごちなかった。だが、近づいてくるにつれて、その目は異常な表情をおびてきた。何か、伝えることのできない大きな感情が目にわきあがってきて、一種の光となって輝きだした。

「こいつ、だんなの留守中にこんなふうにわたしを見たことは、一度もありませんぜ」と、マットが説明した。

ウィードン・スコットは聞いていなかった。しゃがんで、ホワイト・ファングと顔をつき合わせて、愛撫《あいぶ》していた——耳のつけ根をこすったり、首から肩にかけて撫でおろしたり、指さきで穏やかに背すじをたたいてやったりしていた。ホワイト・ファングはそれにこたえて唸《うな》っていたが、その唸り声の中には例の声色がいつもよりはっきりしていた。

しかし、それればかりではなかった。いつもからだじゅうにみなぎり、それを表わそうともがいていた大きな愛が、とうとうそれを表わす新しい方法を見つけたのである。ホワイト・ファングはどんなにうれしかったろう。突然頭をつき出して、主人のからだと腕の間に押しこんだのだ。そして耳のところまで押しこんで、ぐいぐい押しつけていた。もはや例の低い唸り声も出していなかった。

ふたりは顔を見合わせた。スコットの目は輝いていた。

「おどろいた！」と、マットは恐れと尊敬をこめて言った。

ちょっとして、我にかえるとまた言った。「わたしは、このオオカミはイヌだって、いつも言いはってたでしょう。ごらんなさいよ！」

愛の主人が帰ってくると、ホワイト・ファングはめきめきと回復した。一日二晩小屋の中ですごすと、もう外に出た。橇イヌたちはホワイト・ファングの勇猛さを忘れていた。病気で弱っていたこの頃《ごろ》のことしか覚えていなかった。だから、ホワイト・ファングが小屋から出てくるのを一目見ると、とんできた。

「大あばれをしてやれ」と、戸口に立って眺《なが》めていたマットが、上機嫌《じょうきげん》で言った。

「やつらをこらしてやれ、オオカミ！　やつらをこらして！――うんと！」

はげまされるに及ばなかった。愛の主人が帰ってきただけで十分だった。不屈な、すばらしい生命が、またからだじゅうにみなぎってきていた。全く喜んで戦い、ほかの方法では表わせない、いろいろな自分の感情を戦いによって表わした。だから、戦いの結果は一つよりあり得なかった。イヌたちはけちらされて、不名誉の退却をした。そして暗くなってから一匹また一匹とこそこそもどってきて、おとなしくへりくだって、ホワイト・ファングに忠誠の意を示した。

一度、からだをすりつけることを覚えると、ホワイト・ファングはたびたびそれをやった。それは最初の誓言だった。それ以上のことは出来なかった。ホワイト・ファングがこれまで特に後生大事に用心していたものは、頭であった。頭にさわられることは、いつもきらいだった。身うちにある野性と、けがと罠《わな》に対する恐れが、接触をさけたいという恐慌《きょうこう》的な衝動を引き起こしているからである。本能の命令によると、頭は自由でなければならなかった。ところで、鼻をすりつけるということは、愛の主人に対して、ことさら自分を全くの無防備状態におく行為であった。それは完全な信頼と絶対的屈従の表われであった。「あなたに身をまかせます。思いどおりしてください」と、言っているようなものだった。

帰ってきてからまもないある夜、スコットとマットは寝る前に一勝負、クリベッジをやった。そして、「十五の二、十五の四、合わせて六」と、マットが点数をかぞえていたとき、外で叫び声と唸り声が起こった。ふたりははっとして立ちあがりながら、顔を見合わせた。

「オオカミのやつ、誰かをとっつかまえたんですぜ」と、マットが言った。

恐怖と苦悶《くもん》のはげしい悲鳴が起こった。ふたりは急いだ。

「あかりを持ってこい！」と、スコットは外へとび出しながら叫んだ。

マットはランプを持ってあとにつづいた。その光で、ひとりの男が雪の中に仰向けに倒れているのが見えた。両腕を折りかさねて、顔とのどにあてていた。ホワイト・ファングの歯を防ごうとしているのだ。実際、そうするより仕方がなかった。ホワイト・ファングは怒って、意地悪く、その急所を襲っていた。組み合わせている腕の肩から手首にかけて、上着の袖《そで》も、青いフランネルのシャツも下着も、ぼろぼろに引き裂かれていた。そのうえ腕をひどく咬み裂かれて、血がふき出していた。

それが、ふたりが見た瞬間の状態だった。次の瞬間、ウィードン・スコットはホワイト・ファングののどをおさえて引きはなしていた。ホワイト・ファングはもがいて唸ったが、もう咬みついていこうとはしなかった。主人からきつい言葉をかけられると、すぐに静かになった。

　マットはその男を助け起こした。起きながら、男は組み合わせていた腕をおろした。すると、ビューティ・スミスの獣のような顔が現われた。犬橇の御者は、燃えている火をつかんだ人のように、大急ぎで相手を放した。ビューティ・スミスはランプの光をまぶしがりながら、あたりを見まわした。そしてホワイト・ファングを一目見ると、さっと恐怖の色を顔に浮かべた。

　その同じ瞬間に、マットは雪の中に落ちている二つのものを見つけた。で、ランプを近づけ、つま先で、それを雇主に示した――それは鋼鉄製の犬鎖と太い棍棒《こんぼう》であった。

　ウィードン・スコットは、見て、うなずいた。一言も言わなかった。犬橇の御者は、ビューティ・スミスの肩に手をかけて、むこうを向けた。一言も言う必要がなかった。ビューティ・スミスは歩き出した。

　一方愛の主人は、ホワイト・ファングを撫でながら話しかけていた。

「おまえを盗もうとしたのかい、え？　それでおまえは、そうはさせまいとしたんだな！　そうそう、やつはかん違いをしたんだ、そうだろう？」

「あいつめ、十七人の悪魔を手下に持ってるとでもかん違いしてたに違いありませんぜ」犬橇の御者はクスクスと笑った。

ホワイト・ファングはまだ興奮して、毛を逆だてて唸りつづけていたが、毛はだんだんねていった。例の声色は遠くかすかにしているだけだったが、のどの中では次第に高くなっていた。

5

長い旅

それは空《くう》にかかっていた。はっきりした証拠はなかった。だが、その前からホワイト・ファングは、災難が近づいていることを感づいた。ある変化がさし迫っているのが、ぼんやりと感じられた。どうしてだか、またなぜだかはわからなかったが、出来事が近づいているということが神々から感じられた。神々は自分たちで気づかないほど微妙に、オオカミイヌにその意図をもらしていたからだ。オオカミイヌは小屋のあがり段につきまとっているだけで、決して小屋の中にはいらなかったが、神々の頭の中に起こっていることを知っていた。

「あれを聞いてごらんなさいよ、ほら！」と、ある夜、食事のとき犬橇《いぬぞり》の御者が言った。

　ウィードン・スコットは耳をかたむけた。ちょうどこのとき、しのび泣いているような、低い心配そうな鼻声が、戸ごしに聞こえてきた。それからくんくんにおいをかいでいる、長い鼻声にかわった。自分の神がまだ中にいて、不思議な一人旅に出ていないということを確かめているのだ。

「オオカミめ、きっとだんなのことを感づいてますぜ」と、犬橇の御者は言った。

　ウィードン・スコットは、ほとんど哀願するような目で相手をながめたが、言った言葉はそれとはうらはらだった。

「オオカミをカリフォルニアに連れていって、一体おれはどうすりゃいいってんだ?」と、スコットはきき返した。

「それは、わたしの言うこってすよ」と、マットは答えた。「オオカミをカリフォルニアに連れてって、一体どうなさるんです?」

　しかし、ウィードン・スコットはその言葉では満足しなかった。相手があたりさわりのない判断をしているように思えたからだ。

「あいつにかかっちゃ、白人のイヌなど、目もあてられやしないだろうな」と、スコットは話しつづけた。「相手を見つけ次第殺すだろう。損害賠償でおれが破産しなくたって、当局があいつを連れていって、電気死刑にするだろう」

「あいつは、全くの殺戮者《さつりくしゃ》ですからね」と、犬橇の御者は言った。

ウィードン・スコットは怪しむように相手を見た。

「それが困るんだよ」と、スコットははっきりと言った。

「それが困るんですね」と、マットは同意した。「そいじゃ、特にあいつの世話をする男を雇ったら、どうです」

相手の疑念はしずまった。そして快くうなずいた。そのあと沈黙がくると、戸口のところから、例の低い、半分すすり泣いているような、あわれっぽい声が聞こえてきた。それから物といたげに鼻をふうふうさせている長い音にかわった。

「あいつが、だんなのことをとても案じてることは、まちがいありませんぜ」と、マットは言った。

相手は、突然むっとして、ぎらぎらする目を向けた。「うるせえぞ、おい！　おれは自分の本心はもちろん、どうすりゃ一番いいかってことも知ってるんだ！」

「むろん、そうでしょうが、ただ……」

「ただ、なんだ？」と、スコットは咬《か》みつくように言った。

「ただ……」と、犬橇の御者は穏やかに言いだしたが、すぐ気が変わった。そしてつきあげてくる怒りを、われ知らずもらした。

「なぁんだ、こんなこってかっとならなくても、いいでしょうや。だんなのそぶりを見りゃ、まだ決心がついてねえってことぐらい、誰にだってわかりまさあ」

ウィードン・スコットはしばらくじっと考えこんでから、声を和らげて言った。

「おまえの言うとおりだよ、マット。おれは決心をつけかねてるんだ。それが困りものなんだ」

そして、ちょっと口をつぐんでいたが、それからまた言った。「な、おい、おれがあいつを連れていくのは、全くばかげたこったろう」

「そのとおりですよ」と、マットは答えた。するとまた、雇主はあまりいい気持でなさそうにした。

犬橇の御者はなにげなく言いつづけた。

「それにしても、一体全体、どうしてあいつが、だんなの出かけられるのを知ってるのか、わたしにはわかりませんよ」

「おれにだってわからないよ、マット」スコットは悲しげに頭をふりながら言った。

それからまもないある日、ホワイト・ファングがあいた戸口からのぞくと、運命の旅行カバンを床に置いて、愛の主人がそれにいろいろなものを詰めこんでいた。それにまた人が出たりはいったりして、これまで穏やかだった小屋の空気は、不思議な動揺と不安で掻《か》き乱された。それこそまぎれもない証拠だった。ホワイト・ファングはとうにそれをかぎつけていた。今こそそれがはっきりしたのだ。自分の神はまた逃げていく準備をしているのだ。この前も連れていってもらえなかったのだから、きっと今度もあとに残されるだろう。

その夜ホワイト・ファングは、長くあとをひく声で、オオカミの遠吠《とおぼ》えをした。子オオカミのとき、荒野から村に逃げ帰ってみると、グレー・ビーヴァのテント小屋の跡のしるしにがらくたの山が残っている以外に、村があとかたもなく消えていたとき吠えたように、今度もひえびえとした星に鼻づらを向けて、自分の不幸を訴えた。

小屋の中ではふたりの男が床についたばかりだった。

「またあいつ、物を食いませんぜ」と、マットが寝台の中から言った。

ウィードン・スコットの寝台の中からぶつぶつ言う声が起こり、毛布が動いた。

「この前だんなが出かけられた時のくさりようからいっても、あいつ、今度はきっと死ぬでしょうね」

向こうの寝台で、毛布がいらだたしそうに動いた。

「黙ってくれ！」と、スコットの叫び声が暗やみをぬってきた。「おまえのくり言は、女よりひどいぞ」

「そのとおりでしょうね」と、犬橇の御者は答えた。それからくすくす笑ったかどうか、いずれにしてもウィードン・スコットにははっきりとわからなかった。

次の日になると、ホワイト・ファングの心配と不安な様子が、一層はっきりしてきた。主人が外に出ると、きっとあとについて歩いたし、小屋の中にいるときでも、あがり段から離れなかった。戸があいていたので、時々床にある荷物をちらりちらりと眺《なが》めていた。旅行カバンが、二つの大きなズックの袋と一つの箱といっしょに置かれていた。マットが主人の毛布と旅行用の毛皮のひざかけを、小さな防水布に巻きこんでいた。ホワイト・ファングはその作業を見守りながら、あわれっぽく鼻を鳴らしていた。

そのあと、ふたりのインディアンがやってきた。ホワイト・ファングはそのふたりが荷物をかつぎ、寝具と旅行カバンを持ったマットに連れられて丘をくだっていくのを、まじまじと見送っていた。だが、ホワイト・ファングはそのあとを追ってはいかなかった。主人はまだ小屋の中にいたからだった。しばらくするとマットがもどってきた。主人が入口のところに出てきて、ホワイト・ファングを小屋の中に呼び入れた。

「かわいそうなやつだな」と、やさしく言いながら、スコットはホワイト・ファングの耳をさすり、背中をぱたぱたとたたいた。「おれは長い旅に出るんだよ。おまえがついていけない遠くへな。さあ、一唸《ひとうな》りやってくれ――じょうずに、さようならって、最後の一唸りをな」

だが、ホワイト・ファングは唸らなかった。そのかわり、物といたげにさぐるような目で見上げたのち、からだをすり寄せて、主人のからだと腕の間に深く頭を押しこんだ。

「汽笛が鳴ってますぜ」と、マットが叫んだ。ユーコン川から、川蒸気船のしわがれたような汽笛の音が聞こえてきた。「さあ、さっさときりあげて下さいよ。玄関にはきっと鍵《かぎ》をかけて下さい。わたしは裏口から出ますからね。さあ、出かけて下さい！」

二つの戸がぱたんと同時にしめられた。ウィードン・スコットはマットが表にまわってくるのを待った。中からあわれっぽい、低い、すすり泣くような声が聞こえてきた。それから、においをかいでいるように、長く息を吸いこんでいる鼻音が聞こえてきた。

「よくめんどうをみてやってくれよな、マット」と、丘を下りだしながらスコットは言った。「あいつの様子を知らせてくれよ」

「承知しました」と、犬橇の御者は答えた。「ほら、あれをお聞きなさいよ！」

ふたりは立ちどまった。ホワイト・ファングは主人が死んだときイヌが吠えるような声でないていた。声には、絶対的な苦悩が表われていた。その叫びは胸が張り裂けたようにほとばしり出、それから次第にしずまって苦悩のふるえ声にかわり、それからまた、高い悲痛な調子になってほとばしり出るのであった。

「極光号《オーロラ》」は、この年外地へ出る最初の汽船であった。甲板は成金になった冒険家たちや失敗した金鉱探検家たちで、すしづめになっていた。そしてかれらは初め奥地へはいりたがってたときと同じように、今度は外へ出たがって沸き立っていた。渡り板の近くで、スコットはおかへもどろうとしているマットと握手をした。だが、握られたまま、マットの手から力がぬけていった。かれは、スコットのうしろに目を向けると、そのまま何物かを見すえていた。スコットはふり返って見た。数フィート離れたところにホワイト・ファングがすわって、物思わしげに見守っていた。

犬橇の御者は、恐れと尊敬に打たれたような口調で、そっと毒づいた。スコットは驚嘆して眺めているだけだった。

「玄関に鍵をかけましたか」と、マットは問いただした。

相手はうなずいてから、問い返した。「裏口はどうした？」

「間違いなく、かけてきましたとも」と、マットは力をこめて答えた。

ホワイト・ファングは相手の機嫌をとるように耳をぺたりとねかせた。だが、じっとすわったままで、近づいてこようとしなかった。

「わたしが一緒につれて帰りますよ」

マットは二歩、ホワイト・ファングに近寄った。だが、ホワイト・ファングはそっと逃げだした。犬橇の御者は走って追いかけた。ホワイト・ファングは人間たちの足の間に身をかわした。そして、ひょいとしゃがんだり、回ったり、急に曲がって身をかわしたりしながら逃げまわって、一生懸命になってとらえようとしている相手の追跡からのがれた。

だが、愛の主人に話しかけられると、ホワイト・ファングはすぐおとなしくなって近寄ってきた。

「何か月も食わせてやったこの手にこようとしないんですからね」と、犬橇の御者は無念そうにつぶやいた。「ところが、だんなは——こいつが来たときに、何日か食わせてやっただけで、あとは一度だって食わせてやらなかったのにね。一体全体、こいつはどうしてだんなが親方だってこと考え出したもんか、わたしにはわかりませんよ」

スコットは、ホワイト・ファングを撫《な》でてやっていたが、突然かがみこんで、その鼻づらについている新しい切り傷と、目のあいだについている深い傷を指さした。

マットもかがみこんで、ホワイト・ファングの腹をさすった。

「窓をすっかり忘れてましたね。腹の下がえぐられて、傷だらけになってますぜ。きっと、窓を突き破って出てきたに違いありませんよ、畜生め！」

だが、ウィードン・スコットは相手の言葉をきいていなかった。あわてて考えていた。「極光《オーロラ》号」の汽笛がぶうぶう鳴って、出発の最後の合図をした。人々は大急ぎで渡り板をわたって、岸におりた。マットは自分の首から大きなサラサ染めのハンカチをといて、ホワイト・ファングの首に巻き始めた。

「さようなら、マット。このオオカミのことは——おまえ、手紙に書かなくてもいいよ。おれは……」

「なんですって！」と、犬橇の御者は言った。「まさか、だんなは……」

「そのとおりだよ。そら、おまえのハンカチだ。こいつのことは、おれのほうから手紙で知らせるよ」

マットは渡り板の中途で立ちどまって、叫び返した。

「そいつ、むこうの気候にたえられませんぜ！　暑くなったら、毛を刈ってやらなきや！」

渡り板が引きあげられた。「極光号《オーロラ》」は揺れながら岸を離れた。ウィードン・スコットは手を振って、わかれを告げた。それからそばに立っているホワイト・ファングのほうに向きなおって、かがみこんだ。

「さあ、唸れ。おい、唸れったら」と、かれは言った。そして、すぐ反応するホワイト・ファングの頭を撫でたり、ぺたりとねかした耳をさすったりした。

南の国

ホワイト・ファングはサン・フランシスコで汽船からおかにあがった。そしてぞっとして、胆《きも》をつぶした。これまでにも、心の奥底で、推理作用や意識の働きの及ばない力と神格を結びつけてはいた。だが、サン・フランシスコのぬらぬらした舗道を歩いている今ほど、白人が不思議な神に見えたことは一度もなかった。今まで見なれてきた丸太小屋のかわりに、ビルディングがそびえ建っていた。街通りは危険物で一杯だった――四輪馬車や二輪馬車や自動車や、運搬車を一生懸命になってひいている大きなウマや、それからそのまん中をぶうぶうがんがん音を立てて、巨大なケーブル・カーや電車が走っていて、北方の森で出あったオオヤマネコのように、たえず恐ろしい叫び声をたてていた。

こういうものはすべて、力の現われであった。そのかげに人間がいて、運営し、制御し、そして物を支配することによって、昔彼が物を支配したように、自己を表現しているのだ。それは巨大で、すばらしかった。ホワイト・ファングは驚きと尊敬を感じた。恐怖がのしかかってきた。子オオカミのとき、初めて荒野からグレー・ビーヴァの村にきた日に、自分が小さくてつまらないものだと感じさせられたと同じように、すっかり大きくなって力を誇っている今また、自分の小ささとつまらなさを感じさせられた。神々もたくさんいた。あまり神々がうようよしているので、目がくらんだ。街の轟音《ごうおん》に耳をつんざかれた。はてしなく続いているすさまじい雑踏と、さまざまな物の動きに、うろたえさせられた。だから、今度ぐらい愛の主人を頼りにしたことは、これまでに一度もなかった。すぐそのあとについて歩いて、どんなことがあっても見失わないようにした。

だが、ホワイト・ファングは、この都市の夢魔のような幻影以上のものを見ることになった――この経験は、非現実的な恐ろしい悪夢のようなものだったが、ずっとのちまで夢の中につきまとっていて離れなかった。ホワイト・ファングは主人の手で荷物車の中に入れられ、トランクや旅行カバンが山のように積んである、その片すみに鎖でつながれた。そこは、ずんぐりとした、たくましい神が支配していた。そしてやかましい音をたてながら、トランクや箱をほうり、戸口から中に引きずりこんで山に積んだり、そうかと思うと、ぶっつけ押しつけしながら戸口からほうり出して、外で待っている神々に渡したりした。

ところで、ホワイト・ファングはこの荷物地獄の中に、主人から捨てられたのであった——とにかく捨てられたと思った。しかしそのうちに、自分のそばに主人の衣装袋があるのをかぎつけたので、その護衛を始めた。

「そろそろ、おいでになる頃《ころ》だと思ってましたよ」一時間のちウィードン・スコットが戸口に現われると、貨車の神はうなるような声で言った。「あのイヌは、あなたの荷物に指一本ふれさせないんですよ」

ホワイト・ファングは貨車から出た。途端に、びっくり仰天した。夢魔の都が消えてしまっているのだ。それまで、その貨車を一軒の家の中の一つの部屋のように思っていた。そしてその中にはいったとき、あたり一面に都市があった。ところが、その部屋にはいっていた間に、都市がなくなっているのだ。都市の騒音はもはや耳に響いてこなかった。目の前には、太陽の光が流れ、静かでのびのびとした田舎がほほえんでいた。だが、ホワイト・ファングはその変化をあやしみはしなかった。これまでに神々のすべての説明のつかない仕業や力の現われを受け入れてきたように、それを受け入れた。それが神々のやりかただったからだ。

馬車が一台待っていた。ひとりの男とひとりの女が、主人に近づいてきた。女が両腕をつきだして、主人の首にまきつけた――敵対行為だ！　次の瞬間、ウィードン・スコットは、抱擁を解き放してホワイト・ファングに組みついた。ホワイト・ファングが、怒りの悪魔となって唸っていたからだ。

「大丈夫ですよ、おかあさん」ホワイト・ファングをしっかりとつかまえてなだめながら、スコットが言った。「こいつ、おかあさんがぼくに危害を加えようとしてるんだと思って、がまんがならなかったんです。もう大丈夫――大丈夫です。すぐ覚えますから」

「それじゃそれまで、そのイヌがあたりにいない時でないと、自分の息子をかわいがれないわけね」彼女はそう言って笑ったが、驚きのために、弱って、まっさおになっていた。

「こいつは覚えますよ。いや、すぐここで教えてやります」と、スコットは言った。

かれは穏やかに話しかけてホワイト・ファングを静めてから、今度はきびしい声で言った。

「すわれ！　おい、すわれ！」

それは、主人から教えられたいろいろなことのうちの一つだったので、ホワイト・ファングは気むずかしい顔をして、しぶしぶすわった。

「さあ、おかあさん」

スコットは母親に両腕をひろげた。だが、ホワイト・ファングから目をはなさなかった。

「すわれ！」かれは警告した。「すわっていろ！」

ホワイト・ファングは、立ちかけて、だまって毛を逆だてながら半うずくまりになっていたが、その声を聞くとまたすわりなおして、敵対行為のくり返されるのを見守っていた。だが、それからはもちろん、その次に行なわれた男神の抱擁からも災いは起こらなかった。それから衣装袋が馬車の中に持ちこまれ、それにつづいて見知らない神々と主人が乗りこんだ。ホワイト・ファングはそのあとを追って走りながら、うしろにまわって気をくばったり、また、駆けているウマに毛を逆だててみせて、おまえらがこんなに速く地上をひっぱっている間神に何も災いが起こらないように、おれは見張りについているんだぞ、と警告したりした。

十五分で、馬車は石の門を通りぬけ、クルミの木が二列に並んで、その枝をアーチのように組み合わせている並木の間を走っていた。両側には芝生が広くつづいていて、それがところどころ、がっちりした枝ぐみの大きなカシの木のあるところで途切れていた。近くにあるほし草畑は太陽に焼かれ、黄褐色《おうかっしょく》や黄金色《こがねいろ》になっていて、手入れのゆきとどいた、芝生の若緑と対照的に見えた。その向こうには、朽葉色《くちばいろ》の丘や高台の牧草地があった。そしてまた、谷間の平地からなだらかに盛りあがっている最初の小さな丘の頂上から、奥行きの深いポーチと、窓のたくさんある家が見おろしていた。

ホワイト・ファングには、そういうものを全部見る機会がほとんど与えられなかった。馬車が屋敷内にはいった途端に、鼻づらのとがったヒツジの番犬が目を光らせ、正義の憤《いきどお》りと怒りにもえながら、襲ってきたからである。そしてホワイト・ファングと主人との間に割りこんできて、立ちはだかった。ホワイト・ファングは警告の唸りも与えず、毛を逆だてたまま、例の恐ろしい無言の突撃に移った。だが、この攻撃は実行されなかった。突然ぶざまに、前足をふん張って勢いをとめ、ほとんど尻《しり》をつくようにして立ちどまった。攻撃しかけたものの、なんとしてもぶっつかることを避けなければならなかったからだ。相手は牝《めす》イヌだったので、種属の掟《おきて》が障壁を押しはさんだのだ。相手を攻撃するためには、本能に違反しなければならなかった。

だが、ヒツジの番犬はそうではなかった。牝なので、そういう本能を持ち合わせていなかった。それどころか、ヒツジの番犬なので、荒野への、ことにオオカミへの本能的な恐怖が異常に鋭かった。そのイヌから見れば、ホワイト・ファングはオオカミであった。ヒツジが初めて飼われ、自分の遠い先祖が護衛し始めたとき以来、オオカミは自分たちの守っているヒッジの群れを餌食《えじき》にしてきた、世襲の略奪者なのだ。だから、ホワイト・ファングが突撃をやめて、接触をさけるために足をつっ張っているにかかわらず、とびかかっていった。ホワイト・ファングは相手の歯を肩に感じるとわれ知らず唸ったが、けがをさせようとはしなかった。きまり悪そうに足をこわばらせてあとじさり、相手をよけていこうとした。そしてあっちへ、こっちへと身をかわしたり、曲がったり向きを変えたりしたが、どうにもならなかった。相手はいつも行くさきに立ちふさがった。

「こらっ、コリー！」と、馬車の中の見知らない男が大声を出した。

ウィードン・スコットは笑った。

「かまいませんよ、おとうさん。いい訓練になりますからね。ホワイト・ファングはいろんなことを覚えなきゃならないんです。今すぐ始めるのもいいことです。あいつ、大丈夫なれますよ」

馬車が走りつづけているのに、コリーは相変わらずホワイト・ファングの道をふさいでいた。そこで、馬車道からそれて、芝生を回って追いぬこうとした。だが、コリーは、内側を近まわりし、いつも二並びの歯をきらきら光らせて、行くさきざきの正面に立ちふさがった。だから今度は、逆もどりして馬車道を横ぎって反対側の芝生に出たが、やはりコリーが立ちふさがっていた。

馬車は主人を運び去っていった。木立のあいだに馬車が消えていくのがちらっと見えた。情勢は絶望的になった。ホワイト・ファングはもう一度まわり道をこころみた。すると、コリーも速く走ってあとを追ってきた。

ホワイト・ファングは突然相手の方に向きなおった。それはもとからのけんかの手であった。ホワイト・ファングはまともに、肩で相手の肩を打《ぶ》った。コリーはひっくり返っただけではなかった。あまり勢いをつけて走っていたので、仰向けになったり、横ざまになったりして、ごろごろところげた。そして足で砂利をひっかいて踏みとどまろうとしながら、誇りを傷つけられたのを憤って、かん高い声で叫んだ。

ホワイト・ファングはぐずぐずしていなかった。邪魔がなくなったのだ。それは自分の思うつぼであった。相手はなおも叫びつづけながら、追いすがってきた。もう道は一直線だった。いざ駆けくらべとなれば、ホワイト・ファングは段ちがいにうわてだった。コリーは気が狂ったかヒステリーでも起こしたかのように駆けていた。どんなに異常に緊張しているかは、その一とび一とびの努力でもわかった。だが、ホワイト・ファングはなめらかにすべるようにして、刻一刻とコリーを引き離し、無言でなんの努力もなしに、幽霊のようにするすると地上を進んでいた。

家をまわって車寄せのところにいくと、馬車にいきあたった。馬車は止まっていて、主人がおりるところだった。ホワイト・ファングはまだ全速力で駆けていたが、その瞬間、突然側面からの攻撃に気がついた。ディーア・ハウンド（シカ狩りイヌ）がつっこんできたのだ。ホワイト・ファングは向きなおろうとした。だが、あまりに速く走っていたし、猟犬は接近しすぎていた。相手は横っぱらにぶつかった。前へ進む惰性が強かったところに、思いもかけず横っぱらを打たれたので、ホワイト・ファングは地面に投げ出されて、きれいにひっくり返った。起きあがったときのその形相は、悪意そのものだった――耳をぴたりと背負い、唇《くちびる》をねじ曲げ、鼻にしわを寄せ、わずかのところで猟犬の柔らかいのどを咬《か》みそこねた牙《きば》が、かちかちとかみ合っていた。

主人が駆け出していたが、あまりに遠かった。猟犬の命を救ったのはコリーだった。ホワイト・ファングがとびついて最後の一撃を加えない前――つまり、今にもとびつこうとしてとびあがったところに、コリーが到着した。ぶざまに砂利の中にころがされたことは、どうでもいいとしても、コリーは裏をかかれ、追いぬかれたので、その到着は大旋風の襲来のようであった——それは威厳を犯された憤りと正しい怒りと、荒野の略奪者への本能的憎悪《ぞうお》とでできた旋風であった。コリーはとびあがっているホワイト・ファングに、ま横からぶつかった。そのためホワイト・ファングは、またも足をさらわれて、ころがされた。

次の瞬間、主人が到着して、片手でホワイト・ファングをおさえた。一方父親は、イヌたちを呼んだ。

「北極からきたひとりぼっちの、かわいそうなオオカミにとっちゃ、こいつはなかなか手あついご歓迎ですね」と、主人は言ったが、ホワイト・ファングはその手で撫でられて、静かになっていた。「こいつが足をさらわれたのは、これまでにただの一度しかなかったのに、ここじゃ三十秒のうちに、二度もころばされたんですからね」

馬車はひき去られ、見知らない神々が家の中から現われていた。その神々の中にはかなり離れているものもあったが、ふたりの女は主人の首にからみついて、敵対行為を犯した。だが、ホワイト・ファングはこのような行為を大目に見るようになり始めていた。それから何も危害が起こってこないように思われたし、また、神々のたてる騒音も、確かに威嚇《いかく》的でなかったからだ。それらの神々もまた、ホワイト・ファングに近づこうとし始めたが、ホワイト・ファングは唸《うな》り声を出して、遠ざけた。主人も同様に口の言葉で警告した。そういうときホワイト・ファングは主人の足にぴったりと寄りかかり、ぱたぱたと頭をたたいてもらって安心していた。

猟犬は「ディック、ねていろ！」という命令を受けると、階段をのぼっていってポーチの片側に横になったが、気むつかしい顔をして侵入者を見張りながら唸りつづけていた。コリーは女神のひとりに引きとられ、首に腕をまきつけて撫でさすられていた。だが、コリーはひどくまごついていらいらし、落ち着きなく鼻を鳴らしていた。オオカミがここにいることを許されているのに侮辱を感じ、神々が思いちがいをしていると信じているからだった。

神々がみんなで階段をのぼり、家の中にはいりだした。ホワイト・ファングは主人のすぐあとについていった。ディックがポーチの上で唸った。ホワイト・ファングは階段から唸り返した。

「コリーを中に入れ、二匹は外において、勝手にけんかさせてやれ」と、スコットの父親が言った。「勝負がついてしまえば、仲よくなるだろう」

「そんなことをしたら、ホワイト・ファングは友情を示すために、葬儀の喪主にならなきゃならんでしょう」と、主人は笑って言った。

スコットの父親はいぶかしそうにして、まずホワイト・ファングを見、次にディックを、そして最後に息子に目を向けた。

「まさか……？」

ウィードンはうなずいた。「いや、ほんとのことです。ディックは、一分間以内に殺されていますよ――長くて、せいぜい二分ですね」

ウィードンはホワイト・ファングのほうを向いた。「さあこい、オオカミ。おまえこそ、中にはいらなきゃならないんだ」

ホワイト・ファングはしっぽをぴんと立て、足をこわばらせて階段をのぼり、ポーチを横ぎった。だが、側面からの攻撃を警戒してディックから目を離さなかった。同時にまた、家の中からどんな恐ろしい様子をした未知のものがつかみかかってくるかも知れないので、それにも備えていた。だが、恐ろしいものは何もとびかかってこなかった。中にはいってからも、あたりを注意深く見まわしてそれを探したが、何も見あたらなかった。で、満足そうに鼻をならしながら、主人の足もとに横たわったが、そこで行なわれているすべてのことを注意して見ていた。そして、この住居の罠《わな》のかけてある屋根の下に、ひそんでいるにちがいない恐ろしいものと命がけで戦うために、いつでも立ちあがれるように身がまえていた。

神の領土

　ホワイト・ファングは生まれつき順応性があったばかりでなく、ずいぶん世の中を見て歩いたので、順応の意味とその必要なことを知っていた。だから、スコット判事の屋敷、シェラ・ヴィスタでも、ホワイト・ファングはじきに慣れだした。イヌたちともそれ以上めんどうな争いを起こさなかった。イヌのほうが、南国の神々のならわしを余計に知っていたためもあった。イヌから見ると、ホワイト・ファングが神々についてきて家の中にはいったとき、資格がついていたのである。ホワイト・ファングはオオカミであり、そして先例のないことなのだが、神々はホワイト・ファングがいることを認可したからである。だから、神々のものであるイヌは、その認可を認めるよりほかなかったのだ。

　ディックはいやおうなしに、最初に二、三度、骨の折れる手つづきをへなければならなかったが、そののちはホワイト・ファングをこの屋敷の一つの付属物として、おとなしく受け入れた。ディックの思いどおりになっていたら、二匹は仲のいい友達になっていたことであったろう。だが、ホワイト・ファングは友だちづき合いがきらいだった。ほかのイヌへの望みといえば、自分をひとり、そっとしておいてもらうことだけだった。生まれてからずっと同属から離れて暮らしてきていたので、今でもひとり離れていたかった。ディックの交渉はうるさかった。で、唸って断った。北国にいたとき、主人のイヌに手だしをしてはならないということを学んでいたので、今もそれを忘れていなかったのだ。だが、自分の隠遁《いんとん》と独り居をかたく守って、ディックを無視したので、この根性よしのイヌはあきらめてしまった。馬小屋の近くのつなぎ杭《ぐい》ほどにも、ホワイト・ファングに関心を持たなくなった。

コリーの場合はそうではなかった。神々の命令なのでやむを得ずホワイト・ファングを認めはしたが、だからといってホワイト・ファングをそっとしておかなければならないという理由にはならなかったからだ。コリーのうちには、ホワイト・ファングとその同属が自分の先祖に犯した無数の犯罪の記憶が織りこまれていた。ヒツジ小屋を荒らされたことが、一日や一代で忘れられるはずがなかった。そういうことが一つになって、コリーに拍車をかけ、コリーをつついて仕返しをさせた。ホワイト・ファングを許した神々にさからって相手にとびかかることが出来なかったが、いろいろなささいな方法で、相手にみじめな思いをさせることには支障がなかった。両方は、昔からの宿敵同士なのだ。コリーは自分だけでも、相手にそのことを思い知らせてやろうとした。

そこでコリーはホワイト・ファングをいじめるために、自分の性を利用して相手を虐待した。ホワイト・ファングの本能は、コリーを攻撃することを許さなかったが、コリーのしつこさは、相手が自分を無視することを許さなかった。コリーがつっかかってくると、ホワイト・ファングは毛皮で守られている肩を相手の歯に向け、足をこわばらせて堂々と歩き去るのであった。あまりしつこく迫られると、顔と目にやりきれなさそうな表情を浮かべて顔をそむけ、相手に肩を向けてぐるぐると回っていた。しかし時には、尻を咬みつかれて大急ぎで逃げ出し、威厳も何もなくしていることもあった。だが、全般から見て、ほとんど厳粛に近い威厳を保っていた。そして出来るだけコリーの存在を無視し、何よりもまず相手を避けるようにしていた。コリーがくるのが見えたり、その足音が聞こえてきたりすると、起きあがって歩き去った。

そのほかのことでも、ホワイト・ファングが学ばなければならないことがたくさんあった。北国の生活は、シェラ・ヴィスタの複雑さに比べると単純そのものであった。まず第一にホワイト・ファングは、主人の家族を覚えなければならなかった。この点では、幾分かの準備はできていた。ミト・サァとクルー・クーチがグレー・ビーヴァに属し、その食物とたき火と毛布とにあやかっていたように、ここシェラ・ヴィスタでも、家の居住者は全部、愛の主人に属していた。

だが、このことにもある一つの相違、いや、いろいろな相違があった。シェラ・ヴィスタはグレー・ビーヴァのテント小屋よりはるかに広大であった。考慮に入れなければならない人間が、たくさんいた。スコット判事とその妻がいた。主人のふたりの妹、ベスとメァリーがいた。主人の妻のアリスがいた。それから主人の子どもで、四歳と六歳になるウィードンとモードがいて、ちょこちょこ歩いていた。これらの人々のことをホワイト・ファングに教えてやる方法を誰も知らなかったし、またホワイト・ファングは血のつながりとか親戚《しんせき》関係については何一つ知らなかったし、理解する能力も持っていなかった。けれども、じきにみんな主人に属しているのだということを悟った。それから機会のあるごとによく注意してみていて、その行動や話しぶりや話し声の調子を研究したので、それらの人々が主人から受けている情愛の度合いも徐々にわかってきた。ホワイト・ファングはそのようにして確かめた基準に従って、それ相応に人々を待遇した。主人にとって値うちのあるものを尊重した。主人が大事にしているものを大事にして、注意深く護衛した。

ふたりの子どもの場合が、そうであった。これまでホワイト・ファングは子どもがきらいだった。子どもたちの手を恐れ、憎んでいた。インディアンの村にいた頃《ころ》、子どもたちの暴虐と残酷さとについて学んだ教訓は、生やさしいものではなかったからだ。だから、ウィードンとモードが初めて近寄ってきたとき、ホワイト・ファングは唸って警告し、敵意をこめてにらんだ。そのとき主人になぐられ、鋭い声でしかられたので、仕方なしに子どもたちに撫《な》でられるままになっていたが、その小さな手の下で唸りつづけていた。その声には、例の低い歌うような声色はもちろん含まれていなかった。のちにホワイト・ファングは、この男の子と女の子は、主人の目には非常に値うちのあるものだということを見てとった。それからは子どもたちがホワイト・ファングを撫でる前に、打つことも鋭い言葉も必要でなくなった。

けれども、ホワイト・ファングは決してあふれるような愛情を示さなかった。胸をむかむかさせながらも、おとなしく主人の子どもたちの意に従い、痛い手術を我慢しているように、その愚弄《ぐろう》をこらえているだけだった。だから、辛抱しきれなくなると、起きあがって断固として立ち去った。ところが、しばらくすると子どもたちが好きになってきた。けれども、その感情を表わさなかった。子どもたちにこちらから近づいていくようなことをしなかった。しかし、子どもたちを見ると、立ち去るかわりに子どもたちがやってくるのを待っていた。さらにそののちになると、子どもたちが近づいてくるのを見ると、その目にうれしそうな光が表われたし、また子どもたちがほかの遊びごとにいってしまうと、妙に悲しげな顔をして見送っているのが、人々の目についた。

こういうことはすべて発展の問題であって、時間がかかった。子どもたちの次にホワイト・ファングが関心を持ったのは、スコット判事であった。これにはたぶん、二つの理由があった。まず第一に、判事は間違いなく主人の大切な所有物であったし、次には、判事は感情を外に表わさないからであった。ホワイト・ファングは判事が広いポーチで新聞を読んでいるとき、その足もとにねそべっているのが好きだった。判事は時々、目を向けたり、やさしい言葉を一言かけたりした――それはホワイト・ファングの存在と、そこにいることを認めているしるしで、うるさいものではなかった。だが、それも主人が近くにいないときのことだけであった。主人が姿を見せると、ホワイト・ファングに関するかぎり、主人以外のすべてのものの存在が消滅した。

ホワイト・ファングは家族の全員に、自分を撫でたり大事にすることを許した。だが、主人に与えるのと同じものを、決して与えなかった。人々がどんなに愛撫《あいぶ》したところで、ホワイト・ファングののどに、例の低い愛の声色を出させることができなかった。またどんなに骨折ってこころみたところで、頭をすりつけさせるわけにはいかなかった。自己放棄と服従と絶対の信頼の表現は、主人のためにのみ残しておいた。つまり、ホワイト・ファングは家族全部を愛の主人の所有物であるという見方以外の見方で、見ていなかったのである。

そのうえまた、ホワイト・ファングは早くも家族のものと家の召使いたちとを区別するようになっていた。召使いたちはホワイト・ファングをこわがったが、一方ホワイト・ファングのほうでは攻撃することをさしひかえているだけであった——召使いたちも同様に主人の所有物だと考えたからだ。だから、ホワイト・ファングと召使いたちの間には、中立状態が保たれているだけのことだった。召使いたちはクロンダイクでマットがやっていたと全く同じように、主人のために料理したり、皿を洗ったり、ほかのいろいろな仕事をしているのである。つまり召使いたちは家庭の付属物なのだ。

ホワイト・ファングが覚えなければならないことは、むしろ家庭の外にたくさんあった。主人の領土は広く、こみ入っていた。けれども、境界と限界があった。領土は田舎道のところで終わっていた。領土の外は、すべての神々の共有の領土であった——つまり、道路と街路だった。それからほかの垣根《かきね》の内側は、ほかの神々の、それぞれの領土だった。そして、無数の掟があって、すべてそれらのものを支配し、その掟に従って行動しなければならなかった。しかしホワイト・ファングは神の言葉を知らなかったので、経験による以外に覚える方法がなかった。だから、何かの掟にぶつかるまでは、自分の生来の衝動に従っていた。そして二、三度掟にそむくと、その掟をのみこみ、それからはその掟に従った。

だが、一番有効な教え方は主人の手の殴打《おうだ》と主人の声の叱責《しっせき》であった。主人をとても愛していたから、主人の殴打はグレー・ビーヴァやビューティ・スミスの殴打よりはるかに大きな苦痛を、ホワイト・ファングに与えた。前々の神々は、ただ肉体にけがをさせただけだった。肉の下では、精神がたくましい不屈さをもって怒っていた。ところが、この主人の殴打はとても軽く、肉を傷つけたことがなかった。けれども、奥底深くこたえた。それは主人の不賛成の表われだったので、それを受けると、ホワイト・ファングの精神はなえしおれた。

実際には、殴打はめったに加えられなかった。主人の声だけで十分であった。声を聞いただけで、ホワイト・ファングは自分の行動が正しいかどうかわかった。そしてそれに従って、自分の行動をかえ、行為を調整した。主人の声はそれによって自分の舵《かじ》をとり、新しい土地と新しい生活とのならわしの図表を作ることを覚えるコンパスであった。

北国では、飼いならされている動物はイヌだけであった。そのほかの動物は全部荒野に住んでいて、恐ろしくて手におえない以外のものは、イヌの正当な獲物であった。ホワイト・ファングも北国にいた間は、生き物をあさって食っていた。だから、南国では事情が違うということを知らなかった。だが、このこともサンタ・クララ谷に住むようになってから、間もなく覚えることになった。朝早く、家の角をぶらぶら回っていくと、トリ小屋からぬけ出していたニワトリに出合った。ホワイト・ファングの生来の衝動は、それを食うことであった。二とびで歯がひらめいた。おびえた悲鳴が起こったときには、ホワイト・ファングは冒険ずきなニワトリをさらっていた。それは農場で飼われていたので、太っていて柔らかだった。ホワイト・ファングはあごをなめながら、このごちそうはすばらしいと思った。

その日おそくにホワイト・ファングは馬小屋の近くで、またもうろうろしているニワトリに出合った。ひとりの馬の世話係が救助にかけてきた。かれはホワイト・ファングの素性を知らなかったので、武器として馬車用の軽いむちを持っていただけだった。最初の一撃で、ホワイト・ファングはニワトリをその男にゆずった。棍棒《こんぼう》ならホワイト・ファングをくい止めることができたかも知れないが、むちでは役にたたなかった。ひるまずだまって、第二のむちを受けながら突撃した。のどを目がけてとびついていくと、馬の世話係は「助けてくれ！」と叫んで、うしろへよろめいた。そしてむちを落として両腕でのどをおおった。その結果、ひじの下を骨に達するまで咬《か》み裂かれた。

男はひどくおびえた。ホワイト・ファングの兇暴《きょうぼう》さより、むしろその沈黙に胆《きも》をつぶした。で、血のしたたっている腕でのどと顔を防ぎながら、納屋《なや》にひきあげようとした。もしこの場にコリーが現われなかったら、馬の世話係はひどい目にあっただろう。コリーはディックのいのちを救ったように、馬の世話係のいのちを救った。コリーは怒り狂って、ホワイト・ファングにとびかかった。彼女は正しかったのだ。へまな神々より彼女のほうがよく知っていた。すべての疑いが立証されたのである。昔からの略奪者が、現にここで、また昔さながらの悪業をやっているのだ。

馬の世話係は馬小屋の中に逃げこんだ。一方ホワイト・ファングはコリーの意地の悪い歯の前に敗退した。というよりはむしろ、その歯に背を向けて、ぐるぐる回っていた。コリーはかなり長いあいだ打ちこらしたあとでも、いつものようにやめなかった。それどころかだんだん興奮し、その怒りははげしくなる一方だったので、しまいにホワイト・ファングは威厳も何もかなぐり捨てていさぎよく逃げだし、畑を横ぎってのがれた。

「あいつに、ニワトリには手を出さないように教えてやらなきゃ」と、主人は言った。「しかし、現場をおさえないことには教えてやれませんがね」

二晩のちに犯行が行なわれた。それは主人が予期していたよりもずっと大がかりなものであった。ホワイト・ファングは、ニワトリ小屋とニワトリの習性をよく観察しておいたのである。夜になってニワトリがねぐらについてから、最近積みかさねられた木材の山の頂にのぼった。そしてそこからニワトリ小屋の屋根にとび移り、むな木を越えて囲いの中にとびおりた。一瞬のちには、小屋の中にはいって大殺戮《だいさつりく》を始めていた。

朝になって、ポーチに出ると主人は、馬の世話係が一列に並べておいた五十羽の白色レグホーンのめんどりに迎えられた。主人は初めはびっくりしてそっと口笛をふいたが、しまいには驚嘆の口笛をふき鳴らした。ホワイト・ファングもまた主人の目を迎えていた。だが、恥じている様子も、悪びれている様子もなかった。いかにも賞賛に価《あたい》する偉業をなしとげたみたいに、誇らしげにふるまっていた。罪を意識しているようなところは全くなかった。主人は唇《くちびる》をかたくかみしめて、この不愉快な仕事にとりかかった。まず、罪の意識のない犯罪者に荒々しい声をかけた。その声には神らしい怒りがこめられていた。そのうえまたホワイト・ファングをおさえ、その鼻を殺されためんどりに突きつけ、同時にしたたかなぐりつけた。

ホワイト・ファングは、決して二度とニワトリ小屋を襲わなかった。それは掟に反することだということを覚えたからである。ところで、主人は殴打してから、ホワイト・ファングをニワトリ小屋の中につれていった。生きている食い物がからだのまわりや鼻の先で騒いでいるのを見ると、それに襲いかかるのが、ホワイト・ファングの生来の衝動であった。ホワイト・ファングはその衝動に従った。だが、主人の声にさえぎられた。主人とホワイト・ファングは、小屋の中に三十分もいつづけた。ホワイト・ファングは時々衝動にかりたてられ、その衝動に負けるたびに主人の声にさしとめられた。このようにしてホワイト・ファングは、この掟を覚え、ニワトリの領土を去る前に、ニワトリの存在を無視することができるようになっていた。

「ニワトリ殺しをなおすことは、決してできるもんじゃない」食事のとき、息子がホワイト・ファングに教えこんだことを話すと、スコット判事はそういって、悲しそうに頭をふった。「一度そういうくせがつき、血の味をなめた以上……」そしてもう一度悲しそうに頭をふった。

だが、ウィードン・スコットは父親の意見に同意しなかった。

「こういうことにしたら、どうでしょう」と、かれは最後に挑戦《ちょうせん》した。「午後いっぱい、ホワイト・ファングをニワトリと一緒にとじこめておいてみましょう」

「しかし、ニワトリどものことも考えてやらんとな」と、判事は反対した。

「それにまた」と、息子は言いつづけた。「あいつがニワトリを殺したら、一羽ごとに金貨で一ドルずつ、おとうさんに払うことにしましょう」

「でも、おとうさまにだって、罰金を出させなくちゃだめよ」と、ベスが言葉をはさんだ。

ベスの妹もそれに賛成したので、食卓のまわりから賛成の合唱が起こった。スコット判事も同意してうなずいた。

「いいですとも」ウィードン・スコットはちょっとの間考えていた。「それじゃ、もし午後の終わりになってもホワイト・ファングが一羽も傷つけなかったらですね、あいつが囲いの中にいた時間の十分間に一度の割りで、『ホワイト・ファングよ、なんじは、わしが考えていたより利口じゃ』と、おっしゃっていただきましょう。それも、法廷にすわって、判決を言いわたされるときのように、おごそかに、慎重にね」

家族のものたちは、のぞくに都合のいい所に隠れて、そのなりゆきを見守った。だが、それは裏をかかれた。囲いの中にとじこめられ、主人に置きざりにされると、ホワイト・ファングは横になって眠ってしまった。一度だけ起きあがって、水を飲みにおけのところに行った。ニワトリには全く頓着《とんじゃく》しなかった。ホワイト・ファングにとっては、ニワトリはいないも同然だったのだ。四時になると、走り高跳びをやって小屋の屋根にとびあがり、それから外へはねおりた。そして、のそりのそりと家のほうに歩いてきた。掟を覚えきったのだ。そんなわけで、ポーチの上で、スコット判事は面白がっている家族を前にして、ホワイト・ファングに向かい、「ホワイト・ファングよ、なんじは、わしが考えていたより利口じゃわい」と、十六回もゆっくりとおごそかに言った。

だが、掟が多様なので、ホワイト・ファングはとまどってしまい、時々面目を失った。ほかの神々のニワトリにもふれてはいけないということも学ばなければならなかった。それからネコやウサギやシチメンチョウがいたが、そういうものにも手だしをしてはならなかった。実際、掟を一部分しか知らなかったころには、すべての生き物に手をつけてはならないのだと思いこんでいた。だから、裏の牧草地で、ウズラが鼻のさきで羽ばたいても傷つけなかった。渇望《かつぼう》と欲望にふるえながら、すっかりかたくなって、本能をおさえ、じっとしていたのである。そして神々の意志に従ったつもりでいた。

ところが、その後ある日、やはり裏の牧草地で、ディックが手足の長い野ウサギを狩り出して追いかけているのを見た。主人も見ていながらとめなかった。それどころか、一緒に追えとうながした。こうしてホワイト・ファングは、野ウサギには禁制がないということを学んだ。そしてついに掟を完全に覚えた。自分と人間に飼われている動物たちとの間には、敵意があってはならないのである。たとえ仲よくなくても、少なくとも中立だけは保たなければならなかった。だが、そのほかの動物——つまり、リスやウズラや白尾のウサギなどは、人間に忠誠をつくしていない野生の動物だった。だから、どんなイヌにとっても正当な獲物なのであった。神々が守っているのは、飼いならした動物だけで、飼いならされたもの同士の間の死闘は許されなかった。そして神々は自分の臣下の死活の権を握っていて、その権力をしっかりとおさえているのである。

サンタ・クララ谷の生活は、北国で単純な暮らしをしてきたあとだけに、複雑だった。そして、この文明の複雑さの中で暮らすために何よりも必要なのは、まず統制と抑制であった——つまり、カゲロウの羽のはばたきのように微妙であると同時に、鋼鉄のようにきびしい自我の平衡が必要であった。違った顔を持った無数の生命があり、ホワイト・ファングはそれらの生命に出あわないわけにはいかなかった。馬車のあとについて町へ出、サン・ホウザに行ったときや、あるいはまた馬車が止まっている間に街をぶらついているときがそうであった。どこへ行き、どこを向いても、多種多様な生命がそばを流れていき、たえず五感に突きあたり、即刻の順応と応答を次々とはてもなく要求するので、ほとんどいつも、生来の衝動をおさえつけているようにしなければならなかった。

肉屋には、とどくところに肉がぶらさがっていた。だが、その肉にさわってはならなかった。主人が訪ねていく家にネコがいても、手を出してはならなかった。いたる所にイヌがいて唸《うな》りかけてきたが、これも攻撃してはならなかった。それからまた、混《こ》み合っている歩道には無数の人間がいて、自分に注意を向けていた。そして立ちどまって眺《なが》め、お互いにこちらを指さし合って、じろじろと注意して見たり、話しかけてきたりした。一番困るのは、撫でられることであった。こういう見知らない手の危険な接触も、こらえていなければならなかった。けれども、ホワイト・ファングはそういう我慢もできるようになった。そればかりか、ぎこちなさやきまり悪さも感じなくなった。多数の見知らない神々の愛想を、ゆうゆうとして受け取った。相手がした手から出れば、こちらもした手から出た。しかし、どういうものか、心から親しめなかった。そういう人間たちは、頭を撫でると、自分たちの勇敢な行為に満足していい気になっていってしまうからだった。

だが、ホワイト・ファングにとっては、何もかもが楽なことではなかった。馬車のあとについてサン・ホウザの町はずれを走っていくと、いつも小さな子どもたちがいて、石を投げつけてきた。けれども、子どもたちを追っていって引き倒すことは、許されていないということを知っていた。だから、自己保存の本能にそむかなければならなかった。が、そむくことができたのは、飼いならされて、文明にあずかる資格を得てきているからだった。

そうはいっても、ホワイト・ファングはその取りきめに心から満足しているわけではなかった。正義や公明正大な扱いについての抽象的観念は、もちろん持ち合わせていなかった。が、生命の中には、ある公正観が住んでいて、その観念が石を投げるものから自分を防衛することを許されていない不公平を憤《いきどお》っていたからだ。ホワイト・ファングは自分と神々との間に結ばれた誓約で、神々が自分の世話と防衛を誓ったことを忘れていたと感じた。しかし、ある日、主人がむちを持って馬車の中からとびおりていって、石を投げている子どもたちを打《ぶ》った。そののち子どもたちは石を投げてよこさなかった。それでホワイト・ファングは、納得し、満足した。

ホワイト・ファングはもう一つの同じような性質のことにぶつかった。町へ行く途中の四つ角にある酒屋のあたりに、いつも三匹のイヌがうろついていて、通りかかるたびにとびだしてきた。主人は、ホワイト・ファングの恐ろしい戦法を知っていたので、決してけんかしてはならないという掟を、始終ホワイト・ファングの心に刻みつけるようにしていた。そのためその教訓をよく覚えたが、四つ角の酒屋のそばを通るたびにつらい思いをした。ホワイト・ファングはまず三匹のイヌが突撃してくるたびにいつも唸りつけて、寄せつけないようにした。しかし、イヌたちはあとからついてきて、きゃんきゃん叫んだり、けんかをふきかけたりして侮辱した。こういうことをしばらくは耐え忍んだ。酒屋の人間たちも、ホワイト・ファングをやっつけろ、とイヌたちに言った。そしてある日、公然とイヌたちをけしかけた。主人は馬車をとめた。

「やれ！」と、主人はホワイト・ファングに言った。

だが、ホワイト・ファングは信じることができなかった。主人を見てから、イヌたちを眺めた。それから、たずねるように一心に主人を見返した。

主人はうなずいた。「やってやれ、おい。めちゃくちゃに、やっつけてやれ」

ホワイト・ファングはもはやためらわなかった。くるりと向きを変えると、だまって敵の間にとびこんだ。三匹とも向かってきた。すさまじい唸り声といがみ声が起こり、歯がかちかちとかち合い、からだが入り乱れてうち合った。路上のほこりが雲のように舞いあがって、格闘を隠した。だが、数分のちには、二匹のイヌはごみの中でのたうちまわり、あとの一匹は夢中になって逃げ出していた。溝《みぞ》を越え、垣根《かきね》をくぐり、畑を横ぎって逃げていた。ホワイト・ファングは音もたてず、すばやくオオカミのような走り方とオオカミのような速さで、地上をすべるように追いかけていって、畑のまん中で相手を引き倒して殺した。

この三重殺しで、ホワイト・ファングとイヌとの大きな騒動は終わりになった。このうわさが谷じゅうにひろまったので、人々は自分たちのイヌが「けんかオオカミ」にいたずらをしないように心がけたからである。

同属のまねき

月が来て、月が去り、幾月かたった。南国には食物が豊かで、仕事がなかった。ホワイト・ファングは太り、万事が都合よく、仕合せに暮らした。地理的に南国にいるばかりでなく、すっかり南国の生活にもなじんでいた。太陽のような人間の親切を浴びて、肥えた土壌《どじょう》に植えられた花のように、はなやいだ。

だが、ほかのイヌとはやはりどことなく違っていた。ほかの生活を知らないイヌたちよりは、一層よく掟を知っていたので、一層きちょうめんに掟を守ったのであるが、それでもどこかに兇暴さがひそんでいるように見えた。野性が去りかね、身うちのオオカミが眠っているだけだと思われた。

ホワイト・ファングは決してほかのイヌと仲よくならなかった。同属に関するかぎり、これまで孤独で暮らしてきたし、これからも孤独で暮らすつもりだった。リプ・リプと子イヌの群れに迫害された子オオカミ時代と、ビューティ・スミスと一緒にいた「けんかオオカミ」時代との間に、イヌに対する嫌悪《けんお》が根強く植えつけられてしまっていたからだった。そして生活の自然な成りゆきからそれて、同属から尻《しり》ごみし、人間にすがりつくようになっていた。

それにまた南国のイヌはみんな疑いの目でホワイト・ファングを眺めた。ホワイト・ファングを見ると、イヌたちは本能的恐怖におそわれ、唸ったりいがんだりし、好戦的な憎悪をもってホワイト・ファングを迎えた。一方ホワイト・ファングのほうでは、相手に歯を用いる必要のないことをのみこんでいた。牙《きば》をむいて、唇をねじまげただけで、いつもききめがあった。吠《ほ》えながら突撃してきた相手が、尻をついてすわりこまないことは、めったになかった。

しかし、ホワイト・ファングの生活には、苦労が一つあった――それはコリーだった。コリーは一瞬のやすらいも許さなかった。ホワイト・ファングのように掟に従順でなかった。主人がいくらホワイト・ファングと仲よくさせようと骨折っても、むだだった。ホワイト・ファングの耳には、コリーの鋭い、神経質な唸り声が、いつも響いていた。ニワトリ殺しの一件を決して許さなかったばかりか、ホワイト・ファングがしようとしていることは全部悪いことだと堅く信じているのだ。何もしないうちから有罪ときめこみ、それに応じて取り扱った。だから、コリーはホワイト・ファングにとっては疫病神《やくびょうがみ》になった。馬小屋のまわりや屋敷を歩いていると、警官のようにあとをつけてきた。好奇心から、ハトやニワトリをちらっと見ようとでもしようものなら、すぐ大声をあげて憤り、そして怒った。で、ホワイト・ファングはごろりと横になり、前足の上に頭をのせ、眠ったふりをしてコリーを無視する手をよく使った。そうするとコリーはいつもあきれ返って、黙ってしまうからだった。

このコリーを別にすれば、ほかのことはすべて順調だった。抑制と平衡とを会得《えとく》していたし、掟を知っていたからだ。ホワイト・ファングは落ち着きと平静と、冷静な寛大さとを身につけていた。それに敵意の中に暮らしているのではなかった。身のまわりのどこにも、危険やけがや死がひそんでいなかった。始終おどしつけられていた恐ろしい未知のものも、いつか消えていた。穏やかで楽な暮らしだった。それはなめらかに流れていて、途中に恐ろしいものや敵がひそんではいなかった。

ホワイト・ファングは自分ではそれとは気がつかなかったが、雪がないのが物足りなかった。もしそのことを考えたとすれば、「なんだってこんなに長い夏なんだろう」と、考えたことであったろう。だが、実際は漠然《ばくぜん》と意識の下で、雪のないことをさびしく感じただけだった。また同じような感じ方で、ことに夏の太陽の暑さに悩まされたときには、かすかに北国を思いあこがれた。しかしそのあこがれの結果、なんのためにそうなるかもわからないまま、不安になり、落ち着きがなくなるだけだった。

ホワイト・ファングは決して感情をおもてに表わしたことがなかった。身をすりつけるか、例の低い愛の声色を出すよりほか、自分の愛を表わす方法を知らなかったからだ。だが、三つ目の愛の表現法を発見することになった。これまでホワイト・ファングは、神々の笑いにはいつも敏感であった。笑われると、気がたけりたってきて、気が狂ったようになって怒った。しかし愛の主人には笑われても怒る気がしなかった。やさしい声で、ひやかすように笑われると、すっかり途方にくれた。例の怒りがちくちくと刺すようにからだの中に起こってきて、愛情にさからおうとした。しかし、怒ることができなかった。そうかといって、何もしないでいられなかった。で、最初のうちは威厳を正したが、そうすると主人は一層笑った。次にもっといかめしくしてやろうとすると、主人は前よりもっと笑った。しまいに、威厳は主人に笑いとばされてしまった。すると、ホワイト・ファングのあごがわずかばかり離れ、唇が少しひらき、こっけいというよりも愛に近い妙な表情が目に浮かんだ。ホワイト・ファングは笑うことを覚えたのである。

同様にホワイト・ファングは、主人とふざけまわることを覚えたので、ひっくり返されたり、ころがされたり、数限りない手荒いいたずらをされた。その仕返しに、怒ったふりをして、毛を逆だて、兇暴《きようぼう》な唸り声をたてて、今にもとびかかっていくようなふうを見せて、かちかちと歯を咬《か》み鳴らした。だが、決して自分を忘れるようなことはなかった。いつも、ぱくっと空《くう》を咬むだけだった。そのような遊びの末に、ホワイト・ファングは猛烈な速さで、打ったりたたいたり、空を咬んだり唸ったりしていたと思うと、いきなり数フィートとび離れて、互いににらめっこをした。それから突然、嵐《あらし》の海に太陽がのぼったように、また互いに笑いだしていた。そしてそのあげく、主人の手がホワイト・ファングの首と肩をだき、ホワイト・ファングは例の低い唸り声で、愛の歌をうたっているのだった。

だが、主人のほかには誰ひとり、ホワイト・ファングとふざけたものがなかった。ホワイト・ファングが許さなかったからだ。威厳を守り通していて、誰かふざけようとすると、首の毛を逆だてて、唸って警告するので、ふざけるどころではなかった。主人にそのような自由を許したからといって、普通のイヌのようにそちこちで愛嬌《あいきょう》をふりまき、みんなの楽しみのために遊び相手にならなければならないという理由がなかったからである。ホワイト・ファングは主人をひとすじに愛し、自分と自分の愛情を安売りすることを拒んだのだ。

主人は、よくウマに乗って出かけるので、そのお伴《とも》をするのがホワイト・ファングの生活の主な仕事の一つだった。北国にいたときは、一生懸命になって橇《そり》をひいて自分の忠誠を表わしたが、南国には橇がなかったし、またイヌが荷物を背中につけるようなこともなかった。だから、ホワイト・ファングはウマと一緒にかけるという新しいやり方で忠誠をつくした。どんな長い日にだって、ホワイト・ファングは決してへとへとに疲れるようなことはなかった。オオカミ流の、疲れも努力もない、するするすべるような走り方をしているので、五十マイル走ったあとでもウマの先に立って軽快に走っていた。

ホワイト・ファングがもう一つ別な自己表現をやってのけたのは、主人のこの乗馬に関連してであった――それは注目に価する表現で、そのような表現は一生のうちにたった二度やっただけだった。一回目は、主人が乗ったまま門をあけたてする方法を、元気のいいサラブレッド種のウマに教えようとしたときに起こった。主人は門をしめるために、何度も何度もウマを門に乗り寄せようとしたが、ウマはその度ごとにいよいよおびえて、あとじさりして、はねのいた。そして刻一刻、神経過敏になって興奮した。ウマが棒だちになると、主人は拍車を入れて前足を地につけさせたが、今度は尻はねをし始めようとした。ホワイト・ファングはその有様を見つめていたが、だんだん心配になり、しまいにじっとしていられなくなると、ウマの前にとび出していって、警告するようにすさまじく吠えたてたのだ。

そののちも、ホワイト・ファングは吠えようとしたし、主人も吠えさせようとしたが、ただ一度成功しただけだった。それも、主人のいないところでであった。草原を横切ってかけていたとき、ウマの足もとからウサギがとび出したためにウマが急回転し、つまずいたので、主人がウマに振りおとされて片足を折ったのが、その原因だった。ホワイト・ファングは怒って、罪を犯したウマののどにとびつこうとしたが、主人の声にとめられた。

「うちへ、うちへ行け！」主人は、自分のけがを確かめてからそう命令した。

ホワイト・ファングは、主人を置きざりにしたくなかった。主人は、一筆書こうと思ってポケットを探ったが、鉛筆も紙もはいっていなかった。で、家へ帰るようにと、またホワイト・ファングに命じた。

ホワイト・ファングは物思わしそうに主人を見つめ、それから走り出したが、すぐもどってきてかすかに鼻をならした。主人はやさしく、しかしまじめに話してきかせた。ホワイト・ファングは耳を立てて、いたいたしいほど一心になって聞いていた。「その通りなんだ、おい。おまえは、うちへ走っていきゃいいんだ」と、主人の話はつづいた。「家に行って、おれのことを話すんだ。さあ、帰れ、オオカミ。うちへ帰っていけ！」

ホワイト・ファングは「うち」の意味を知っていたから、主人の言葉のあとの意味こそわからなかったが、自分がうちへ帰るのが主人の意志だということを悟った。だから、向きを変えてしぶしぶ走り出した。が、決心がつかないので、じきに立ちどまって、肩ごしにふり返ってうしろを眺《なが》めた。

「うちへ行け！」と、きつい命令が聞こえてきた。ホワイト・ファングは今度はその命令に従った。

ホワイト・ファングが家についたとき、家族の者たちはポーチに出て、午後の涼を取っていた。ホワイト・ファングはほこりにまみれ、あえぎながらその間にはいっていった。

「ウィードンが帰ったんだよ」と、ウィードンの母親が言った。

子どもたちは喜んで騒ぎたてて、ホワイト・ファングを迎えにかけだしてきた。ホワイト・ファングは子どもたちを避けてポーチを進んでいったが、子どもたちのために、ゆりいすと手すりの間に追いつめられた。だから、唸って通りぬけようとした。子どもたちの母親が、気づかわしそうにその方に目を向けた。

「正直のところ、あのイヌが子どもたちのそばにいると、わたし、気になって仕方ありませんわ」と、彼女は言った。「そのうち、不意に子どもたちにとびかかりゃしないかと心配なんですの」

ホワイト・ファングは激しく唸りながら、子どもたちをつきころばして、すみからとびだした。母親は子どもたちをそばに呼んで慰めながら、ホワイト・ファングに手出しをしないように言いきかせた。

「オオカミはオオカミだよ」と、スコット判事が言った。「信用なんかできるものか」

「でも、あれは、まるっきりのオオカミじゃありませんわ」と、ベスがここにいない兄に代わって口をはさんだ。

「おまえは、ウィードンの話を受け売りしているだけのことだよ」と、判事は言った。

「ウィードンだって、ホワイト・ファングにいくらかイヌの血がまじっていると思っているだけのことなんだ。ご本人も言っているとおり、実際は何もわかっていないのだ。姿恰好《かっこう》から見ると――」

判事は、その言葉を言い終わることができなかった。ホワイト・ファングが前にきて、激しく唸ったからだ。

「あっちへ行って、ねていろ、こら！」と、スコット判事は命令した。

ホワイト・ファングは愛の主人の妻のほうに向きなおった。そしてそのドレスをくわえて引っぱり、弱い生地《きじ》を引き裂いたので、彼女はおびえて叫んだ。この時までには、ホワイト・ファングは皆の関心の的になっていた。ホワイト・ファングはもう唸るのをやめて、頭をあげたまま、皆の顔を見ながら立っていた。のどが発作的にひくひく動いていた。伝えることができないものを、なんとかして言い表わそうと一生懸命になって身もだえ、全身でもがいているからだった。

「気が狂わなければいいが」と、ウィードンの母親が言った。「極地の動物には、暖かい気候があわないのじゃないかって、ウィードンに話しておいたんだけどね」

ベスが言った。「何か言おうとしてるんだわ、きっと」

この瞬間、ホワイト・ファングの言葉が大きな吠え声となって、ほとばしり出た。

「何か、ウィードンに起こったんですわ」と、ウィードンの妻がきっぱりと言った。

そこで、みな立ちあがった。ホワイト・ファングはついてこいと言うようにうしろをふり返りながら、階段をかけおりた。ホワイト・ファングが吠えて、自分を理解してもらったのは、生涯《しょうがい》中にこれが二度目で、そして最後だった。

この事件ののち、ホワイト・ファングはシェラ・ヴィスタの人々から温かい思いやりを受けるようになった。腕を咬み裂かれた馬の世話係でさえ、たとえホワイト・ファングがオオカミであるにしろ、利口なイヌだということを認めた。スコット判事だけが、依然として意見をかえず、百科辞典やいろいろな博物学の著作を引用し、その意見を証明して、みんなの不満を買った。

日々が来て、そして流れ去っていったが、サンタ・クララ谷にはたえず太陽がふりそそいでいた。しかし、日はだんだん短くなり、そして南国にきてから二度目の冬がきたとき、ホワイト・ファングは不思議な発見をした。コリーの歯が、それまでのようにきびしくなくなったのである。咬んでも、やさしくふざけるような咬みかたをし、傷つけるようなことをしなかった。だから、ホワイト・ファングはコリーがこれまで生活の重荷になっていたことを忘れてしまい、コリーが自分のまわりで遊びたわむれると、まじめくさってそれにこたえ、一生懸命になってたわむれようとして、おかしい恰好をした。

ある日コリーは、ホワイト・ファングに長いこと自分のあとを追わせて、うらの牧草地を通りぬけて森の中にさそいこんだ。その午後、主人は遠乗りに出かけることになっていたし、ホワイト・ファングもそれを知っていた。ウマが鞍《くら》を置かれ、戸口に待っていたからである。ホワイト・ファングはためらった。だが、ホワイト・ファングのうちには、これまで覚えた掟《おきて》や、自分の身につけた習慣や、主人への愛や、自分が生きようとする意志よりも、もっと痛切なものがあった。決断しかねていると、その瞬間コリーが咬みついておいてかけ去った。ホワイト・ファングはくるりと向きをかえて、そのあとを追いだした。主人はこの日、たったひとりで遠乗りに出かけた。森の中では、むかし母オオカミのキチーと片目がひっそりした北国の原始林の中を走ったように、ホワイト・ファングとコリーが肩を並べて一緒に走っていた。

眠るオオカミ

ちょうどその頃《ころ》、新聞は、サン・クウェンチン監獄の大胆な脱獄囚のことでにぎわっていた。脱獄囚は兇暴な男だった。発育中に出来が悪くなってしまった男であった。

生まれがよくなかったうえに、社会の手から受けた型作りが少しも役に立っていなかったのだ。社会の手は苛酷《かこく》で、その男は社会の手細工の顕著な標本であった。かれはけだものだった——全くのところ、人間のけだものであった。ひどく恐ろしいけだものので、食人鬼と言ったら、一番よくその特徴を言い表わしているかも知れなかった。

サン・クウェンチン監獄では、その男は矯正《きょうせい》不能なことになっていた。刑罰も、その精神を打ちくじくことができなかった。かれは無言の狂人として、最後まで戦って死ぬことは出来るだろうが、生きていて、ぶちのめされるはずはなかった。かれが兇暴に戦えば戦うほど、社会は一層かれを苛酷に取りあつかった。そしてそのような苛酷な取りあつかいの結果は、一つしかなかった。かれはますます兇暴になった。拘束服や兵糧攻めや、むちや棍棒の殴打《おうだ》は、ジム・ホールに対しては間違った取りあつかいであった。だが、かれはそのような取りあつかいを受けた。サン・フランシスコの貧民窟《ひんみんくつ》に住んでいた、小さなかよわい子どものときから——つまり、社会の手中にあって、これから何かに形づくられるばかりの柔らかい粘土の時代から、そういう取りあつかいを受けてきたのであった。

ジム・ホールは第三服役期中に、ほとんどかれと同じぐらいひどい、けだもののような看守にでっくわした。その看守はかれを不公平に取りあつかい、所長にうその申告をして、その信用を失わせ、かれを迫害した。ふたりの間の相違と言えば、看守が一束の鍵《かぎ》と拳銃《けんじゅう》を持っているということだけだった。ジム・ホールは素手と歯しか持っていなかったからだ。だが、ある日ジム・ホールは、その看守にとびかかり、まるでジャングルの動物のようにそののどに咬みついた。

このことがあってから、ジム・ホールは矯正不能囚人監房で暮らすことになった。かれはそこで三年すごした。その監房は床も壁も屋根も鉄でできていた。かれはこの監房から一度も出たことがなかった。空も太陽も見なかった。昼間も薄暗く、夜は暗黒の沈黙であった。鉄の墓穴の中に、生きたまま埋められていたのである。人間の顔も見なかったし、人間に話しかけたこともなかった。食べ物がさし入れられると、野獣のようにほえた。かれは、あらゆるものを憎んだ。昼夜の別なく怒って、全世界に向かってほえつづけた。そうかと思うと、何週間も何か月も物音一つたてず、黙りこくって、自分の魂をむしばんでいた。かれは人間ではあるが、化け物であった。狂った頭の幻影の中に現われて、いつまでも何かわけのわからないことをしゃべっているもののように、恐るべきものであった。

ところがある夜、かれは脱獄した。所長はそれは不可能なことだと言った。だが、監房はからになっていて、看守の死体が、半分中に半分外にはみだして横たわっていた。ほかにもふたりの看守が殺されていたので、ジムが監房から外塀《そとべい》に取りついた経路がわかった。かれは音をたてないように、看守を手で殺したのであった。

ジムは殺した看守たちの武器をたずさえていた――それは生きた兵器庫が、社会の組織された力に追われて、丘を逃げまわっているようなものであった。その首には多額の賞金がかけられた。欲ばりの農夫たちは猟銃を持って狩りたてた。ジムの血が抵当を償却するか、あるいはまたひとりの息子を大学にやることになるかも知れないからであった。公共心のある市民たちはライフルを取りだしてジムを狩りに出かけた。一群の警察犬《ブラッド・ハウンド》は出血しているジムの足跡を追った。また法の探偵犬《スルース・ハウンド》(探偵)や給料取りの社会の戦闘動物(警官)は、電話や電報や臨時列車で昼夜の別なくジムの跡に追いすがった。

時々かれらはジムに遭遇したが、そのときかれらは、英雄のように立ちむかうか、あるいはまた、有刺鉄条網をくぐってわれさきに逃げ出すかして、朝の食卓でその記事を読む一般の人たちを面白がらせた。そういう遭遇戦ののちには、死人や負傷者が町へ送り返され、欠員の出来た持ち場は、人間狩りに熱心な人々ですぐ補充された。

そのうちにジム・ホールが姿を消した。警察犬《ブラッド・ハウンド》は消えたにおいを探しまわったが、むだだった。奥地の谷では、罪のない牧場労働者たちが、武装した人々に停止を命じられて、彼ら自身の身分証明を強《し》いられた。と同時に、賞金目あての欲ばりどもが、そちこちの山腹でジム・ホールの死骸《しがい》を見つけだすという有様だった。

一方シェラ・ヴィスタでも、その間に新聞が読まれていた。そして興味ではなく、不安を感じていた。女たちはこわがった。スコット判事は鼻であしらって笑いとばしたが、笑いとばせる筋合いのものではなかった。というわけは、判事の法廷生活の終わりに近いある日、ジム・ホールがその前に立って宣告を受けたのだからである。しかも公開の法廷で、ジムは人々に向かって、自分に宣告をくだした判事に恨みをはらす日がきっとくるだろうと宣言したからであった。

このときだけはジム・ホールが正しかった。かれは無実の罪におとされて宣告を受けたのだった。それは泥棒《どろぼう》と警察の用語で言えば、「でっちあげ」た事件だった。ジム・ホールは犯したことのない罪を「でっちあげ」られて、監獄に送られたのである。前科も二犯あるというわけで、スコット判事は五十年の刑の宣告を言い渡したのであった。

スコット判事は事情を全部知っていなかった。自分が警察の謀議にまきこまれていることを知らなかったし、また証拠がたくらまれた偽証であることも、ジム・ホールのほうが告発された罪を犯していないことも知らなかった。ところが、ジム・ホールのほうではスコット判事が何も知らないのだとは思わなかった。判事は全部知っていながら、警察とぐるになって途方もない不正を犯しているのだと信じていた。だから、スコット判事から五十年間の生ける屍《しかばね》の判決を受けると、自分をしいたげる社会のあらゆるものを憎み、立ちあがって、法廷じゅうをあばれまわった。しまいに六人の青い服を着た敵（警官）に引きずり倒された。ジムにとっては、スコット判事こそ不正というアーチの頂上のかなめ石だったので、スコット判事に大いに腹をたて、来《きた》るべき復讐《ふくしゅう》のおどし文句を投げつけたのであった。それからジムは生ける死へおもむき……そして、脱獄したのだ。

そういうことについては、ホワイト・ファングは何も知らなかった。この頃、ホワイト・ファングと主人の妻アリスとの間には秘密があった。毎夜、シェラ・ヴィスタの人々が床についてから、アリスは起きていって、ホワイト・ファングを大広間に入れて寝かせていた。ホワイト・ファングは室内犬ではなかったし、家の中で眠ることを許されていなかったので、アリスは毎朝家族が起き出さない前にそっと下におりていって、ホワイト・ファングを外に出してやっていた。

そういうふうにしていたある夜のこと、家じゅうの者は眠入《ねい》ったが、ホワイト・ファングは目をあいたまま、静かに横たわっていた。そして静かに空気のにおいをかいでいると、空気は見知らない神のいる知らせを運んできた。また耳には見知らない神の動く音が聞こえてきた。だが、騒々しく騒ぎたてるようなことをしなかった。それはホワイト・ファングのやり方ではなかったからだ。見知らない神はそっと歩いていたが、ホワイト・ファングはからだにすれる服を着ていなかったので、それよりもそっと歩いた。そして黙ってついていった。荒野にいたとき、とても臆病《おくびょう》な生きた肉をあさっていたので、不意打ちの有利なことを知っていたからだ。

見知らない神は大きな階段のあがり口のところで立ちどまって、耳を傾けた。ホワイト・ファングは死んだように身動き一つしないで、じっとしたまま様子を見守った。その階段をのぼると、道は、愛の主人と愛の主人の最も大切な所有物のところに通じていた。ホワイト・ファングは毛を逆だてたが、待っていた。見知らない神の片足があがった。階段をのぼり始めたのである。

そのときホワイト・ファングはおどりかかった。なんの警告もなしだった。唸《うな》って自分の行動の予告などしなかった。宙をとんで見知らない神の背中にとび乗った。前足を男の肩にかけてしがみつき、同時にその首すじに牙《きば》を深く突きたてた。そして、しがみついた途端に、神を仰向けに引き倒していた。ふたりは一つになって、床に倒れた。ホワイト・ファングはとび離れたが、相手が起きあがろうともがいたので、もう一度相手を牙にかけた。

シェラ・ヴィスタの人々は、びっくりして目をさました。階下で二十人もの悪魔が戦っているような騒ぎが起こったからだ。拳銃が鳴った。一度、恐怖と苦悶《くもん》の男の金切り声が起こった。すさまじい唸り声といがみ声も聞こえたが、それよりも家具やガラスの打ちくだける音が、すさまじい響きをたてた。

だが、騒ぎは急に起こったのと同様に、急にぴたりと静まった。戦いは三分間以上はつづかなかった。おびえた家族たちは階段の上にかたまった。あぶくが水の中から出てくるようなぶつぶつという音が、まっ暗な奈落《ならく》から聞こえてくるように、下から聞こえてきた。そのぶつぶついう音は、時々口笛に似た、しゅうしゅうという音に変わった。が、その音もたちまち消えて、やんでしまった。それから空気を求めてひどくあえいでいる動物の、苦しそうなあえぎのほか、何一つ暗やみから聞こえてこなくなった。

ウィードン・スコット判事がスイッチを押した。階段と下の広間に光があふれた。ウィードンとスコット判事は拳銃を握って、あたりに気をくばりながら下におりた。だが、そんな用心は必要でなかった。ホワイト・ファングが務めをはたしていたからだ。投げ倒されてこわれた家具の残骸のまん中に、ひとりの男が少し横向きになって、腕で顔をおおって倒れていた。ウィードン・スコットはその上にかがみこんで、その手をのけ、男の顔を上に向けた。大きく裂けたのどが、その死を説明していた。

「ジム・ホールだ」と、スコット判事が言った。父と子は意味深長に顔を見合わせた。

それからふたりは、ホワイト・ファングのほうに向きなおった。ホワイト・ファングもまた、横倒しになって横たわっていた。目をとじていたが、ふたりがその上にかがみこむと、ふたりを見ようとしてかすかにまぶたをあけた。そしてしっぽもふろうとしたが、それはむだな努力であった。わずかに動くのが見えただけだった。ウィードン・スコットが撫《な》でてやると、わかったというようにのどがごろごろと鳴った。だが、なんといってもその唸り声には力がなく、すぐにやんでしまった。そして、まぶたがたれさがってきて、とじられ、からだ全体がゆるんできた。そのまま床の上にのびてしまいそうに思われた。

「すっかりまいってしまっていますよ、かわいそうに」と、主人が小さい声で言った。

「なんとか、手段をこうじてみよう」スコット判事はそう言って、電話をかけにいった。

外科医は、一時間半もかかってホワイト・ファングを診たり手当てをしたりしてから、「率直に言うと、千に一つの見込みしかありませんね」と言った。

暁の光が窓から流れこんできて、電燈の光を薄暗くにぶらせた。子どもたちをはじめ、家族一同が外科医のまわりに集まって、診断の結果をきいていた。

「あと足が一本折れています」と、外科医は話しつづけた。「肋骨《ろっこつ》が三本折れていますし、少なくともその一本は肺に突きさっています。からだじゅうの血は、ほとんど全部出つくしています。どうも内傷があるようです。踏みつけられたにちがいありません。三か所に貫通銃創があることは、言うまでもありませんしね。千に一つの見込みと申しあげたのも、実は楽観的すぎるのです。万に一つの見込みもありますまい」

「しかし、少しでも見込みがあるなら、八方手をつくしてやらなきゃ」と、スコット判事は叫んだ。「費用など、いくらかかろうとかまわんです。X線でも――なんでもかけてやりましょう――ウィードン、サン・フランシスコのニコルズ先生にすぐ電報を打ちなさい。――あなたを信用しないというわけじゃありませんよ、先生、わかっていただけますね。少しでも見込みのあるかぎり、それを見のがしちゃならんのです」

外科医は寛大にほほえんだ。「もちろんわかりますとも。どんなことでもしてやるだけの功績があるんですからね。人間の、いや子どもの病気を看護してやるように、めんどうをみてやらなきゃなりませんよ。さっき申しあげた体温のことは、お忘れなく。十時にまた伺います」

ホワイト・ファングは外科医の話したような看護を受けた。スコット判事が看護婦を雇おうと言い出すと、娘たちは憤慨してそれをしりぞけ、自分たちでその仕事を引き受けた。そしてホワイト・ファングは外科医もさじを投げた万に一つの見込みを勝ちとった。

しかし、外科医のその見込みちがいは、とがめられるべきではなかった。これまでかれは、何世代ものあいだ保護されてきた先祖の血をひき、保護された生活をしている柔弱な文明の民の世話と手術をしてきたのだからである。ホワイト・ファングに比べると、そういう人間は軟弱でもろく、生命への粘着力が弱かった。ところが、ホワイト・ファングは弱いものは早く死に、だれからも保護を与えられていない荒野からじかに来たのであった。父オオカミや母オオカミはもちろん、その前の何世代にも、虚弱なところなど全然なかった。だから、ホワイト・ファングは鉄のような体軀《たいく》と荒野の生命力を受けついでいた。そして精神的にも肉体的にも、そのすべてで、そのあらゆる部分で、生命にしがみついていた。それはすべての動物がかつて持っていた粘り強さだった。

囚人のように自由を奪われ、石膏《せっこう》と包帯で身動きさえできなくされたまま、ホワイト・ファングは何週間も生死のあいだをさまよった。長い時間眠っては、しきりに夢をみた。北国の幻影が、はてもなく続く見せ物のように頭の中を通りすぎた。過去のまぼろしが一つ一つ全部現われた。ホワイト・ファングはまた、キチーと一緒にオオカミ穴の中に住んでいた。忠誠をつくすために、ふるえながらグレー・ビーヴァのひざもとに這《は》い寄っていった。リプ・リプや狂気のようになって吠《ほ》えたてる子イヌたちに追われて、必死になって逃げていた。

ホワイト・ファングはまた飢饉《ききん》の何か月かの間、生き物を求めて静寂の中を走りまわっていた夢を見た。一連の橇《そり》イヌの先頭も走っていた。ミト・サァとグレー・ビーヴァが、うしろで、トナカイの腸で作ったむちをぴちぴちと鳴らしながら、「ラア！ラア！」と叫んだ。狭い道にさしかかったので、扇形にひらいているイヌたちを集めて通りぬけるためであった。また、ビューティ・スミスと暮らした日々がよみがえってき、その頃の戦いをそのままくり返して戦っていた。そういうときホワイト・ファングは、眠ったまま鼻を鳴らしたり唸ったりした。そばで見守っていた人々は、悪い夢をみているんだね、と言った。

だが、特にホワイト・ファングが悩まされる夢魔が一つあった――それは、金切り声をたてている巨大なオオヤマネコのような、ごうごう、がんがん騒ぎたてる電車という怪物だった。やぶの陰にひそんで、リスが木という避難所からおりてちょろちょろと地上を走り出し、ちょうどよい所まで出てきたので、とびかかっていくと、リスはたちまち恐ろしい電車にかわって、山のように立ちはだかり、金切り声をたてたり、がんがん鳴いたりしながら火をふきかけておどしてくるのであった。空から舞いおりてくるタカに挑戦《ちょうせん》したときも、その通りだった。空からまっしぐらに舞いおりて、頭の上に落ちてきたかと思うと、やはり電車に変わっていた。するとまたホワイト・ファングは、ふたたびビューティ・スミスのおりの中にいた。おりのそとには人々が集まっていたので、戦わされるのがわかった。だから、戸口を見つめて相手がはいってくるのを待っていた。すると、戸はあいたが、押しこまれてきたのは恐ろしい電車であった。こういうことを、ホワイト・ファングは何千回となくくり返して夢にみた。そしてそのたびにいつものように、生々しい大きい恐怖をかきたてられた。

やがて、最後の包帯と最後の石膏がとりのぞかれる日がきた。その日はお祭り騒ぎだった。シェラ・ヴィスタの屋敷じゅうの人々が、まわりに集まった。主人は耳をさすってくれた。ホワイト・ファングは例の低い愛の唸り声を出した。主人の妻はホワイト・ファングを「幸運のオオカミさま」と呼んだ。その名は、大喝采《だいかっさい》をもって迎えられ、女たちは皆、「幸運のオオカミさま」と、ホワイト・ファングを呼んだ。

ホワイト・ファングは何度か立ちあがろうとしたが、衰弱しているために倒れた。あまりに長い間寝たままだったので、筋肉が巧妙な働きを失い、力がすっかりからだから抜けだしてしまっていたのだ。ホワイト・ファングは実際、神々のためにしなければならない仕事をしくじりでもしたかのように、自分の弱さを少し恥ずかしく思った。だから、起きあがろうとして英雄的な努力をした。そしてついに立ちあがったが、よろよろと前後にゆれていた。

「幸運のオオカミさま、しっかり!」と、女たちは声をそろえて言った。

スコット判事は勝ちほこったように女たちを眺《なが》めまわした。

「とうとう、おまえたち自身の口から出たな」と、判事は言った。「始終わしが主張していた通りだ。ただのイヌじゃ、ああいうことはできやしない。これは、オオカミだよ」

「幸運のオオカミさまですよ」と、判事の妻が訂正した。

「そうだ、幸運のオオカミだとも」と、判事は同意した。「わしも、これからはそう呼ぶことにしよう」

「また、歩くことを習わせなきゃなりませんよ」と、外科医が言いだした。「ですから、今すぐ始めさせたほうがいいでしょう。からだに障るようなことはありません。外へ出してごらんなさい」

そこで、ホワイト・ファングは王さまのように、シェラ・ヴィスタの屋敷じゅうの人々につきそわれ、いたわられながら、外に出た。しかし、すっかり衰弱していたので、芝生のところまで行くと横になって、しばらく休んだ。

それから行列はまた出発した。筋肉を動かしていると、血が勢いよくその中を流れ始め、ホワイト・ファングの筋肉に力が少しわいてきた。馬小屋のところに行くと、その入口にコリーが寝ていた。そしてそのまわりの日なたで、ずんぐりした子イヌが六匹遊んでいた。

ホワイト・ファングは、不思議そうな目付きをして眺めた。すると、コリーが警戒するように唸ったので、ホワイト・ファングはあまり近づかないように注意した。主人が、這いまわっていた子イヌを一匹、足さきで近づけてよこした。ホワイト・ファングはうさんくさいと思って毛を逆だてたが、主人が、大丈夫、なんでもないんだと言った。コリーは、ひとりの女の腕でおさえられて、とても心配そうに見守っていた。

そして唸りながら、ちっとも大丈夫じゃないぞと警告していた。

子イヌは、ホワイト・ファングの前に這い寄ってきた。ホワイト・ファングは耳を立てて物珍しそうに見守った。やがて、両方の鼻がふれ合った。ホワイト・ファングは、子イヌの暖かい小さい舌を、下あごに感じた。すると、なぜとも知れず舌がつき出てきて、子イヌの顔をなめ返していた。

この芸当は、神々の拍手と歓呼の声で迎えられた。ホワイト・ファングはびっくりし、途方にくれて神々を見返した。そのうちにまた疲れが出てきたので、ホワイト・ファングは横になったまま耳を立て、頭をかしげて、子イヌを見守っていた。ほかの子イヌたちも、コリーがいやがるにもかかわらず、よちよちと這い寄ってきた。そしてからだの上に這いのぼったり、からだの上でころがったりしたが、ホワイト・ファングはまじめくさって、子イヌたちのするままにさせていた。神々に喝采されたとき、最初のうちは、例の内気ときまり悪さが少し表われていた。しかし子イヌたちのやんちゃや乱暴ないたずらがつづいているうちに、それも消え去った。そして辛抱強く、目を半分とじて横たわったまま、太陽を浴びてまどろんでいた。

あとがき

ジャック・ロンドン（Jack London）は、一八七六年一月十二日、私生児として、サン・フランシスコで生まれた。母はフローラ・ウェルマン（Flora Wellman）と言い、ウィスコンシン州に移住したウェールズ出の開拓移民の娘であった。二十五歳のとき家を飛び出し、その三年のちに旅まわりの星占師W・H・チャニー（Chaney）と知り合い、一八七四年六月から一八七五年六月までサン・フランシスコで一緒に暮らした。そのあいだに生まれたのがジャックだが、チャニーは、フローラが妊娠したと聞くとフローラと別れ、生涯《しょうがい》ジャックを自分の子として認知しなかった。ジャックが生まれてから八か月後に、フローラは、数人の子どもをかかえてやもめ暮らしをしていたジョン・ロンドン（John London）と再婚した。

ジョンは有能な農夫であり栽園家であったが、フローラがいたずらに野心に燃え、定着性がなく、しかも、頑迷《がんめい》だったために、家運は傾き、一家は、サン・フランシスコ近くのバーナル・ハイツ、オークランド、アラメダ、サン・マティオ、リヴァミィアと、転々と移り歩かなければならなかった。そして最後に、またオークランドにもどり、ジョンは波止場の夜警になった。

ジャックはそのとき十三歳だったが、街で新聞売りをしたり、拾い仕事をしたりして家計を助けた。一方公立図書館に通って、異常な熱情をもって読書にふけり、同時に海への愛情を持つようになった。十五歳の時には缶詰工場につとめ、一時間十セントで、一日十時間から十六時間も働いた。しかし数か月でその工場をやめ、サン・フランシスコ湾のカキの養殖場を荒らすカキ泥棒の仲間にはいった。そののち、同湾のサケやエビの密漁監視の小役人になったりした。この二年のあいだに、大酒飲みになり、自殺もしかねないほどのアルコール中毒にかかっていた。

一八九三年一月、アザラシ捕りの船に乗りこんで、日本へ向かった。七か月の後サン・フランシスコに帰ったとき、アメリカは大経済恐慌《きょうこう》に見まわれており、多くの銀行は破産し、企業家は倒産し、失業者があふれていた。ジャックはコウマ（黄麻）工場で働いたり、火力発電所の石炭運びなどをやったが、それは飢えをしのぐだけの、奴隷にもひとしいひどい仕事だった。一八九四年に、アメリカ、カナダの放浪の旅に出た。飢えや寒さや暑さにさいなまれながら、鉄道乗務員や公安官の目をかすめて、貨物列車や急行列車の連結器などに乗ってあるいた。そのためイーリイの懲治監で三十日間の重労働を科せられたこともあった。

一八九五年、オークランドにもどって、ハイスクールにはいり、その翌年にはカリフォルニア大学の入学試験に合格したが、母や養父を養うために、第一学期だけでやめなければならなかった。そのころからジャックは、カール・マルクスの著書を読みふけり、労働運動に従い、労働者の会合で演説したりするようになった。オークランド・ハイスクールの日刊紙にものを書いたりもした。しかし、矛盾だらけのものであった。後年のかれはダーウィンやマルクスをはなれ、スペンサーやニーチェに影響されている。

一八九七年、アラスカのクロンダイク地方で金が発見されたというニュースが伝わると、ジャックも世界的なゴールド・ラッシュの波に乗って、北国への冒険に向かった。一年後、無一文のまま、病を得て帰ってきたが、この時の見聞や経験がその著作に役立ち、かれを有名にした。

まず「オーヴァランド・マンスリー」が、つづいてそちこちの雑誌が、アラスカに取材した作品を買ってくれた。一八九九年には「アトランティック・マンスリー」が、最初の長篇小説 The Odyssey of the North をのせてくれた。そしてその翌年には最初の作品集 The Son of the Wolf が出た。一九〇二年アメリカ出版協会の招待で、ロンドンへ行き、その貧民街を訪れ、一九〇三年に The People of the Abyss という小説にまとめて発表した。その同じ年に、The Call of the Wild（「野性の呼び声」）を発表し、一躍大作家として迎えられるようになった。一九〇四年一月、ハースト・プレスの通信員となり、日露戦争に従軍するために日本にやってきたが、戦線への従軍を許されなかったので、数か月後、日本人へ激しい憎しみをいだいてアメリカにもどった。

これよりさき、一九〇〇年に、ベシイ・マダーン（Bessie Maddern）と結婚し、ふたりの娘をもうけている。ひとりは、ジョウン・ロンドン（Joan London）で、一九三九年にかれの伝記 Jack London and His Times を書いている。一九〇三年にベシイと離婚し、二年のち、チャーミアン・キトレッジ（Charmian Kittredge）と再婚し、カリフォルニアのグレン・エレンという小さな町のヒル・ランチという所に地所を買い、そこに落ちついた。一九〇七年にはまた、三万ドルで四十五フィートのスクーナーを建造し、妻や仲間と一緒にハワイやマルケサス諸島や、その他の南太平洋諸島をおとずれた。

過飲や、放縦な食生活や、多作による過労や、それにまた青少年時代の過度の貧困や重労働も手つだって、健康を害し、一九一六年十一月二十二日、四十歳で死亡した。

尿毒症と発表されたが、実はモルヒネ自殺であった。短い生涯のあいだに、四十巻以上の著作をし、その収入は百万ドルを超えたが、放縦な生活のために、わずか二、三百ドルの金にさえ困ることがあったと言われている。

かれの作品は、二つに大別することができる。一つは、社会主義の影響を受けて書いた、アメリカ・プロレタリア文学の先駆をなすものであり、もう一つは、生存本能と野性と暴力が支配する世界をえがいた文学である。

「白い牙《きば》」(White Fang) は、一九〇六年に発表されたもので、後者に属し、The Call of the Wild とともに、動物を取りあつかった文学の世界的傑作として知られている。四分の一だけイヌの血をひいて北国の荒野に生まれたオオカミの子が、インディアンの手で飼われ、さらに白人の手に渡りながら発展して行く、その生涯をえがいたもので、それだけでも非常に興味のある動物小説である。が、人間とオオカミとの関連に見られる裸の人間性や、オオカミの目を通してなされる人間への辛辣《しんらつ》極まる諷《ふう》刺《し》は、強く読者の胸をゆさぶらずにはおかないだろう。

この訳は Collins 刊行の一九五二年版によってなした。

白石佑光

カポーティ
村上春樹訳
ティファニーで朝食を
気まぐれで可憐なヒロイン、ホリーが再び世界を魅了する。カポーティ永遠の名作がみずみずしい新訳を得て新世紀に踏み出す。

カポーティ
河野一郎訳
遠い声 遠い部屋
傷つきやすい豊かな感受性をもった少年が、自我を見い出すまでの精神的成長の途上でたどる、さまざまな心の葛藤を描いた処女長編。

カポーティ
川本三郎訳
夜の樹
旅行中に不気味な夫婦と出会った女子大生。人間の孤独や不安を鮮かに捉えた表題作など、お洒落で哀しいショート・ストーリー9編。

P・ギャリコ
古沢安二郎訳
ジェニィ
まっ白な猫に変身したピーター少年は、やさしい雌猫ジェニィとめぐり会った……二匹の猫が肩寄せ合って恋と冒険の旅に出発する。

P・ギャリコ
矢川澄子訳
スノーグース
孤独な男と少女のひそやかな心の交流を描いた表題作等、著者の暖かな眼差しが伝わる珠玉の三篇。大人のための永遠のファンタジー。

P・ギャリコ
矢川澄子訳
雪のひとひら
愛の喜びを覚え、孤独を知り、やがて生の意味を悟るまで——。一人の女性の生涯を、雪の結晶の姿に託して描く美しいファンタジー。

Title : WHITE FANG
Author : Jack London

白《しろ》い牙《きば》

新潮文庫　ロ－3－1

昭和三十三年十一月十日発行
平成十八年四月二十日四十七刷改版
令和三年九月三十日五十四刷

訳者　白《しら》石《いし》佑《ゆう》光《こう》
発行者　佐藤隆信
発行所　株式会社新潮社
郵便番号　一六二―八七一一
東京都新宿区矢来町七一
電話　編集部(〇三)三二六六―五四四〇
　　　読者係(〇三)三二六六―五一一一
http://www.shinchosha.co.jp

価格はカバーに表示してあります。

乱丁・落丁本は、ご面倒ですが小社読者係宛ご送付ください。送料小社負担にてお取替えいたします。

印刷・凸版印刷株式会社　製本・株式会社大進堂

ISBN978-4-10-211101-7 C0197